王将たちの謝肉祭

内田康夫

幻冬舎文庫

目次

王将たちの謝肉祭

プロローグ

ずいぶん長いトンネルだったわ――と顔を上げてはじめて、香子《きようこ》は列車が熱海《あたみ》を通過中であることに気付いた。

温泉街のネオンが見えたのも束《つか》の間、列車はすぐにトンネルに入ってゆく。香子は膝《ひざ》の上のマグネット盤に視線を戻した。小型の将棋盤で、盤か駒《こま》かどちらか知らないが磁石になっている。揺れても、多少、傾《かし》いでも、盤上の駒は動かない仕組みだ。折り畳むとハンドバッグにも収まってしまうほどの手軽さで、香子は欠かさず持ち歩くことにしている。

大阪からずっと、香子は盤面に没頭していた。盤上の駒組みを崩しては並べ、崩しては並べしながら、香子はやるべのない悔しさを自分を罵《のの》しることで慰めていた。

それにしても、悔やんでも悔やみきれない敗戦であった。勝負に「れば」はないけれど、あの時こう指していれば……、ああ指していれば……という愚痴《ぐち》が、つぎつぎに頭の中を行き来する。終盤近くまで、どう指しても負けようのない将棋を負けた。これで一勝一敗、女流王将位は最終局に持ち越されることになった。

対局が終わり、長い検討のあと、新聞社の担当者に「ホテルを取ってありますから」と言われたが、香子は「いえ、このまま帰ります」と、慰労の席も断って、最終の新幹線に乗った。

新聞社の男は露骨にいやな顔をした。若いくせに――それに女のくせに生意気だと思われたかもしれない。将棋指しは人気商売だ、ことに女流棋士などというものは、男の棋士とは対等に勝負をすることすら叶《かな》わない、いわば飾り物のような存在でしかない。もう少し可愛げがあってもいいんじゃないか――と言いたげな相手の気持ちが読めて、香子は堪《たま》らなかった。

一応プロ棋士といっても、香子はまだ二十歳前である。高校の時に女流棋士の道を選び、大学に進むことを諦《あきら》めた。だから、まだ気持ちは学生気質といってよかった。他人に媚《こ》びることも知らないし、ましてや酒席の付き合いなどまっぴらだ。

もっとも、泊まりを断ったほんとうの理由は、やはり敗戦のショックがきっかったせいである。敵地大阪から、一刻も早く逃げ出したい気持ちでいっぱいだったのだ。

盤上から離した目を、ぼんやりと窓に向けながら、香子は疲労感にドップリと浸っていた。

列車がトンネルに入って間もなく、ドアが開いて男が入ってきた。四十歳前後だろうか、一見サラリーマン風だが、目付きの鋭い、やや貧相な感じのする男であった。

香子は前から三番目の席にいた。最終便のしかも禁煙席とあって、この車両の利用客は少ないらしく、周辺に客の姿はなかった。

男は背後で閉まる自動ドアの向こう側を気にするような素振りを見せてから、香子に視線を止め、近づいてきた。

「これ、頼む。あとで取りに行くから」

屈《かが》み込むようにしてそう言うと、手にした週刊誌を、いきなり膝《ひざ》の上のマグネット盤を覆い隠すように置いた。

あっと思う間の出来事であった。香子はただ驚いているだけで、何の反応を示すひまもなかった。

男はそのまま歩きだして、香子が身を捩《よじ》って見送る先で、車両の反対側のドアを出て行った。この車両は二号車で、後ろには一号車があるきりだ。それまで気がつかなかったが、香子の後ろのほうの座席には、何人かの客がバラバラに坐《すわ》っていた。しかし、それぞれ眠りこけている様子で、その男のことに気付いたかどうかは分からない。

男がドアの向こうに消えるか消えないかの内に、ふたたび目の前のドアが開いて、二人の男が現れた。やはり中年のサラリーマンタイプだが、最前の男よりは頑丈そうな体軀《からだ》で、着ているスーツも物がよさそうだ。

二人の男は見上げる香子の視線を鋭い目付きで睨《にら》み返して、ついでに膝の上の週刊誌を見た。香子はドキッとしたが、二人の男はそれ以上は興味がないのか、そのまま素通りして、通路を歩いて行った。

それっきり、三人の男は戻ってくる気配がない。

(何なの？　これは——)

香子は見知らぬ男が置いたままになっている、膝の上の週刊誌を手に取った。

発行されたばかりのもので、まだ手垢《てあか》に汚れた様子もない。表紙の見出しには大きく、人気のアイドル歌手が飛び降り自殺したニュースが印刷されていた。

(この週刊誌がどうしたっていうの？——)

薄気味が悪かった。

三人の男の素振りからすると、前の男を後の二人の男が追い掛けているような印象だ。もしかすると、前のが何かの犯罪者で、後のが刑事なのかもしれない。

そうだとしたら、この週刊誌は盗品か何かなのだろうか？——

(まさか、こんなものを盗んだからって、あんなに大袈裟《おおげさ》に追っ掛けっこするわけがないわ——)

そう思いながら、香子はしだいに心臓が苦しくなってきた。薄っぺらな週刊誌が、まるで地球でも抱えているように重たく思えてきた。

何気なくパラパラとページを開いた時、週刊誌の中に封書が挟《はさ》まっているのが見えた。

香子はドキッとした。あの男が預けた物はこれだったにちがいない。

封書には宛先《あてさき》がなく、しかも、密封されている。便箋《びんせん》を三、四枚折り畳めばこのくらいか――という程度の厚さであった。

何かとてつもない秘密が、この封書の中に秘められているような気がした。

香子は隣の車両を振り返った。

だが、いぜん、一人と二人の男たちは戻ってくる気配はなかった。香子は盤上の駒《こま》を箱に入れ、盤を折り畳んでバッグに仕舞った。

封書を挟んだ週刊誌は、あの男が取りに来たらすぐに返せるように、膝《ひざ》の上に置いた。しかし香子は、なんとなく、男が預け物を取りに来ないような予感がしていた。

そういえば、男は「あとで取りに行く」と言っていたのだ。あの場合、本来なら「あとで取りに来る」というべきだ。

もしかすると、男はこっちの素性を知っていて、それで取りに行くと言ったのかもしれない。膝の上で将棋を並べている娘なんて、ずいぶん風変わりだし、ちょっと将棋に趣味があれば、その娘が女流棋士の今井香子であることに気がついたとしても不思議ではない。追手には香子の素性を知られたくなかった——と考えれば、あの男が将棋盤を隠すように週刊誌を置いた意味も納得できる。

東京駅に降りた時、恐る恐る窺《うかが》うと、さっきの二人の男がもう一人の男を挟むようにして一号車を降りてくるのが見えた。真ん中の男は俯《うつむ》いて、観念したような姿に見える。左右の二人は油断なく、辺りに気を配っているようだ。

香子は一瞬、迷った。週刊誌と封書をあの男に返したほうがいいものか、それともこのまま預かっておくべきなのか——。

考えながら、香子の足は階段のほうへ歩いていた。意思とは関係のない、本能のようなものが、しきりに「逃げろ」と促しているような気がした。

階段の降り口でもう一度振り返ると、三人の男は人々から離れたがっているかのように、ゆっくりした足取りで、こっちへ向かっていた。

香子は長い階段を駆け降り、タクシー乗り場へ急いだ。背後にいる人波が、すべて自分を追っているように思えた。

運転手に「三ノ輪《みのわ》まで」と言って、車が走りだして、やっと、人心地がついた。

週刊誌をそっと開いてみる。この出来事が夢であって欲しいと祈るような思いだったが、そこにはちゃんと封書が挟まっていた。

自宅前で車を降りる時、無意識に周囲を見回した。三ノ輪は典型的な東京の下町で、夜は割と早い。裏通りのこの辺りはもう寝静まっていて、もし尾行者がいたりすればすぐ目につくはずだが、べつに怪しい気配は何もなかった。

不用心に鍵《かぎ》をかけていない格子戸を開ける音を聞いて、父親の清司が顔を出した。

「なんだ、泊まりじゃなかったのか」

酒の臭いのする声で言った。

「うん、負けたから帰って来ちゃった」

わざと、あっけらかんとした口調で言ったが、悔しさは隠しようがなかった。

「そうか、負けたのか」

清司は呟《つぶや》いて、将棋盤のほうへ顎《あご》をしゃくった。

「ちょっと並べてみせろ」

「いいわよ、そんなの」

「いいことあるか。並べろ」

怖《こわ》い顔をした。

「それより父さん、新幹線の中で、ちょっと妙なことがあったの」

「何だ、妙なことってのは」

「これなんだけど」

香子は週刊誌を開いて封書を見せ、奇妙な「事件」を話して聞かせた。

「どうしたらいい？　これ」

「取りに来るっていうのだから、預かっていりゃいいだろ」

「だって、見ず知らずの相手よ」

「おまえは知らなくたって、むこうさんはおまえのことを知ってるんじゃねえのか。あっちこっちの雑誌に、くだらねえ写真が出てるんだから」

「くだらないだけ余計でしょ」

香子は拗《す》ねてみせたけれど、父親の言うとおりだ。あの男のほうはこっちを知っていて、だからこそ預けたにちがいない。

「だけど、何かの犯罪に関係があったりしたら、困るじゃない？」

「べつにおまえが罪を犯したってわけじゃねえんだろ？　気にすることはねえよ。それより、負けた将棋ってのを並べてみせろ」

清司の関心はどうしてもそっちへ向いてしまう。香子も諦《あきら》めて、将棋盤を部屋の中央へ運んだ。

第一章　陥穽

1

西郷隆盛の銅像下から、上野《うえの》駅裏の坂道を登ってゆくと、東京文化会館の前に出る。道路と線路を見下ろす崖《がけ》のあいだにある小さな空き地は、散策するにはもってこいの場所で、昔から、おのぼりさんやアベックの、いわば憩いの名所になっている。春は花見。夏休みに入ると、動物園や博物館目当ての子供たちで、終日賑《にぎ》わう。

その日、今井清司はここに「店」を出していた。銀杏《いちょう》が大きな枝を広げ、うまい具合に陽《ひ》射《ざ》しを遮《さえぎ》ってくれる場所を選んで、その根方に台を組み立てた。それが清司の「店」のすべてである。

台の上板はそのまま将棋盤になる。三尺四方足らずの上板の中央には九路の将棋盤を描いてある。余白の部分には景品のマイルドセブンを積み上げる。その背後に「将棋指南」と墨書した札を立てる。札には「今井清堂」の名もある。「清堂」は清司の号というわけだ。「教授料・一手百円也」の文字は小さくて、消えそうなほど薄れていた。

盤の上に駒《こま》を並べ終える頃には、ちらほらと人だかりがしはじめていた。最初の内は遠くから物珍しげな視線を投げかけているだけで、なかなか寄りつこうとはしない。香具師《やし》につきものの胡散《うさん》臭さを警戒しているのだ。

ふつうは、頃合《ころあい》を見計らってサクラが寄ってくるのだが、清司はサクラを使うことを嫌った。サクラは暴力団の組員であることが多く、大道棋士そのものが、ほとんど暴力団とつるんでしまって、彼等の財源を支えているケースが多い。大道棋士がインチキよばわりされたり、恐れられたりするのは、そうした暴力団との癒着《ゆちゃく》があるからであって、大道将棋そのものは江戸期から伝わる立派な文化的所産だ——というのが、今井清司の持論であった。

そんなケレンに頼らなくても、よくしたもので、将棋好きの客が好奇心には抵抗できなくなって、いつしかポツリポツリと集まってくる。

もっとも、かりにインチキはしないにしても、素人《しろうと》にとって、やはり大道将棋はトゲのある花程度には危険な代物《しろもの》だ。

大道将棋はいうまでもなく、詰め将棋である。出題されている盤上の詰め将棋を、うまく解答すればお客の勝ち、失敗すれば負け——ということになる。週刊誌などに必ずといっていいほど出ていて、五分で解ければ初段だとか書いてあるのと、基本的なルールは変わらない。

ただし、ふつうの詰め将棋でかなりの自信を持つ者でも、大道将棋にかかるとコロリとしてやられるから、注意を要する。大道将棋は雑誌などの詰め将棋とは同工異曲と思わなければならない。ちょっと見ると、何でもないような簡単な問題に見えるけれど、いざ手を出してみると、これが大変な長手数の難問であったりする。しかもトリッキーで、とんでもないところにある駒が効いているのをうっかりしたり、禁じ手である打ち歩詰《うふづ》みになることに気がつかなかったりする。

それも、調子よく、かなり指し進んだところに、そういうトリックが仕掛けられているから、ギャッと言った時にはかなり高額の「教授料」をふんだくられる仕組みだ。

教授料一手百円――というのは、お客が指した手数だけをいうのではなく、相手の手数も含むことを見逃してはならない。自分が十手指したから千円で済むと思うと、ちゃんと二千円也を請求される。うまい具合に誘われて、あちこちと逃げ回る王様を、カッカしながら追い掛けるので、手数はあっというまに進み、教授料はすぐ五、六千円までいってしまう。

ただし、一般に誤解されているような「詰まない詰め将棋」は、よほど悪質なものでないかぎり、無いと思っていい。そこまでやっては詐欺行為に等しく、ただでさえ厳しい取締りに、絶好の口実を与えることになるからだ。その代わり、専門棋士は一切、大道将棋に手を出してはいけないことになっている。昔は若手の将棋指しが、道場破りに手を出したりしたものだが、将棋雑誌が普及した現在では、プロ棋士はもちろん、アマチュアでも一流の指し手は顔が売れているから、すぐにバレてしまう。

しかし、今井清司の場合には、たとえプロ棋子がこようと、容易に解けそうもないネタを沢山用意している。いちどなど、若手プロと分かっている客を口車に乗せて誘い込み、五十六手まで指させたことがある。その問題は六十三手詰めという途方もないものだった。若手棋士は陥穽《かんせい》を仕掛けてあるほうの筋に入って、ニッチもサッチもいかなくなって、顔面蒼白《そうはく》になった。金の問題でなく、自尊心を傷つけられたことがショックだったにちがいない。

集まった客の顔をひとわたり見回して、清司は賑《にぎ》やかな口上を述べたてる。

「さあ、いかがです？　十一手詰めの易《やさ》しい問題だよ。こんなのは小学生でもできる。大のおとなが、こんなのを解けないようじゃ、もう将棋を止めて、家に帰って、かあちゃんに抱っこしてもらって、ねんねしちまったほうがいいよ」

つば広のゴルフ帽、白の開襟シャツという恰好《かっこう》は小ざっぱりしていて、明るく、好感がもてる。これも、お客を安心させる演出の一つだ。

「しようがねえなあ。今日のお客さんは慎重居士《こじ》の団体らしいね。いつまでにらめっこしていてもはじまらないから、じゃ、ひとつここいらで、サービスにこの問題の答えを教えちゃおうかね。さあ、よく見ていてくださいよ。一回しかやらないからね」

つられて、お客が身を乗り出す。こうなればしめたものだ。一回目の種あかしは、サクラを使ってやる「見せ掛け」と同じだ。これで客を引きずり込んで、次の問題でシゴトにする。その際にどの客を選ぶかのガンづけも、この時にやってしまう。

「いいですか、初手は5三角成り、それに対して玉方《ぎょくかた》は同じく竜、ここで4一飛打ちのタダ捨てが妙手だね。ところがこっちにも、それを同玉と取らずに3二玉と逃げる妙手がある。取ると早詰みになりますよ。次は2二角成りに同じく玉、2一飛成り、1三玉。ここまでくればあとは簡単で、1四銀、同玉、2四竜まで、十一手詰めというのが正解であります」

「なんだ、やっぱりそうか」という声が野次馬の中から上がった。

「おれの読んだとおりじゃないか」

悔しそうに言った。

「遅いよお客さん」

清司は笑った。

「だから言うのよ。男は度胸、女は愛嬌《あいきょう》、坊主はお経で漬物《つけもの》はらっきょってね。こっちは助かったけどさ。だけど、種あかしばっかかししてたんじゃ、それこそネタ切れになっちゃうんだよねえ。こんどはひとつ、挑戦してみておくんなさいよ」

清司は調子よくたたみ込んで、バタバタと駒組《こまぐ》みを始めた。

顔は笑っているが、この一瞬の緊張はいつも清司の胸をときめかす。獲物を前にして陥穽《かんせい》を仕掛ける猟師の心境だ。もう二十年もやってる仕事だが、この癖は直らない。

盤上の駒組みは前の問題と似たり寄ったりで、それほど難問というイメージはない。

「さあ、こんどはどうですかい？　慌てないでゆっくり考えてくださいよ。よく読んで、確信を持ってから駒を動かす。これが詰め将棋のコツであります」

口上を述べながら、清司は目の隅で斜め正面に立つ若い男を捉《とら》えていた。

（この客はモノになる――）

直感でそう思った。服装のよさ、いかにも将棋が好きそうな目の輝き、物怖《ものお》じしない若さ――。どれを取っても、カモとしての素質は十分と見てとった。

長身痩《や》せ型で、汗をかかないたちなのか、きちんとネクタイをつけ、上着を着ていながら、涼しい顔だ。

（いまどきこんな恰好《かっこう》をして、こいつ、田舎者《いなか》だな――）

清司はさまざまな視点から値踏みして、気軽に声をかけた。

「どうです兄さん、ひとつこいつを詰ましてみませんか」

「僕ですか」

清司の声に、青年は左右を顧《かえり》みて言った。

「そう、おたくさんですよ。あんた、見たところ強そうだ」

「いいですよ、やりましょうか」

べつに気負ったふうもなく、青年は言った。標準語を喋《しゃべ》ってはいるが、少し関西訛《なま》りがある。

「ほう、いい気風《きっぷ》してるねえ。打てば響くってやつだ。男はそうでなくっちゃいけねえ。さあ、どうぞこっちへおいでなさい」

清司は揉《も》み手をして、青年を正面に立たせた。周囲の客は青年に遠慮するように、身を退けた。面と向かいあってみると、痩せて見えるけれど筋肉質で、なかなか堂々とした体軀《からだ》であり、精悍《せいかん》な顔立ちをしている。何よりも裕福そうなところが気に入った。

「あらかじめお断りしておくのが決まりですが、教授料はここに書いてあるとおり、一手百円。よござんすね」

「いいですよ。しかし、詰ますことができたらどうなります？」

「その場合はもちろん教授料はただ。しかもお土産《みやげ》まであげちゃうってことになります」

「お土産って、何ですか？」

「この煙草です」

「僕はマイルドセブンは吸いませんが」

「そいつは困ったな……。それじゃこうしましょう。煙草を私に売ってくれればいい」

「なるほど、それならいいですね。それで、煙草は一手につき、何個くれるのです？」

「へ？……」

清司は苦笑した。

「お客さんのほうは、手数に関係なく、煙草は一個と決まってましてね」

「それじゃ不公平でしょう。僕が勝った場合にも、一手につき百円になるのでなければおかしいですよ」

周りから「そうだそうだ」と和す声がいくつも上がった。

「そう言いますがね、お客さん」

清司もムキになった。

「こちとら、大金を払ってネタを仕入れてくるんですよ。一回使っちまえば、その題はもう使いものにならない。それをあんた、百や二百の金で遣《や》り取りしようってのは、そりゃ殺生でしょうが」

「そしたら、百や二百ではなく、一手一万円にしたらどうですか？」

「えっ？……」

清司は呆《あき》れて、青年の顔を眺めた。

（野郎、正気かよ？――）

正気だとすれば、大道将棋の恐ろしさをまったく知らないか、さもなければよほどの自信過剰人間にちがいない。

（まさか、専門棋士じゃないだろうな――）

清司はあらためて、上目遣《づか》いに青年の顔を見つめ直した。

大道棋士の条件はいろいろある。将棋の強いことはもちろんだが、話術、度胸の良さも必《ひっ》須《す》条件だ。そして、プロ棋士の顔に精通していなければならない。前述の道場荒らしにひっかからないためである。

（プロじゃねえな――）

清司は見憶《みおぼ》えのない顔に、ひとまず安心した。

となると、この客は絶好のカモであった。いま並べてある問題は、収入を大きくするにはもってこいの、五十五手という、長手数の作品だ。作者は丹波竜鬼という男だが、丹波自ら『蟻地獄《ありじごく》』と名付けた自慢の新作で、見た目は簡単だが、いったん迷路に踏み込むと、収拾がつかない混乱に陥《おちい》ってしまう。むしろ変化が多すぎて、客が間違える前にこっちが間違えて、詰まされてしまいかねない難問だ。丹波からネタを仕入れている露天商仲間の内、この作品を手がけているのは、腕におぼえのある清司一人であった。その清司ですら、無数ともいえる変化図をすべて頭に叩《たた》き込むのに、十日もかかった。

（詰みっこねえ——）

盤面と青年の顔を見比べながら、清司は胸算用した。とたんに喉《のど》がゴクリと鳴った。

「一万円ねえ……、そこまで言われて後へ退くのも男が廃《すた》るし、かといって、そんな法外な金となると、その筋がうるさいしねえ」

清司は渋ってみせた。

「いいじゃないですか、持ち掛けたのは僕のほうだし、そのことについては、証人はこんなに大勢いるのですから」

青年は屈託のない顔で周囲を見回した。

「そうですかい。それじゃ、おたがい恨みっこなしということで、お願いしますかね」

獲物がむこうから陥穽《かんせい》に入ろうとしているのだ。清司は舌舐《したな》めずりしたくなるような昂奮《こうふん》をおぼえた。

「それじゃ、お客さんが勝ったら一手につき一万円お支払いします。もし詰まなかったら、その分手前が頂戴すると、そういうことでよろしいですね？」

青年が黙って頷《うなず》いた時、「よしなよ」と野次馬の中から声がかかった。

「詰みっこないよ。十万や二十万、すぐいっちゃうぜ。よしたほうがいいよ」

「余計なことは言わねえでもらいてえな」

清司は声のほうにすごんでみせた。それから一転、青年に向けて不安そうに言った。

「旦那《だんな》、いまさら気が変わったなんて、言いっこなしですよ」

青年は返事の代わりに、観衆の中から一歩踏み出して、盤台にくっつくように立った。

「では始めましょうか」

青年の言葉に、清司のほうがむしろ気圧《けお》されて、大きく頷いた。

2

青年の表情から微笑の名残が完全にかき消された。見据《みす》えるような鋭い双眸《そうぼう》で、盤上の駒《こま》組《ぐ》みと持ち駒を確かめると、やがて腕組みをして、目を閉じた。

そのままの恰好《かっこう》で動かない。一分、二分——まるで石の地蔵にでもなったように、周囲のざわめきとは無関係の世界に閉じ籠《こ》もってしまった。

清司はふと悪い予感がした。これはタダ者ではない——という恐怖である。なみの素人《しろうと》なら盤の上とにらめっこするようにして、駒の動きを考えるものである。頭の中に駒組みを再生して考えるというのは、それだけでかなりの指し手と思っていい。

しかし、すぐに清司は思い返した。

（なあに、この問題が解けるわけがねえよな――）

自分に言い聞かせるように、そう思った。

そう思って見ると、青年のもっともらしいポーズも、なんとなくユーモラスだ。日焼けした顔と、細かなストライプの入った薄いブルーのスーツの取り合わせも、なんとなくそぐわない感じがする。裕福かどうかは知らないけれど、やっぱりただの田舎者《いなか》なのだろうか。だとしたら、何十万になるかもしれない大仕事のカモにするには、ちょっと可哀相な気もする。

（やめたほうがいいかな――）

清司の胸をふと、仏ごころが過《よぎ》った。

さりとて、この場の雰囲気はすでに「やめる」と言い出すほうが勇気を必要とした。そんなことを言えば、まるで詰められるのを恐れたかのように受け取られかねない。あとで金額をまけるならともかく、一度投げたサイコロを拾うような真似《まね》は出来るものではなかった。

（気の毒だが、この際、カモらせてもらうよ――）

十分を超《こ》えるというのに、いぜんとして動かない青年の顔に向けて、清司は心の内で引導を渡した。

(それにしても、いい顔してやがる——)

額からふつふつと湧《わ》き出る汗を拭《ぬぐ》おうともしないで、じっと苦吟《くぎん》を続ける青年に、無意識に好意的な視線を送っている自分に気づいて、清司は苦笑した。

「どうしたい、兄さん」

観衆の一人が、退屈まぎれに無責任な野次を飛ばした。清司はその方を睨《にら》んで、

「ゆっくり考えさしてやんなよ」

と窘《たしな》めた。大度を示して、自分の良心的なイメージを印象づけようという計算も働いていた。

それにしても長考であった。見物が飽きて立ち去らないのが不思議に思えた。やはりこの場の収まりがどうなるのか、見届けたい気持ちには勝てないのだろう。

およそ三十分も経過したと思える頃、青年はおもむろに目を開け、腕組みを解き、ほうっと吐息をついた。

「難問ですねえ」

言ったかと思うと、ついと手を伸ばし、持ち駒の中から無造作に「金」をつまんで、玉頭に2四金と打ちつけた。

「ほう、やりますねえ」

清司が呟《つぶや》いたのは、なかば本音である。

この詰め将棋は、じつは第一手に最初のポイントがある。トリックと言ってもいいかもしれない。「2四金」と、貴重な手駒をベタで打つのは、いかにも素人《しろうと》っぽい手なのであって、ちょっとした腕自慢なら指しにくい手だ。桂馬をはねて角筋を通す「アキ王手」や、どうせ2四に打つなら、金よりも歩のほうが、まだしも手筋らしく思える。

王手をかける手は六通りあるが、その中で最も俗な、いわゆる「無さそうな手」が2四金打ちで、しかもこれが唯一《ゆいいつ》正しい出発点になっていた。

この第一着手を誤ると、いかにも詰み筋に入ったように、すらすらと指し手が進み、客は自分の読みが当たっていることに気をよくする。ところが、十六手目の玉方の妙手に出くわして「あっ」と魂《たまげ》消る仕組みだ。

このように、ある程度手数が進んでから誤りに気づくのでなければ、収入《みいり》がよくならないのであって、その辺りのトリックが作者の苦心の産物といえる。

ともあれ、第一関門を通過する2四金を見て、今井清司は内心ドキリとさせられた。

その金を清司が同玉と取り、指し手は進んだ。次の関門である十一手目の2三角不成《ナラズ》も正確に指された。これも「角成り」と指すと、その先十三手進んだところで歩詰《ふづ》めの禁じ手に追い込まれることになる。それを読み切ったことで、青年の実力は立証された。

「ふーん、こりゃあ強いや」

口では呑気《のんき》な追従《ついしょう》を言いながら、ここで清司ははっきり警戒心を抱いた。

手数は三十手を超えた。いくつも設けられたトリッキーな関門を正確に応接されて、清司の背筋を冷たい悪寒《おかん》が奔《はし》った。

もし四十三手目のトリックを見破られると、あとは変化の乏しい収束となる。

驚くべきことに、ここまで青年はほとんどノータイムで指している。ということは、つまり青年が、あの長い瞑想《めいそう》の時点で、最終手までを読み切ったことを意味する。逆に、すべての手順を暗記している清司の手のほうが、しばしば停滞した。

すでに清司は、この若い客の技量が尋常《じんじょう》のものでないことを思い知らされている。いわば最後のまやかしの手である四十三手目も、青年の読みの中に当然、入っているにちがいない。緩慢《かんまん》に駒を動かしながら、清司は四十三手目を指された時点で投了すべきかどうかを考えていた。そうすれば、残り十二手分の十二万円は救われる。それにしても、負けの金額は四十三万円――。いまさらながら、ばかな勝負を始めたことを後悔した。

（いったい何者だ？――）

清司は空白になった頭で、ありとあらゆる記憶を掘り返し、プロといわずアマといわず、著名な将棋指しの名を思い浮かべようと試みた。だが、この青年に関するデータはまったく見つからない。

(世の中は広いや——)

一手一手が死刑台への行進のような気分であった。運命の四十三手目を誤ることなく指し終えた盤上を、まるで阿呆《あほう》のように眺めてから、清司はポツリと言った。

「参った。参りましたよ、旦那《だんな》……」

それまで面白そうに見物していた野次馬連中が、その瞬間、恐ろしげな視線を青年の顔に集中させた。

「へえ、詰んじゃったのかい?」

「おっそろしく長い手数だったな」

「だけど、まだ王さん、逃げられるじゃないか」

「逃げたって無駄ってことだろう」

無責任な批評のざわめきに囲まれながら、青年は無表情に立っている。

清司も黙って盤面の「激闘」の跡を見続けていた。清司の頭には「四十三万円」というとてつもない金額が、ずしりとのしかかり、身動きするのも億劫《おっくう》な気がした。逃げようとする気にもなれなかった。「逃げても無駄」と誰かが言ったせいかもしれない。どうにでもなれと開き直って、相手の出方を待つしか、清司の取る手段はなかった。

青年はゆっくりと視線を上げた。

「それでは、行きましょうか」

「へ？……」

相手の意図を摑《つか》みかねて、清司は間抜けな顔になった。

「場所変えて、話しましょう。お金、持っていないのでしょう？」

「なるほど……」

そこまで読まれていては、到底太刀打ち出来ない。清司は観念して頭を下げると、道具を片づけはじめた。駒と煙草をボストンバッグに詰め、台を折り畳んで、ズックで作ったショルダーケースに入れると、店仕舞いは完了する。その一切合財を両脇《りょうわき》に抱え、「お供しましょう」と清司は言った。

大道将棋が客にツケ馬されるなんて、前代未聞だろう。青年が清司を従えて歩きだすと、行く手の野次馬は、畏敬《いけい》の目を向けつつ、右と左に道を譲った。

清司がその気になれば、逃げるチャンスはいくらでもあった。青年は一度も振り向きもせず、前方に視線を定めて、ひたすら足を運ぶことに専念していた。少し外股《そとまた》に、特徴のある歩き方で、お世辞にも都会的とは言いがたい。どういう歩行技術なのか、べつに急ぐ様子でもないのに、ぐんぐん歩速が伸びて、油断していると置いてけぼりを食いそうなほどだ。むしろそうなったほうがいいはずなのに、清司は両脇の荷物に大汗をかきながら、時には小走りにさえなって、懸命に青年のあとを追った。

広小路《ひろこうじ》の喫茶店に入る。明るい店内を、青年は物珍しそうに眺め回して、そういうところはいかにもぽっと出らしかった。

相手の魂胆が分からないまま、清司は神妙に畏《かしこ》まっていた。どうせ、さかだちしたって払えっこない大金だ。煮るなと焼くなと、勝手にしてくれ——という気になっている。

「コーヒーにしますか？」

オーダーを取りにきたウエートレスを待たせて、青年が訊《き》いた。

「いや、あたしはあれは駄目で。そうですな、それじゃミルク、冷たいミルクをもらいましようか」

「はあ、ミルクですか」

青年は片頬《かたほお》を歪《ゆが》めて微笑した。

「では、僕も同じものにします」

運ばれたミルクを、二人は申し合わせたように、一気に飲み干した。おまけに、清司はグラスに残った氷を、水のグラスに移し換えている。青年も抵抗なく、それを真似た。どちらからともなく顔を見合わせて、同時にニヤリと笑った。

「あのお金、いいです」

笑いの消えない内に、青年は言った。

「へ？……」

清司は相手の気持ちを量りかねた。

「その代わり、頼みたいことがあります」

「ちょっと待ってください。すると、あの、四十三万円を払う代わりに、何かやれっていうのですか？」

「そうです」

「ほんとですか？　ほんとうに払わなくってもいいんですね？」

「ほんとうです」

「そのお頼みってのは何なんです？」

「人を探してもらいたいのです。やってくれますか？」

「ええ、そりゃもう……」

（なんだ、そんなことか――）

と、清司はようやく生気を取り戻した。

「人殺し以外なら、何だってやっちまいますよ」

「ははは、オーバーだなあ」

青年はおかしそうに笑った。

「で、人探しというのは、いったい誰を？」

「昔将棋指しだった男で、江崎三郎という人物ですが、知りませんか？」

「江崎ねえ……、知りませんなあ。将棋の世界のことならずいぶん詳しいつもりだが、聞いたことのない名前ですな。いくつぐらいの人です？」

「六十代半ばぐらいの人です。将棋指しといっても、戦後まもなく引退した人ですから、ご存じないかもしれない」

「ああ、それじゃ知らないわけだ。これでもあたしはまだ四十代ですからねえ」

「生きていれば、おそらくあなたのような商売をしているのではないかと思うのですが、お仲間にそういう人はいませんか」

「仲間ったって、そう数いるわけじゃないですがね。まあ東京近辺にはそういう名前の人はいませんね。ひょっとすると大阪辺りじゃないですか？　あっちはこの商売、まだまだ盛んだから」

「いや、大阪は調べましたが、おりませんでした」

「プロの将棋指しだったら、将棋連盟に行って訊《き》けば、消息が摑《つか》めるんじゃないかな？」

「それもやってみました。確かに江崎という人物はいたが、引退と同時に消息は途絶えたという話でした」

「だとすると、あとは将棋会所やクラブに当たるしかないかな。案外、どこかの会所の席亭《せきてい》をやってるのかもしれませんよ。まさか、賭《か》け将棋で、裏街道《うらかいどう》を流していることはないと思うけどねえ」

「それかもしれません」

青年が言った。

「その裏街道のほうを調べて貰《もら》えませんか。将棋会所のほうは僕が当たります」

「はあ……」

清司は頷《うなず》きながら、ふと思った。

「待ってください。六十代半ばぐらいっていうと、ひょっとして死んでるってことも考えられるんじゃないですか？」

「そうですね、そのことも含めて、消息を知りたいのです」

「そうですか……、で、その人は旦那《だんな》の何に当たる人なんです？」

「父です」

「えっ？……」

清司は驚いた。

「こりゃ、悪いこと言っちゃって……、どうもすみません」

「気にはしません。生まれた時以来、一度も会ったことのないひとですから」

「はあ……」

どういう挨拶《あいさつ》をすればいいのか、清司は戸惑った。

「とにかく、あなたのお仲間を辿《たど》って、なんとか調べてみてください。蛇の道はヘビと言いますから、そのルートがいちばん近道のような気がするのです」

「なるほど、裏街道ですか……」

清司は苦笑しながら、ふと、あることに思い当たった。

(ひょっとすると、この男は、最初からこうなることを目論《もくろ》んで、おれの詰め将棋に挑戦したのではあるまいか？──)

「ところで、旦那はこれ、相当なもんですねえ」

清司は将棋を指す手つきをした。

「さあ、どうでしょうか……。あの、その旦那というの、やめてくれませんか」

「はあ、しかし、名前をお聞きしてないもんで……」

「ですから、江崎です。江崎秀夫」

青年は名刺を差し出した。『林野庁造林保護課技官』と肩書がある。

「へえ、お役人さんですか」

「そんな立派なものではありません。兵庫県の山奥にいる、ただの木こりみたいなものです」

「だけど、旦那……、江崎さんほどの腕前なら、とっくに県代表ぐらいになりそうなもんだけど、はじめてお聞きする名前ですね」

「そうですか、強いほうですか」

「強いったって……、兵庫の山奥じゃ、周りに相手の務まる人なんかいないんじゃないですか？」

「周りには誰もいませんよ。せいぜいサルかタヌキぐらいしか住んでないのですから」

「へえっ、それじゃ、将棋はどこで？」

「人と指したことはないのです。子供の頃に学校の先生と指したことがありますが、母親に禁じられましてね。それっきり、将棋の本を読むか、自分を相手に一人将棋を指すぐらいのものでした」

「一人将棋……」

清司は啞然《あぜん》とした。江崎青年の言っていることが噓《うそ》とは思えないけれど、丸々信じるにしては、あまりにも浮世離れのした話であった。

「それでは、ともかく探してみますが、江崎さんはいつまで東京にいるんです？」

「ずうっといるつもりです」

「ずうっと？」

「はあ、父のことがはっきりするまでは」

「だけど、お勤めがあるんじゃないですか？　いや、べつにね、江崎さんがいなくたって私は手を抜くことはしませんがね」

「勤めは辞《や》めたのです。もう兵庫へは帰らないつもりで出て来ました。名刺はまだ残っているのを使っていますが」

「そうだったのですか。すると、現在のお住まいは？」

「上野の旅館に泊まっています」

「それじゃ、金がかかってしようがないでしょう。もしよければアパート、探してあげますよ、うちの近くに……。うちは三ノ輪《みのわ》っていうところですがね、山の手ってわけにはいかないが、その代わり物価が安い。ね、そうしなさいよ」

「はあ……」

江崎は、多少軽薄そうだが、江戸っ子らしい人のよさが滲《にじ》み出ている清司の顔を、眩《まぶ》しそうに見た。

3

娘にとって、一世一代の晴れ舞台・女流王将戦の最終局がある日だというのに、清司は別段、変わった挨拶《あいさつ》をするでもなく、寝惚《ねぼ》けた顔をテーブルの向こうに据《す》えている。ゆうべ、いつもよりアルコールのピッチが上がって、いくぶん二日酔いの気もあった。

「早く御飯、食べてよ」

香子はテレビの時刻表示を気にしながら言った。

「飯はいい、あとで適当に食うよ」

「また飲み過ぎでしょう、しようがないんだからもう」

「母さんみたいなことを言うな。昨日、ちょっと面白い人と会ってな、それでつい……」

「聞いたわよ、ものすごく将棋の強い人がいたっていうんでしょ？」

「そうか、話したか」

「話したどころか、何度も同じこと繰り返して……、お蔭《かげ》でこっちは寝不足で頭がボーッとしてるわ」

「いいじゃないか、負けた時の口実ができたから」

「呆《あき》れたわねえ、娘の負けるのを期待してるみたい」

「そういうわけじゃないけどさ……」

「あらっ、あらっ……」

　突然、香子が奇声を発した。テレビの画面を指差して、もう一方の手で口を押さえている。

テレビは朝のニュースをやっていて、画面に男の顔を映し出した。

「……身元が分かりました。この男の人は、杉並《すぎなみ》区の会社員・佐島修平さん四十二歳で、家族の話によると、佐島さんは今月の三日から行方不明になっていたものです。いまのところ、佐島さんが殺された理由は分かっていませんが、なんらかの事件に巻き込まれたものとみて、警視庁と杉並警察署で捜査を進めております」

「ばかじゃねえか、殺された人間をつかまえて、事件に巻き込まれたものとみるもくそもねえだろう」

　清司は毒づいて笑ったが、香子は真剣そのものの顔で震え上がった。

「笑ってる場合じゃないのよ父さん。あの人、新幹線の週刊誌の人……」

　言っているまに、画面が次のニュースに変わった。

「えっ？　じゃあ、あの変てこりんな封書を預けたっていうのが、これかい？……」

「そうよ、やだあ、どうする？」

「どうするったって、それじゃ、あの封書は取りに来られねえってわけだ」

「決まってるじゃないの」

あれからすでに六日も経《た》っている。

「あっ、そうだわ、三日っていえば、あの日じゃないの。じゃあ、やっぱりあの時、殺されたのかもしれないわね……え？　だとすると、あの時の二人が犯人……」

香子はゾーッとした。

（私は犯人を見ている――）

「そうか、おまえが言ってた二人の男ってのが犯人かもしれないな」

「そうよ。やだあ、どうしよう」

また悲鳴を上げた。

「ほっときゃいいさ、警察なんか行くとろくなことにならないからな」

「そんなこと言ったって……。それに、私が見ているのと同じくらい、あの二人だってこっちを見ていたんだから」

「見てたってどうってことないだろう。まさかおまえが変な物を預かったとは知らないんだろ？」

「そうかしら、知らないかしら。そのなんとかいう殺された人に聞いていないかな」

「聞いてないだろうな。もし聞いてれば、とっくに何か言ってきているはずだ」

「そうね、それもそうね……」

やっぱりおとななんだな――と、香子は父親を見直した。

「だけど、あの封書、どうしたらいい？」

「そうだな、中身を開けてみるか」

「構わないかしら？」

「構わないだろ、預けた当人が死んじまったんだから。だけどおまえ、そろそろ出掛けなくていいのか？」

「あ、そうだわ、行かなくちゃ……」

香子は腰を浮かせた。公式対局で遅刻すると、遅れた倍の時間を考慮時間として計算されてしまう。

「封書のことは何もすぐでなくたっていいんだから、帰ってきてから開けてみな。それよか、いまは将棋のことだけ考えろ」

「うん、そうする」

頷《うなず》いて立ち上がったが、香子はそのことが気になって、将棋に影響しそうな、悪い予感がした。

香子が出掛けてから、清司はまたしばらく横になった。頭の中のアルコールが消えるのを待って家を出た。滝野川《たきのがわ》の丹波竜鬼を訪ねるつもりだ。

三ノ輪から滝野川までは、東京でただ一系統だけ残っている都電に乗ると、まっすぐ行ける。三ノ輪を起点に、王子《おうじ》、滝野川、巣鴨《すがも》、大塚《おおつか》、池袋《いけぶくろ》、目白《めじろ》、そして終点の早稲田《わせだ》まで、下町と山の手の接点のような街《まち》をのどかに走る路線で、清司は子供の頃からこの電車に乗るのが好きだった。

丹波の住む三軒続きの長屋は、その都電の線路を背にして建っている。戦後の復興期に建てられた古い木造家屋で、申し訳程度に張りつけたモルタルが、いたるところ剝《は》げ落ちている。周辺に建つしゃれたマンションと、対照的にみすぼらしい。

この長屋に丹波がいつごろから住みついたのか、正確に知っている者は、隣近所でもほとんどいなくなったそうだ。大家《おおや》は早く建て換えたいのだが、丹波がいっこうに立ち退こうとしないので困りきっている——と、丹波自身の口から聞いたことがある。

「どうした？　今日はまだ新ネタを渡す用意なんかしておらんぞ」

丹波は清司の顔を見るなり、素っ気なく言った。昼日中だというのに、吐く息に酒の臭いがする。卓袱台《ちゃぶだい》の上にはコップ酒。胡座《あぐら》をかいた丹波の脇《わき》には一升ビンが立っていた。上がると根太《ねだ》のゆるみがわかるほど床が沈み込み、畳からはジトっとした湿気が伝わってくる。

「じつは、ちょっとばかり先生にお訊《き》きしたいことがありまして」

清司が頭を下げると、丹波は露骨にいやな顔をしてみせた。

「なんだい、個人的な質問はごめんだぞ」

「いえ、そうじゃないんで」

清司は慌てて言った。

丹波が自分の過去に触れられることを極端にいやがっているのは、十分承知していた。十何年も出入りしていながら、清司は丹波の年齢さえ知らないくらいだ。ほかの香具師《やし》仲間も同様で、中に一人、酒癖の悪い男がしつこく出身地などを訊き出そうとして、丹波を激怒させたことがある。その男はそれっきり、出入り禁止になり、結局、転業した。

一説によると、丹波は関東一円に勢力を張る香具師の元締めと、何か特別な繋《つな》がりがあるらしい。丹波をネタ元にしている大道将棋師たちが、各地で店を出しても、地元の『組』関係とトラブルが起きないのは、その恩恵だということだ。

「昨日、ある人から人探しを頼まれましてね。それがなんでも古い将棋指しだというんで、もしかすると、先生ならご存じじゃないかと思いまして」

「だめだ、知らんよ、そんなもの」

丹波はニべもなく言って、ゴロリと横になった。

「そんな、関係のない話を持ってくるな」

「ところが、関係がないわけじゃないんでしてね」

清司は、上野公園でみごとにしてやられた一件を語った。

「しかも先生、やられた問題ってのが何だと思いますか？　例の五十五手詰めの、あれなんですよ」

「まさか……」

丹波は鼻の先で笑った。

「あれをやられるわけがないだろう。いいかげんなことを言うな」

「そう思うでしょう？　それがほんとにやられちまったんだから、あたしだって驚きですよ。いまだに信じられないくらいです」

丹波がはじめて、まじめな目でジロリと清司を見た。

「おい、そいつはプロじゃないのか？」

「いえ、ちがいますよ。プロだったら、奨励会に至るまで顔を知ってますよ。プロでもなきゃアマの強豪でもない。なんでも、兵庫の山奥から出てきたばかりのぽっと出だって、ご本人は言ってるんですがね」

「ばかばかしい、そんなやつに解けるはずがないだろ」

「はずがないったって、現に詰んじまったんですから。あたしは四十三万円がとこ巻き上げられるってんで、青くなりましたよ」

「ふーん……、どうやらほんとうの話らしいな」

丹波はムックリ起き上がった。

「それで、金を払ったのか？」

「そんな金、あるはずがないでしょう。向こうが払わなくてもいいって言ってくれたからいいようなものの、すんでのところで、指をつめなきゃならないかと観念しましたよ」

「ふーん、いらんと言ったか。ばかに気前のいいやつだな」

「そうなんです。気前もいいし、男っぷりもいい……。だけど、その代わりに人探しを頼まれたんですからね、先生もそこを察して、ちょっとは協力してくださいよ」

「そうだな、多少はおれにも責任があるわけか。それで、誰を探しているって？」

「ですからね、昔の将棋指しで、名前は江崎。江崎三郎とか言ってました」

「なに？……」

　丹波が目を剝《む》いた。

「ご存じなんですか?」

「うん、まあ、知らんでもない。四十年も昔の将棋指しだ」

「だそうですね、戦後すぐやめたとか言ってました」

「その男は、いったい江崎の何なのだ?」

「息子さんだそうですよ」

「息子?……、江崎に息子がいたのか?」

「らしいですね。しかしよかった、先生がご存じだとはね」

「知ってるといっても、顔を知ってるぐらいなものだ」

「会ったことはあるんでしょう?」

「ああ、一度か二度な」

「じゃあ、その江崎という人が、いまはどうしてるかはご存じないですか?」

「知らんよ。息子が知らんのに、おれが知ってるわけがないだろう……。いや、たしか死んだのじゃなかったかな」

「え? 死んじまったんですかい?」

「ああ、十五、六年前かな。そんな噂《うわさ》を聞いたような気がするが……、しかし、詳しいことは知らん」

「そうですか、死んだんですか……」

清司は、その事実を聞いた時の江崎青年を想像して、たちまち憂鬱《ゆううつ》になった。丹波は相変わらず、緩慢な動作で、時折、コップ酒を啜《すす》っている。そうやって飲みながら、客に振る舞うという発想はまったく起きないらしい。その陰々滅々とした雰囲気は、まるで平手造酒《ひらてみき》を彷彿《ほうふつ》させる。

「ところで先生、その江崎三郎って人は、どういう人物だったんです？」

清司は気を取り直して、訊《き》いた。

「将棋指しだ、そう言っただろう」

「それは分かってますが、強かったんですかね？」

「どうかな、よく知らん」

「そんなあっさり言わないで、何か息子さんに聞かせてやるようなことがあったら、教えてくださいよ」

「煩《うるさ》いやつだなあ、いいかげんにせんかい」

怒気を含んだ声で言うと、プイッと横を向いて、また寝転んだ。

それっきり相手になろうとしない。清司は詮方《せんかた》なく立ち上がった。

「どうもお邪魔しました」

「そうか、もう帰るのか」

知らん顔を決め込んでいながら「もう帰るのか」もないものだが、丹波としても、さすがに気がさしたのだろう。帰りかける清司を送って、這《は》うような恰好《かっこう》で玄関の障子の脇《わき》から顔を突き出した。玄関といっても、わずか半坪《はんつぼ》。コンクリートの剝《は》げた三和土《たたき》に、ミカン箱ほどの下駄箱をおいただけの代物《しろもの》だ。

清司が黙礼して、敷居を跨《また》ごうとした時、

「おい、ちょっと待て」

丹波は呼び止めて、頰杖《ほおづえ》をついてしばらく考えてから、言った。

「その江崎という男のことだが、詳しいことを知りたければ柾田《まさだ》のところへ行くといいと言ってやれ」

「柾田？……」

清司は一瞬、ピンとこない。

「知らんのか？　柾田を」

「柾田って、あの柾田圭三九段ですかい？」

「ああ、ほかにはおらんだろ。たしかその頃、江崎とは柾田圭三が親しくしていたはずだ。

だが、おれに聞いたことは言うな」

丹波は言い捨てると、あっちに顔を向けて、腕枕《うでまくら》になった。

清司は驚いた。思いがけない名前が出たものである。

「先生は柾田九段をご存じなんですか？」

返事の代わりに、丹波は空鼾《からいびき》を立てた。

第二章　念書の謎

1

一夜明けたら有名人になっていた——というのが、香子にぴったりの状況だった。清司は朝早くに駅の売店まで行って、ありったけの新聞を買い揃《そろ》えてきた。どの新聞にも写真入りで、今井香子の女流王将位奪取を紹介する記事が出ている。

「美少女王将誕生！」などという、それではまるで前の女流王将がブスだったように受け取られかねない見出しもある。もっとも、正直なところ、たしかに前の女流王将は美人とはお世辞にも言えないような女性だった。

清司は仏壇に新聞の束を供えて、長いこと念仏を唱えた。淡白を装っていながら、やはり娘のタイトル挑戦には、当の香子以上に関心を寄せていたにちがいない。

「おまえが王将になっちゃったんじゃ、おれは店を畳んだほうがいいかな」

仏壇の亡妻の写真を眺めながら、背後の香子に向けて、情けない声で言った。

「どうして？」

「だってよ、王将の親父が大道将棋をやってたんじゃ、体裁が悪かねえかい？」

「そんなの関係ないわよ。あたしはあたし、父さんは父さんでしょ。大道将棋は江戸文化の華《はな》だって、父さん、言ってたじゃないの。あたしは平気よ。誰に訊《き》かれたって、大きな声で答えちゃうわ。うちの父は日本一の大道棋士だって」

「ばか、自慢するほどの代物《しろもの》じゃねえよ」

尖《とが》った口調で言ったが、清司は満更でもない顔であった。

棋戦の主催紙である朝陽新聞社でタイトルの授与式があるので、香子は盛装して、午過《ひるす》ぎに家を出た。街《まち》を歩いても、電車に乗っても、周囲の人間が皆、こっちを見ているような晴れがましさを感じた。

朝陽新聞社に着くと、いきなり立派な応接室に通された。いまだかつてこんな待遇を受けたことのない香子は、ソファーの隅っこのほうにちぢこまって、女性が運んでくれたコーヒーにも手をつけなかった。

「やあやあ」と、例によって大きな声を発しながら、観戦記者の野々宮が現れた時はほっとした。もう四十五、六のおっさんだが、ちょっと子供じみた抜けたところがあって、香子は好きだ。

「このたびはどうも、おめでとう」

丸っこい体軀《からだ》を屈《かが》めて、しかつめらしくお辞儀をした。いつも剽軽《ひょうきん》なことを言って笑わせる野々宮しか知らないから、香子は面食らって、慌てて立ち上がり、その拍子にテーブルにいやというほど向こう脛《ずね》をぶつけた。

「あははは」と野々宮は吹き出した。

「野々宮さんがびっくりさせるから、いけないいんです」

香子は恨めしそうに野々宮を睨《にら》んだ。

「えっ？　僕が何をした？」

「だって、真面目《まじめ》くさって挨拶《あいさつ》するの、はじめてなんですもの」

「あ、そうか。そういえばそうかなあ」

野々宮は感心したように頷《うなず》いた。

「しかし、今日から今井さんは押しも押されもしない女流王将だからねえ。ご尊敬申し上げなければいけない」

「やあだ、そんなの」

「いやいやほんとのこと。キョウコちゃん……じゃない、今井さんもそのへんのところを弁《わきま》えて、偉そうな顔をしてもらわないと困るんだよ」

「そんなの、出来っこないです」

「すぐには無理かもしれないけど、人間というのは不思議なもので、時間が経《た》つとだんだんそれらしくなってくるものなんだ」

「だけど、野々宮さんに今井さんだなんて呼ばれると、ほかの人のことみたいで、ピンとこないから、やめてください」

「そうだねえ、ずっとキョウコちゃんだもんなあ。あれはいくつの時？　十二、三歳かな？」

「十歳ですよ、奨励会に入ったのは。その時、野々宮さんに会ったんです」

「というと、もう九年か……。やだやだ、おジンになるはずだよねえ」

野々宮は悲しそうに、後退した額をバタバタと叩《たた》いた。

野々宮は冗談のように言っていたけれど、その後の女流王将位授与式や、記者のインタビューを体験しているうちに、これはもう、いままでのような甘えた気分ではいられなくなったのだな——ということを実感した。子供から一足飛びに大人の仲間入りしたどころか、将棋界の、それも、ごく一部の世界にすぎないとはいえ、いわば「君臨」することにもなったわけだ。

夕方から将棋連盟と新聞社の肝煎《きもい》りで、豪勢な祝賀パーティーが開かれた。香子の師匠である吉永八段をはじめ、高段の棋士も何人か出席してくれたし、対戦相手の前女流王将や仲間の女流棋士も大勢参会した。これまでにも、こういうパーティーに出席したことはあったが、それはその他大勢の参会者としてであって、主役としては生まれて初めての経験だ。こうなってみて、香子は漠然とではあったが、タイトルというものの持つ大きさと、それを含めて、背後にある将棋連盟やマスコミや、さらにそれらを抱えている、社会という組織の巨大な存在を、垣間《かいま》見たような思いがした。

パーティーにはもちろん父親も賓客として招待されていたのだが、清司はどうしても出席しないと言い張った。「大学の入学式に親が付き添う馬鹿がいるんだから、いやんなっちゃうよな」などと、日頃《ひごろ》から言っている手前、オメオメと出席するのは沽券《こけん》にかかわるのかもしれない。

そういう主義なのは仕方がないとしても、宴会場に並んだ御馳走《ごちそう》を見ると、来ればよかったのに——と思ってしまう。香子はこっそり野々宮に頼んで、父のための折詰めを作って貰《もら》った。

「親孝行だねえ。美談だねえ」

野々宮はしきりに感心した。

パーティーのあと、席を変えて——と誘われたが、未成年だからという理由で断って、八時前には帰路についた。日頃は面と向かって親離れしたいと毒づいてみせるくせに、香子は自分でもおかしいくらい、父親の元に早く帰り着きたい思いがしていた。「それがいいね」と、野々宮も言ってくれた。優勝カップや沢山の賞品は別便で送ってくれるというので、折詰め以外はほとんど手ぶらも同然であった。

電車の中で、どこからか視線を浴びていることを感じていた。朝からの晴れがましさが、まだ続いているのだと思った。もしかすると、多少いやらしく自意識過剰になっているのかもしれない——と努めて気にしないようにした。

地下鉄日比谷《ひびや》線の三ノ輪駅で降りて、自宅まではほんの五、六分の距離である。香子は弾むような足取りで家路を急いだ。

神社の境内を横切る時、背後の足音が急に速くなり、駆け寄ってくるのを感じた。振り返ると、もう目の前に二人の男が近づいていた。

「今井香子さんですね？」

一人が声を掛けてきた。

「ええ、そうですけど？」

香子は足を止めて答えた。一瞬、ファンかな？——と思った。

「警察の者ですが、ちょっとお訊《き》きしたいことがあるのです」

男はいくぶん息を切らせて、言った。香子は「警察」という言葉を聞いたとたん、すぐに例の封書を預けた男のことを連想した。

（やっぱり、来るものが来た――）

「あの、何でしょうか？」

おずおずと訊いた。

「じつは、この前、新幹線の中で、ある人物が、あなたに何かを預けたのではないかと思いましてね」

境内にある街灯で、男の口許《くちもと》が微笑しているのが見えた。しかし、彼の眼のほうは他人の心を覗《のぞ》き込む、鋭く不愉快なものだった。

「あの……」

香子は頭脳を急回転させて、どう応じるべきかを考えた。将棋の手を読むより、はるかに難しい。心臓がドキドキするのが、はっきり聞こえるような気がした。

「失礼ですけど、刑事さんですか？」

「そうですよ」

「あの、疑うわけじゃないんですけど、警察手帳を見せていただけますか？」

瞬間、男が怯《ひる》むのが分かった。

「手帳はちょっと携帯していないが、警察の人間であることは間違いありません」

苦しい弁解をした。

「そうですか、それじゃ、私の家、すぐそこですから、家でお話をお聞きします」

「いや、この件はなるべく内密のほうがよろしいのです。ここで話を聞かせてもらいたいのですがね。どうなんです？　預かり物をしたのでしょう？」

「お答えできません」

香子は震える声で、きっぱりと言った。

「あんたねえ……」

いままで黙っていたもう一人の、いくぶん太めの男が、前の男の脇《わき》から体を乗り出して、言った。

「預かった物をネコババしようってのは、犯罪行為になるんだよ。預かったのかどうか、はっきりしたほうが身のためだ」

詰め寄られて、香子は思わず後ずさりし、境内にある敷石に踵《かかと》を取られ、ひっくり返った。

折詰めを庇《かば》う意識が働いた分、したたかに尻を打った。

自分でも思いがけないほどの大きな声で、「キャッ」と悲鳴が上がった。二人の男も驚いたとみえ、慌てて手を差し延べ、香子を引き起こそうとした。見ようによっては、若い娘を突き倒し、襲いかかろうとしている状況に見えないこともない。

「こらーっ」と大声を発して、男がすっ飛んできた。通りがかりに現場を目撃したのだろう。

二人の男は尻餅《しりもち》をついた香子をそっちのけで、身構えた。

「何をしてる！」

飛んできた男はかなりの長身で、ひっくり返った恰好《かっこう》で見上げる香子の目には、街灯を背にしたシルエットがなかなか頼もしく感じられた。

「われわれは警察だ」

二人の男の一人が短く言った。

「警察？……」

長身の男は戸惑って、香子を見た。

「ほんとうに警察ですか？」

「いえ、ほんとうかどうか、分かりません」

香子は必死の思いで言った。立ち上がると、新しい男の側に寄り添った。

「警察手帳を持っていないんです」

「こう言ってるが、どうなんです？」

長身の男が二人に訊《き》いた。

「だから、いまは非番だから、たまたま警察手帳を持っていないのだ」

「あら、非番なのになんであんなことを質問したりするんですか?」

「…………」

二人の「刑事」は顔を見合わせた。

「その件については当方の不備は認めるが、しかし、預かったかどうかぐらいは教えてくれてもいいのではないか」

「だって、預かったとかなんだとか、何のことかさっぱり分からないんですもの」

香子ははっきり相手の素性を疑ってかかることに決めた。

「嘘《うそ》をつくな!」

太めの男が怒鳴った。こっちのほうは短気らしい。

「さっきの様子では、あんたが預かったことは間違いなかった」

「そんなこと、私は言ってません」

香子はつっぱねた。さらに何か言おうとする太めを、もう一人のほうが押し止めた。長身の男を見ながら、何やら囁《ささや》いている。第三者がいては具合が悪いのだろう。やがて諦《あきら》めたように、頭を下げた。

「どうも思い違いのようでした。たいへん失礼しました」

思いのほかあっさりと立ち去った。少し行ったところで、太めのほうが振り返り、ものすごい目でこっちを睨《にら》んだ。

「ありがとうございました。ほんとに助かりました」

香子は長身の男に礼を言った。

「いや、べつに……、しかし、あれは何だったのですか？」

「さあ、よく分からないのですけど」

香子は首を傾《かし》げてみせた。この男だって、丸々信用していいかどうかは分からない。

「どうも」と、もういちどお辞儀をして行きかける香子を、男が呼び止めた。

「あの、この辺に住んでおられますか？」

「ええ、すぐそこです」

「ちょっと道を教えて貰《もら》いたいのですが。ええと、台東区三ノ輪……」

男は紙片を明かりに照らして、住所を読んだ。

「それだったらうちの辺りです」

「それはありがたい。そしたら、今井さんという家を知りませんか？」

「あら、今井はうちですけど？」

うっかり言ってから、香子は（しまった――）と思った。さっきのこともある。ひょっとすると、あの封書が目当ての人物かもしれなかった。

「えっ？　じゃあ、あの今井さん……、今井清堂さんのお嬢さんですか？」

「ああ、父のお知り合いですの？」

香子はほっとした。それなら悪い人間ではなさそうだ。

「あははは……」

男はおかしそうに笑った。偶然、今井家の人間に出会えたことを嬉《うれ》しくて笑ったのかと思ったが、そうではなかった。

「あの今井さんに、こんな美人のお嬢さんがいるとは思いませんでした」

言って、また「あははは」と笑う。ずいぶん無遠慮だが、「美人」と言われて、香子は悪い気持ちではなかった。

「父に何かご用ですか？」

「ええ、来るように言われて、それで駅から電話したのですが、お留守のようで、道が分からなくて困っていたところです。助かりました」

「あら、留守でした？　じゃあ、行ってるとこは決まってます。パチンコ屋か、赤ちょうちんなんです」

案の定、清司は表通りの赤ちょうちんの店にいた。香子が先に入って、男が頭を店の中に突っ込むと、判じ物でも見るように、二人の顔を見比べた。

「父さんにお客さんよ」

香子に言われて、清司は「あ、いけね、忘れてた」とテーブルの前から離れた。

「江崎さん、申し訳ない。こいつがいないもんだから、晩飯を食いに出ちゃったもんで」

客の男に謝っている。

「嘘《うそ》ばっかし。いま何時だと思ってんの？　晩御飯が聞いて呆《あき》れちゃうわ」

「うるさいな、帰ろうと思ってたとこじゃねえか」

店の亭主に「じゃあ」と手を振って、香子より早く店を出た。香子が出てこないうちに、江崎に指で輪を作ってみせて、

「この話は黙っていてくださいよ」

江崎は笑って頷《うなず》いた。

2

今井家も丹波竜鬼の家ほどではないが、かなり古く粗末な建物である。低い板塀の内に小

さな庭があって、イチジクやヤツデなどが茂っている。玄関は以前は格子戸だったのを、老朽がひどくなったので、改築して洋風のドアに換えた。そこだけが異質だが、あとは典型的といっていい、東京の下町の民家そのものだ。

応接室などというものはなく、居間兼客間みたいな八畳の和室に、食卓兼用のテーブルが置いてある。古いなりにこまめに手入れをしているので、壁や畳などは小綺麗《こぎれい》だ。香子が趣味で作るぬいぐるみや、可愛らしい壁掛けが、和やかな雰囲気を醸《かも》し出している。

「狭っくるしいとこで、びっくりしたでしょう?」

清司は江崎に、一つしかない客用の座蒲団《ざぶとん》を勧めながら、言った。

「いや、とんでもないです。僕は山奥の暮らしが長いですから、こんな暖かい家庭的な雰囲気に憧《あこが》れていました」

江崎は頭をめぐらせて、家の中をもの珍しそうに観察した。

「するてえと、江崎さんはまだ独身で?」

「ははは、もちろんですよ」

「しかし、お歳はいくつです?」

「それを言われると辛《つら》いのです。もう三十五になりました」

「何か、独身主義とか、そういうことで?」

「主義ということはないのですが……、しかし、多少はあるのかもしれません」

「といいますと？」

「はあ……」

江崎は口ごもった。

「あ、失礼。立ち入ったことを訊《き》いちまって、気にしないでくださいや」

清司は急いで言った。父親の行方を探しているくらいなのだから、何か言いにくい事情があるのだろう。

気づまりになったところへ、ちょうどタイミングよく、香子がお茶を運んできた。

「さっきね、神社のところで二人の男に襲われそうになって、江崎さんに助けていただいたのよ」

清司に「事件」のことを話して聞かせた。

「ふーん、妙な野郎だな。そいつはまちがいなく贋《にせ》刑事だぜ」

清司は深刻そうに腕組みをして、言った。

「だけど、どうしてあたしのこと分かったのかしら？」

「そりゃおまえ、新聞にあれだけデカデカと出りゃ、分かっちゃうさ」

「あ、そうか……。だとすると、有名になるのもよしあしだわね」

「ばか。呑気《のんき》なこと言ってる場合じゃねえだろ」

「有名なのですか？　お嬢さんは」

江崎が不思議そうに訊いた。

「へへへ、まあね、有名ってほどのことはねえんですが」

香子が「よしてよ」と言うのに構わず、清司は仏壇の新聞を持ってきて、香子の記事のところを広げて見せた。

「はあ、女流王将ですか。すごいのですね」

「なあに、王将ったって、江崎さんからみりゃ、ヒヨッコみたいなもんですよ」

「あら」

香子は不満そうに口を尖《とが》らせた。

「じゃあ、江崎さんは将棋をなさるんですか？」

「ばか、なさるなんてもんじゃないの。おまえなんか二枚落ちだってかないやしねえよ。言っただろ、ものすごく強いって」

「ああ、それじゃ、父さんが言ってた強い人って、江崎さんのことだったの」

それにしたって、ほんとうに強いのかどうか――と、香子はまだ疑っていた。江崎なんて、聞いたこともない名前である。いくら女流とはいえ、プロの棋士に対して二枚落とす――っまり、飛車角抜きで指すアマチュアなんているはずがない。

清司は話を元に戻して、香子に言った。

「だけどよ、そうまでして探しているとなると、あの封書はいよいよ怪しいな」

「どうする？　警察に届ける？」

「そうだな……、しかし、その前にとにかく開けてみようや」

「構わないかしら？」

「構うもんか。むこうが汚ねえやり方をしてくるんだから、こっちが何やったって文句ねえだろうよ」

「だけど……」

香子はチラッと江崎のほうを見た。江崎は親子の会話から疎外《そがい》されたように、所在なげにお茶を啜《すす》っていた。

「そうだ、江崎さんにも相談に乗ってもらったほうがいい。なんたって江崎さんは命の恩人だからな」

上野の山の一件を知らない香子には、「命の恩人」の意味がピンとこない。さっき助けられたことに対してだとすると、少し表現がオーバーすぎる。

「いいから、早く持ってこい」

清司は逡巡《しゅんじゅん》する香子を追い立てた。

テーブルの上で、手品でも始めるような手つきで、香子は封書を開いた。中から現れた紙片に、三人の目が集中する。

特注品らしい厚みのある洋箋《ようせん》に、ペン字のかなりの達筆で、次のような文章が書いてある。

念書

九段の件、成就の際にはかならず御要望に沿うことをお約束いたします。

昭和××年×月××日

北村英助

「あらっ……」

香子が驚いて、大声を発した。

「北村さんて、東京将棋連盟の会長さんの名前だわ」

「そうだな、同じ名前だな。御本人かな？」

「でしょう。珍しい名前だもの」

将棋連盟の会長は名誉職で、代々、政財界のお偉方《えらがた》が務めることになっている。北村英助は大阪に本社がある大手商社の会長で、将棋連盟には一方《ひとかた》ならぬ貢献をしている人物だ。

「だとすると、えらい物だぞ、これは……」

清司は呻《うめ》くように言った。

「えらい物って、何なの、これ？」

「だから、念書って書いてあるじゃないか」

「念書って何？」

「つまり、約束ごとを念のために書面にしておくことだな。口約束だけじゃあてにならねえだろ」

「ふーん、そうなの……だけど、何を約束したのかしら？　九段の件て」

「何かをやってくれたら、九段にするっていうことかな？　将棋指しの誰かを、九段に昇段させる工作かもしれねえ」

「やあだ、そんなこと出来るの？」

「やる気なら出来るだろ。一人や二人じゃなく、いっぺんに大勢の九段をこしらえようってのかもしれねえ」

「えー？　どういうこと、それ？」

「だいたい、将棋指しは囲碁に比べて、九段が少なすぎるからな。前々から不満があったんだ。くだらねえことなんだが、宴会の席順なんかを決める時、囲碁の連中は九段ばっかしだろ。そこへいくと、将棋のほうは八段どまりで、九段なんてのは滅多にいやしねえ。どうしても九段を持ってる囲碁の連中のほうが上座に坐《すわ》ることになる。なんだか、囲碁のほうが将棋より偉そうに見えるってわけだ」

清司の言ったことは事実である。将棋の世界では「最高位は八段」という不文律が長くあった。九段というのは一つのタイトルとして争われた時代があったのである。しかし、前述のような矛盾から、将棋界にも九段を作ろうということになり、たとえばA級在位が何年であるとか、タイトル獲得数がいくつであるとかいう条件を設けて、九段位を与える規程が生まれた。それでも囲碁界の雨後の筍《たけのこ》のような量産九段の数とは、比較にならないほど少ない。この状態が続くかぎり、将棋指しは碁打ちの下風《かふう》に立つような気分が抜けないのかもしれない。

「だけど、この文章だと、九段のことがうまくいったらあなたの言うとおりにするって言ってるんでしょ？　北村さんに誰かが九段にしてくれって頼んでいるのなら分かるけど、北村会長が頼んでいるんだから、意味が変じゃないかしら？」

「うーん……まあ何にしたって、人が殺されてるんだからな、こりゃ相当にやばい預かり物だぞ。ねえ、江崎さん」

「はあ、そうなのですか」

清司が勢い込んだのに、江崎の反応はのんびりしたものであった。精悍《せいかん》な顔立ちが、なんだか間が抜けて見えた。あの詰め将棋で見せた鋭さはまるで影を潜《ひそ》めていた。

（よほど浮世ばなれした暮らしをしてたにちがいない――）と清司は思った。

「ところで、父のこと、何か分かりましたか？」

親子の会話が途切れたところで、江崎はようやく、肝心なことを質問した。

「ええ、いや、はっきりしたことは分からないんですがね」

香子は父親の「調査」があまりいい結果でなかったことを聞いている。清司が言いにくそうにしているのを見兼ねて、お茶を替えるふりを装って、台所に立った。

「じつはね江崎さん、その人の言うには、あなたのお父さんは、たぶんお亡くなりになったんじゃないかと……」

「死んだ、ですか」

「いや、ですからね、はっきりしたことは分からないんですよ。分からないんですが、たぶんそうではないかと……。そういう噂《うわさ》を聞いたと言うんですよ」

「いつどこで死んだか、分かりませんか？」

「十五、六年前ではないかと言ってましたが、場所とか、そういう詳しいことは知らないのだそうです」

「その人はどういう人なのですか？　父の友人ですか？」

「いえ、友人とか、そういう近しい間柄ではない様子です」

「会わせていただけませんか」

「それがね、ちょっと具合が悪いもんで」

「病気ですか？」

「いや、そういう具合が悪いではなくて、その、つまり人付き合いの大嫌いな人なもんでしてね」

「名前は何ていう人ですか？」

「ですからね、それも言ってもらっちゃ困るって。なんたって頑固なんだから」

「父さん」

台所から、香子が声をかけた。

「丹波先生のことでしょ？　教えてさし上げればいいじゃないの」

「余計なことを言うな。そうはいかねえんだよ。あの先生が言っちゃならねえって言えば、言っちゃならねえの」

「でも、いまお聞きしました。丹波先生という人なのですね？」

江崎が言った。

「あれ？　あ、そうか。しょうがねえな。しかし、わたしは何も喋《しゃべ》っちゃいませんよ」

「分かっております。その代わり、その丹波先生に会わせてください」

「だめだめ、そんなの、ぜんぜんだめです」

清司は慌てて、首と手を一緒に振った。

「そんなことしたら、たちまち出入り禁止になっちゃいますよ」

「しかし、先日の『四三』のこともありますし」

「あ、それねえ、それを言われると困るんだけどねえ」

清司は香子のほうを気にしながら、江崎に顔をしかめてみせた。江崎は笑いもせずに、ことと次第によっては、上野の一件をバラしかねないポーズを示している。

「あの『四三』の件はその人にも責任があるのじゃありませんか？」

「あ、まずいなあ……」

清司は情けない顔で、「黙っていてくれ」と片目をつぶった。

「それほどまで言うなら、先生の機嫌のいい時を見計らって、なんとか段取りをつけてみますがね。しかし、難しいと思うんだが……。それに、もし会えたとしても、ものすごく愛想の無い人だから、気を悪くしたって知りませんよ」

「それは大丈夫です。僕は神経がいたって鈍いほうですから」

清司はやれやれと、重い荷物を背負ったように、肩の上で首をグルグル回した。

その話は一段落ついたが、テーブルの上には一通の紙片が、未解決の問題として残っていた。その「九段」という文字を見て、清司は思い出して言った。

「あ、そうだ。その先生がね、もしお父さんのことを詳しく知りたければ、柾田九段に会うといいって言ってましたよ」

「柾田九段、ですか？」

「ええ、知ってるでしょう？　ヒゲの先生ですよ。丹波先生の話だと、江崎さんのお父さんと柾田九段とは仲がよかったとかいうことでした。もしかすると、柾田九段が何か消息を知ってるかもしれない。柾田九段だったら、香子が話をつけてくれるだろ？　なあ」

清司が視線を送った先で、香子は頷《うなず》きながら、ふと、あることに思い当たった。

「ねえ父さん。もしかしたら、この『九段』ていうの、柾田先生のことじゃないのかしら？」

「ん？　どういう意味だ、それは？」

「ちょっと噂《うわさ》で聞いたんだけど、北村会長が柾田先生のこと、追い出したがっているっていうのよね。なんだか知らないけど、将棋連盟の運営のことで、柾田先生が反対ばっかしするからって」

「ふーん……」

清司はあらためて紙面を眺めた。

「だとすると、念書の意味は、柾田圭三九段の処置をうまくやってくれ——ということなのだろうか？　それにしたって、こんな大物がわざわざ念書まで取り交わして頼むほどの騒ぎかねえ？……」

首を傾《かし》げた。

3

例年より十日も早く梅雨《つゆ》が明けたとかで、七月なかばだというのに、街《まち》はもう灼《や》けつくような暑さであった。銀座《ぎんざ》の表通りも、さすがに午《ひる》の時分どきを過ぎると、行き来する人の数もまばらになる。

「メロンが食いたくなった」

車が四丁目の角を曲がった時、眠っているとばかり見えた柾田が、突然、呟《つぶや》いた。

「千疋屋《せんびきや》の前で停《と》めろ」

「あの、時間が……専務さんとの約束の時間に遅れてしまいますが」

桐野は慌てて答えた。

「いいから停めろ、あっちは待たせておけばいい」

「はあ……」

仕方なく、桐野は運転手に合図した。柾田は信玄袋を小さくしたような小物入れから、無造作に数葉の千円札を摑《つか》み出す。

「釣りはいらんよ」

運転手は帽子を取って、丁寧にお辞儀をした。

「どうぞお大事になさってください」

柾田の病身を労《いたわ》るような挨拶《あいさつ》をしたところをみると、かなりの将棋ファンなのかもしれない。

車外は目も眩《くら》むばかりの熱気であった。

「暑いな、こりゃたまらん」

柾田はヨタヨタと歩道を横切って、千疋屋《パーラー》の中に逃げ込んだ。夏姿といっても、羽織袴《はおりはかま》は見た目には暑苦しい。胃をやられて以来、猫背で腰を屈《かが》める習慣が身についてしまっているから、かつてのように颯爽《さっそう》と風を切って歩くような面影はない。トレードマークの髭《ひげ》も蓬髪《ほうはつ》もすっかり白濁《はくだく》してしまい、昔日の覇気《はき》は失《う》せた。

桐野は立ち止まって、しばらくのあいだ、いたましい目で師の後ろ姿を見送った。

去年、プロ棋士への関門である奨励会を突破したのを機会に、桐野は長い内弟子生活にピリオドを打った。

柾田の晩酌《ばんしゃく》の相手をしながら、おっかなびっくり、「独立したいのですが」と切り出した時、師匠はぶっきらぼうに、「そうか……」とだけ言った。

言ったきり、盃《さかずき》を持つ手が止まった。

柾田は前の年、糟糠《そうこう》の妻を亡くしている。おまけに、自らも持病の胃弱が悪化して気が弱くなっていた時だけに、たった一人の内弟子に去られるのは辛《つら》かったはずだ。桐野もそれは承知の上である。しかし、二十二歳という年齢を考えると、いつまでも柾田の面倒を見ていられるわけのものでもない。

わがまま放題の柾田が、弟子の「叛乱《はんらん》」にひと言の文句も言えないのを見て、桐野は師の老いを思い、目頭を熱くした。

とはいえ、外面を見るかぎりでは、柾田は相も変わらぬ傍若無人ぶりであった。将棋連盟の運営方針にはケチをつける、他人の将棋はこっぴどくコキ下ろす、といった具合で、柾田圭三いまだ健在なり――の感は失われていないのである。

そのくせ、当の柾田は病気療養を理由に、ここ三年間、公式対局から遠ざかっている。プロ棋士の資格条件ともいうべき『順位戦』も休場したままだ。

将棋の場合、棋士は段位のほかに順位によってランクづけがなされる。順位戦という公式対局によって、毎年その順位が変動する仕組みだ。順位戦は「A級」を頂点に、以下「B―1」「B―2」「C―1」「C―2」の五つのクラスに分かれて、総当たりリーグ戦方式で行われ、各級ごとに二~三名の昇格、降格者が出る。A級順位戦で優勝した者が名人位の挑戦者となり、七番勝負を挑むことになる。

この順位は段位とは別の次元のランクづけだから、たとえ一度はA級に上がり八段位を獲得した者でも、負けが続けばC級に転落する。同じ勝負の世界でも、囲碁のほうにはこういう制度はない。将棋の「順位戦」に相当する「大手合《おおてあい》」という昇段リーグ戦はあるけれど、いったん九段位に上がってしまえば、あとは大手合を戦う必要はなく、引退するまでその地位は安泰なのである。したがって、囲碁の九段は引退するか死亡しないかぎり、際限なく増員しつづけるわけだ。

その点、将棋界は厳しい。相撲《すもう》と同様、まさに実力の世界なのだ。大関を張った者でも、負けがこめば幕下にまで転落する可能性がある。ただし、「八段」という称号だけは変わらないから、相撲でいうと「大関」が幕下の位置で相撲を取るような屈辱的なことが起こりうる。八段でありながら、ドンジリのC級で子供みたいな棋士を相手に勝負をするのは辛いし、みっともないから、涙を飲んで現役を退く棋士も少なくない。それほどにシビアであるということだ。

柾田のように、三期も連続して休場すれば、当然、自動的に「C―1」クラスまで降下していなければならないはずだ。その柾田が、いぜんとして「A級」に留まっている。それは東京将棋連盟がひとり柾田のためにのみ設定した「張出制」という特例によって、救済されているためである。こんな特例はむろん順位戦方式が成立して以来はじめてのことだし、今後も発生する可能性はまず考えられない。

柾田圭三は昭和の将棋史における孤高的存在と言ってもいい。将棋の強さはもちろんだが、強さだけならほかにも人がいないわけではない。名人関根金次郎、坂田三吉、木村義雄、大岩泰明、中宮真人《まひと》……と、将棋史を彩る顔触れは揃《そろ》っている。だが、柾田圭三は将棋の強さばかりではない、その人となりが一風変わっていることで、抜きん出た存在であった。将棋は知らなくても柾田圭三の名と顔は知っている――という人も少なくない。

明治時代の国士を思わせる、魁偉《かいい》な容貌《ようぼう》もさることながら、天才肌の人間につきものの奇行や名言など、柾田にまつわる伝説的なエピソードを数え上げたらきりがない。そのユニークさは将棋にも発揮され、それまでの殻を破った、アッと驚くような新手をつぎつぎに放って、大衆にアピールした。柾田圭三の登場によって、将棋ファンが何割か増加したといっても過言ではないかもしれない。

いわば柾田圭三は今日の将棋界の隆盛をもたらした功労者の一人といってよかった。

その柾田を「病気欠場」という、一種の不可抗力的な原因によって降格させるのはしのびない。もし降格させれば、柾田の直情径行からみて、即座に引退するであろうことは目に見えていた。そうなれば、「新手一生」を標榜《ひょうぼう》する柾田将棋の神髄は、永久にファンの前から姿を消してしまう。

そうなることを恐れて――と、張出制を発案したのは、当時、将棋連盟理事長だった広田裕《ひろし》九段である。もちろん政財界人のバックアップもあった。広田は柾田の唯一《ゆいいつ》といってもいい親友だが、柾田とは正反対の温厚篤実《とくじつ》な人柄で、内外に支持者が多く、理事会も満場一致で広田の提案を了承した。

その広田が心筋梗塞《しんきんこうそく》で急死し、理事長には大岩泰明九段が就任した。

広田は死んだが、柾田に対する特例法は生きていた。そして、柾田の病状はとくに悪化するでもなく、全快するでもない状態で、だらだらと続いた。順位戦の欠場は三期におよび、このぶんだと今期の出場も危ぶまれる。

こういう事態になろうとは、理事会はもちろん、発案者である広田九段も予測していなかったにちがいない。せいぜい一年も療養すれば、症状に目鼻がつくだろう——程度の安易な議決であったことは否めない。三年となると、話が違ってくる。三年のあいだには役員理事の顔触れも少し変わった。若手棋士のあいだには「張出制」に対する不満がくすぶりはじめていた。

「なんで髭《ひげ》の先生だけが……」

そういう声を耳にするたびに、桐野は胸が痛んだ。

しかし、当の柾田がそのことをどのように認識しているのかとなると、弟子の桐野でさえ、まったく見当がつかない。

このことにかぎらず、内弟子生活を通じて、師が何を考えているのか分からないことが多かった。一見、あけっぴろげに物を言い、行動する柾田だが、そのどこまでが本音なのか、推量しようとすればするほど分からなくなる。かえって、近くにいるから分からないのかもしれない——と、桐野は最近、思うようになってきた。本当は柾田は見たとおりの人間で、順位戦休場についての他人のあげつらいに何も言わないのは、じつは何も考えていないからかもしれないのだ。

メロンのお代わりをして、柾田はご機嫌だった。髭の先に果汁の露を光らせたまま、「旨《うま》い旨い」と子供のようにはしゃいだ。つい三、四年前までは酒と煙草に浸りっぱなしで、甘い物アレルギーだった柾田である。それがアルコールはせいぜいお銚子《ちょうし》一本まで。大好物のコーヒーまで禁じられた。

そういう師に殉じて、桐野はあまり好きでもないトマトジュースを飲んだ。

「ガキみたいなもの飲みおって」

柾田は弟子の苦衷《くちゅう》も知らずに笑った。

店内はほどよく冷房が効いて、フルーツの香りが漂っている。平穏なひとときであった。こうした平穏が、師の生涯にあとどれだけ残されているのだろう——。桐野はふと、そんなことを思った。

千疋屋を出て朝陽新聞社までは、歩いて五分もかからない。通行人の多くは柾田の顔を知っていて、中には無遠慮に「あ、柾田だ」と声を上げる者もいた。そのつど、桐野は気恥ずかしさとともに、誇らしい気分を味わった。

4

朝陽新聞社専務の広尾勝朗《かつろう》はマスコミ界きっての紳士——という評判がある。鼻筋の通った端整な顔立ちには、貴公子の香りさえ漂う。野人そのものという感じの柾田圭三とは、好対照だ。

役員応接室で、柾田と広尾は二人だけで向かいあった。弟子の桐野は一階ロビーに待機している。

前社長のヨーロッパ土産《みやげ》だというばかでかい革張りの椅子《いす》に坐《すわ》ると、柾田の蓬髪《ほうはつ》が背凭《せもた》れの陰に隠れてしまうほどになる。なんだか柾田が一回り小さくなったような気が、広尾はした。

いかにもけだるそうな柾田に遠慮して、広尾は、ほとんどトレードマークのようにさえなっている、自慢のパイプに火を点《つ》けなかった。テーブルの上に、二日前の毎日タイムスが広げてある。それには、見開き二ページを丸々使って、特集記事が組んであった。大見出しは「ブームの中の将棋界」。中学、高校のクラブ活動に、囲碁・将棋がトップの座を占めたという近頃の話題を取り上げ、将棋ブームの背景、最近の将棋界の動向、棋士の生活や裏ばなし――といったものを、若手棋士五人の座談会形式でまとめ、若干の論評を加えたものだ。全体としては、日曜向けの軽い文化時評といったニュアンスのものであった。座談会の出席者は五段から八段までの、いずれも次代を担うホープと目されている気鋭の若手棋士ばかりである。文中の発言はアルファベットによる匿名になっていて、誰が何を言っているのか、正確には分からない。

その中に、次のような注目すべき発言があった。

司会 ……ところで、これからの将棋界はあなた方の双肩にかかっていると言ってもいいわけですが、そういう皆さんにとって、現状に対して、不満があるとか、この点は改革すべきだとかいったことがあれば指摘していただきたいのですが。

B　そりゃ、あることはありますが、いろいろとその、差し障《さわ》りがねえ（笑）。

司会　しかしまあ、差し障りがない程度にぼかすとして、たとえばどういったことでしょうか？

B　まあ、筆頭に挙げるなら、なんといっても順位戦のあり方でしょうねえ。順位戦の各クラスの定員というのが、しょっちゅう変動がありましてね、昇段降格者数もあいまいなんです。かなりご都合主義的な部分が多いんですよ。

C　僕はまあ、大先輩のことを悪く言うのは気がひけるけど、枉田先生のA級張出制なんかに、諸悪の根源が潜《ひそ》んでいるような気がしますね。

A　そうそう、それは確かにあるね。われわれの模範となるべきトップクラスに、そういった不明朗なやり方をされちゃ、勝負の純粋性が失われるよ。将棋を指さない将棋指しがノホホンとA級に鎮座ましますんじゃ、下位のほうで泥にまみれている連中は浮かばれないからねえ。

司会　だいぶ手厳しいですね（笑）。

A　そりゃそうですよ。だって、それが勝負の世界というものでしょう。柾田先生自身、力無き者は去れって、われわれに教えてこられたのですからね。そのご本尊がぬるま湯に浸って平然としていたんじゃ、いったい何を信じていいのか、分からなくなってしまう。

B　ご病気という事情は分かりますが、われわれの場合、病欠は即、敗局ですからね。かなり熱がある時だって、無理して対局しなければならないようなことはしょっちゅうですよ。柾田先生だけが特典にあずかるいわれはないと思うんですよね。

C　僕は個人的には柾田先生を尊敬しているし、柾田先生を失うのは将棋界にとって一大損失にはちがいないことも分かるけど、やはりこの際は思いきって引退されるべきだと思います。

D　聞くところによると、一部マスコミが柾田先生の引退を引き延ばしているそうじゃありませんか。もしそれが事実なら、柾田先生のためにもよくないと思うし、ぜひ、すぐにやめてもらいたいですね。

「どうも、厳しいことを言ってきたもんですなあ」

柾田は物憂《ものう》い目をして、低く笑った。

「このマスコミ云々《うんぬん》は、明らかにわが社を指していますな」

広尾はゆったりした口調で言い、火の点《つ》いてないパイプを銜《くわ》えた。

「それにしても、ずいぶん露骨すぎて、読んでいるほうが気がひけるくらいですが、この先生方がこれほどまではっきりしたことを言うとは考えられません。おそらく毎日タイムスの作為的な誘導があったのでしょう」

「さあ、それはどうですかな」

と柾田は首を傾《かし》げた。

「案外、この連中の本音だったのかもしれませんよ。でなければ、煽《おだ》てられたってこんなことは喋《しゃべ》らない」

「しかし、天下の柾田先生に対して、いくら匿名とはいえ、面と向かって歯向かう度胸はないでしょう」

「ははは、天下はありません。いまや駑馬《どば》にも劣るといったところですわ。いたずらに延命を策す老残の身です」

「いけませんなあ、ご冗談にもそんな弱気は禁物ですぞ。まだまだ先生には働いていただかないと、私としても困る」

広尾は真顔で言った。

昭和三十三年に「名王戦」が新設され、朝陽新聞社の娯楽面の看板になった時の、柾田圭三は立役者である。

当時、柾田は名人位を筆頭に三大タイトル保持者として将棋界に君臨していた。広尾はまだ文芸部の囲碁・将棋担当の記者だった頃で、柾田とは以来四半世紀を超える付き合いということになる。

昭和五十年に編纂《へんさん》された『朝陽新聞社五十年史』に、「名王戦掲載は社業の発展に寄与するところ極めて大であった」と記されている。事実、名王戦の掲載が始まった年の新規購読契約は、前年比をはるかに上回ったし、その後も、名王戦は朝陽新聞の目玉であることに変わりはない。柾田圭三が朝陽新聞社で賓客待遇を受けるのは、そういう貢献度によっている。

その名王戦掲載権の移行問題というのがくすぶりはじめた。朝陽新聞社の競合紙である毎日タイムスが名王戦を欲しがって、策動しているというのだ。

もっとも、この問題は、すでに五年以上も前から噂《うわさ》されたことである。契約料を大幅に増額するという条件で毎日タイムスが将棋連盟に話を持ち掛け、連盟内部にも、食指を動かした者が少なくなかったといわれる。その時は名王戦の創設者である柾田が、「とんでもない話だ」と理事連中を一喝《いっかつ》して沙汰《さた》やみになった。

今回、朝陽新聞社の定例役員会で、この問題が議題にのぼった時、それほど緊迫したニュアンスで論議されなかった。それは、いわばカリスマ的ともいえる柾田の力を信じていたせいでもある。柾田は有力政治家と親交もあり、財界人との繋《つな》がりも深い。柾田特有の将棋哲学は経営哲学にも通じるものがあるとして、企業のトップが柾田の話を聞きたがった。それにもかかわらず、またぞろ移行問題が再燃してきたというのは、とりもなおさず、柾田に往年の神通力が失われてきたことを物語るものだが、朝陽新聞社内では、それについての認識が甘かったということになる。またとない消息通であるはずの広尾専務ですら、完全に楽観視していた。

その矢先の毎日タイムスの座談会記事である。一読して、広尾は毎日タイムスのなみなみならぬ意欲を直感した。毎日タイムスが正攻法で棋戦誘致の働きかけをする前に、まず柾田圭三の権威失墜を目論んだという、その点が却《かえ》って同社の「やる気」を思わせた。「天下の柾田」に対する誹謗《ひぼう》記事は、まかり間違うと多くのファンの反感を買いかねない。その危険をあえて冒《おか》して、柾田失脚を意図したキャンペーンを展開するというのは、その結果によほど自信をいだいているものと、心してかかる必要があった。

「一説によると、北村会長が背後で動いているという噂もあります。もし将棋連盟が、強い姿勢で名王戦掲載権の移行を申し入れてきたら、わが社としても抵抗しきれません。その際にはまた柾田先生のご尽力を仰がなければならないわけで、ひとつ、よろしくお願いしますよ」

広尾はかたちを正して頭を下げた。

「分かっております。まあ、わしの目の黒い内は、たとえ北村さんといえども、勝手なことはさせせんですよ」

薄く開いた柾田の眼が、一瞬、鋭い光を湛《たた》えた。

ドアをノックする音がして、返事も待たずに、観戦記者の野々宮が入ってきた。

「やあ、お元気そうですねえ」

柾田を見て、景気よく言った。

「嘘《うそ》をつけ」

柾田は笑った。

「この体《てい》たらくで元気はないだろう」

「そうですかねえ、僕にはお元気そうに見えるんですが。で、何か僕にお話があるんですって？」

「ああ、特ダネをやろうと思ってな」

「ほう、柾田先生が特ダネを、ですか？」

「そんなに驚くことはないだろう。わしだって、時には特ダネの一つや二つ、デッチ上げることができるのだ」

「はあ、デッチ上げですか？　つまり、やらせみたいな……」

「そんなようなものだな」

「何なんですか？　それは」

「今期名人戦に柾田九段が出場する」

「えっ？　ほんとですか？」

野々宮はもちろん、広尾も驚いた。

「ああ、ほんとうだ。もっとも、その前にA級リーグを勝ち上がらないといかんが、まあ出るからには優勝して、名人位に挑戦するつもりだ」

「そりゃすごい！」

野々宮は喜んだが、広尾はむしろ危惧《きぐ》するように柾田を見つめた。

「それは確かに結構なことですが、しかし、お体のほうは大丈夫なのですか？」

「正直、あまり大丈夫ではありませんがね、こんなことを書かれちゃ、眠っておるわけにもいかんでしょうて」

柾田はテーブルの上の新聞記事を指先で叩《たた》いて、声を出さずに笑った。

「夕刊には間に合わないか……」

野々宮は時計を見て、

「いや、朝刊の全国版のほうが値打ちがありますね。各社、驚きますよ」

嬉《うれ》しそうに部屋を出ようとして、思い出した。

「そうそう、今井のキョウコちゃんが、柾田先生にお会いしたいとか言ってました」

「キョウコちゃん……というと、そうか、あの子が女流王将になったんだったな。ちっちゃな女の子だったが……。で？　わしに何か？」

「いや、よく知りませんがね、先生にお会いしたら、ご都合を訊《き》いておいてくれということでした」

「ふーん……、何だろう？　とにかくいつでもどうぞと言っておいてくださいや。それにしても、師匠の吉永君でなくて、野々宮さんに頼むというのは、どういうわけかな？」

「そりゃ、吉永先生がアンチ柾田先生の急先鋒《きゅうせんぽう》だってことを知ってるからでしょう」

「そうか、あの子もそういう配慮の出来る歳になったちゅうことか……」

柾田は感慨深げに、見ようによっては疲れ果てたように、目を閉じた。

第三章　悲劇

1

東京将棋連盟の臨時理事会は、四谷《よつや》の高級料亭「福田屋」で開かれた。その日集まったのは、理事長の大岩泰明永世名人以下、現役棋士の理事が五人と、会長の北村英助の、合わせて六名である。

「思いがけない展開になりましたねえ」

吉永八段が口火を切った。

「柾田先生がA級リーグ戦に復帰するとは、まったく予想外です。病院筋では、とても再起できるような状態じゃないという話だったのですが」

柾田がこのまま引退するであろうというのが、吉永の観測で、彼はそのことを既定の事実であるかのように人に話していた。いまとなっては、病院側のせいにでもしなければ、立場がない。

「そやけど、柾田はんは、出る以上は優勝して、名人位を奪還するというて、意気込んでいるそうやおまへんか」

北村が脇息《きょうそく》に凭《もた》れて、冷やかな視線を吉永に注ぎながら、言った。吉永の予測が狂ったことに対して、不興《ふきょう》なのだ。計画では、この席で悪名高い「張出制」の廃止と柾田圭三九段の進退問題を討議し、もしこれ以上休養を要するような場合には、事実上の引退勧告を突きつける――という案件を議決するつもりだった。それが、けさの朝陽新聞の「柾田九段棋戦に復帰」のスクープで、いっぺんにふっ飛んでしまった。

「なに、そんなのは強がりですよ。むしろ、柾田先生にしてみれば、苦しまぎれの選択というところじゃないでしょうか。優勝どころか、陥落点しか上げられないのは目に見えているんですからね」

「どうでっしゃろな、老いたりといえども、麒麟《きりん》は麒麟かもしれまへんで」

北村は、これがこの男の癖でもある、ネチネチと絡むような口調で言った。

「諸先生方もフンドシを締め直してかからんと、総ナメを食うことになりかねんのとちがいますやろか？」

「会長さんのお言葉ですが、ずいぶん見くびったことをおっしゃるものですなあ」

吉永は面白くなさそうに言った。

「いやしくもA級に顔を並べている者が、三年のブランクがある病人なんかに、ムザムザと負けるはずがないではありませんか」

「ほう、たいした自信ですなあ。その意気やったら、吉永はん、あんたタイトルの二つや三つは固うおまっせ」

とたんに吉永はムッとした顔になり、一座はサッと白けた。

吉永は「天才」を自称して憚《はばか》らない男である。三人兄弟の兄二人は東大の法学部を出て、エリート官僚の道を選んだが、その兄たちをすら「頭が悪いから東大に入った」とけなすほどの自信過剰人間だ。

吉永は豪語するだけあって、たしかに将棋は強いし鋭いのだが、その割に大きなタイトルを取った実績がない。吉永が「あんなヘナチョコ」などと下風《かふう》に見ていた、若い中宮真人がどんどんタイトルを取り、名人位に就いて久しいというのに、A級リーグで万年優勝候補という、あまりありがたくない称号が、吉永には定着してしまった。

「いや、吉永さん、そう甘く見ているとこっぴどい目にあうかもしれませんよ」

大岩理事長も、北村の言葉を補強するように、穏やかな口調ながら、ピシッと言った。大岩は日頃、吉永がテレビのクイズ番組などに出たり、とかくはなやかな言動をすることを苦々しく思っているのだ。

永世名人大岩泰明は戦前戦後を通じて、最大最強の棋士として、自他共に許す存在である。百を超えるタイトル獲得数は、むろん前人未到だし、今後も当分のあいだ破られそうにない。

その大岩は柾田圭三の弟弟子に当たる。兄弟子の柾田に小さい頃から成人するまで、内弟子生活のあいだずっといびられ通しだった。将棋の上でもこっぴどくやられた。同じ天才でも、野人型の柾田に対して、大岩は隠忍自重《いんにんじちょう》型の典型といっていい。柾田先輩の横暴にひたすら耐え、文字どおり雌伏《しふく》をつづけた大岩は、ついに柾田を抜き、名人位を獲得して、将棋界の頂点を極める。

柾田と大岩の関係を評して、「火と水」という。仲が悪い――という意味だが、と同時に二人の性格や気風を表してもいる。

火の柾田が、大岩に一歩先んじられたことにいかに屈辱を味わったかは、だから想像に難くない。その二年後には柾田は奮起して名人位を奪取、三期連続して棋界の頂点に立った。だが、その名人位もふたたび大岩の手に移り、柾田はそれ以後、名人位をはじめその他のタイトルにもあまり恵まれず、病弱の身に失意をかこつことになった。

柾田を称して「不運の王将」という。たしかに、柾田圭三ほど実力と地位が比例しなかった棋士は珍しい。それはかつての坂田三吉の場合とよく似通っている。「強さ」という点では、柾田ほどの強腕の持主はいないのだが、名人位で大岩に先を越されたことなどに象徴されるように、せっかく訪れたチャンスを摑《つか》み損なってばかりいた。いうならば星まわりが悪いのである。そうして、ついに恵まれること少ないまま、柾田は老境を迎えてしまった。

そういった柾田圭三の悲運をもっともよく知る者は、大岩泰明その人にほかならない。大岩にとって柾田は、不倶戴天《ふぐたいてん》のライバルであると同時に、それ以前に無二の兄弟子であった。川柳に「碁敵《ごがたき》は憎さも憎し懐かしい」というけれど、天才柾田圭三はつねに大岩にとっての巨大な目標であったのだ。その目標を超えることによって、大岩自身が成長したといえる。火と水といい、相容《あいい》れない関係というが、大岩の柾田に対する思いは、吉永などの単純な憎悪や嫌悪では量ることのできない、複雑な屈折したものであった。

「そうや、大岩先生の言わはるとおりや。吉永はん、あんた柾田はんをナメたらあかん。柾田はんの壁を越えんうちは、なんぼ吉永はんかて、ただのお人や」

北村の揶揄《やゆ》に、吉永は顔面蒼白《そうはく》になった。

居並ぶ理事連中は固唾《かたず》を飲んで吉永の顔を見守った。負けん気の強い吉永のことだ、北村に言われっぱなしで収まるとは思えなかった。

だが、吉永は言葉を返さなかった。その沈黙が、周囲の者にはかえって吉永の怒りの激しさを想像させた。

理事会の翌日、千駄ヶ谷《せんだがや》の将棋連盟会館に、久し振りに柾田圭三が現れた。大岩理事長に正式にリーグ戦復帰の申し入れをするためである。いつもの桐野の代わりに、朝陽新聞社の野々宮が付き添っていた。

玄関先で柾田と吉永がバッタリ顔を合わせた。柾田の再起を取材に集まった記者が数人、周りをとり囲んだ。

「よぉ吉永君」

柾田のほうから先に声をかけた。

「今期は出場するからね。首を洗って待っていてくれよ」

ふだんから慣れっこになっているはずの柾田一流のジョークだが、昨日の今日であったから、今度ばかりは吉永もカチンときた。

「ふん、病み上がりのお年寄りじゃ、相手にする気にもなりませんよ」

言うなり、吉永は顔を背けるようにして足早に会館を出て行った。

柾田はもちろん、記者たちもあっけに取られた。

「何だい、ありゃ？」

柾田は、しばらくのあいだ、吉永の立ち去った方向を眺めてから言った。

「やっこさん、何を怒っているんだ？」

誰も返事のしようがない。ただし、アンチ柾田の急先鋒《きゅうせんぽう》である吉永八段が柾田に突っ掛かるの図は、記事ネタとしては面白い。それに対して柾田がどういう毒舌を吐くか、期待をこめて柾田の顔を見つめた。

だが、柾田はそれ以上の関心はないとでもいうように、クルリと反転して理事長室へ歩きだした。

吉永をべつにすれば、会館内で会う者のすべてが柾田に祝福の声を送って寄越した。理事長の大岩もドアのところまで出て、柾田の復帰に歓迎の意を表した。

「もうすっかりいいのですか？」

「いや、この病気はすっかりよくなるということはなさそうですからな」

「でしたら、もう少し休まれたほうがいいのとちがいますか？」

「そう言ってくれるのはありがたいが、そうもしておれんでしょう」

柾田は言ってから、大岩の当惑げな表情に気付いて苦笑した。

「いや、べつに厭味《いやみ》で言うとるわけではありませんぞ。わしは将棋を指したい。それだけのことで、動機は純粋なのです」

「そうですか。それは何よりです」

三年間の逼塞《ひっそく》は、万事に強気の柾田にとって、苦行以外の何物でもなかっただろう。そのことは大岩にもよく理解できる。柾田が「将棋を指したい」と言ったのは本音だと思った。そういう闘志が柾田に残っていたことに、大岩も本音の部分で祝福したかった。

「将棋指しも、ずいぶんときれいになったもんだなあ……」

ソファーにゆったり坐《すわ》って、柾田は理事長室の中を見回しながら、言った。

「昔は何もかも貧弱で、汚かったが」

「それは皮肉ですか？」

大岩が笑いを浮かべて言った。大岩はかなり若い時分からの禿頭で、度の強い眼鏡とともにトレードマークになっている。漫画に描きやすい男だ。真面目《まじめ》でめったに笑うことはないが、まれに照れ臭そうに笑う表情はなんとも愛嬌《あいきょう》がある。

「いやいや、皮肉ではなく、ご同慶のいたりだと言うとるのです。なにせ、わしらの若い時分はひどかったですからな。久し振りに出てきて、こうして繁栄の中に身を置いてみると、あの頃のことが思い出されて、今昔の感しきりというところですわ」

「そうですね、たしかに……」

大岩は真顔で頷《うなず》いた。

柾田の言う「あの頃」とは、むろん戦後の混乱期のことを意味する。戦災で東京が焼け野原になった当時、将棋連盟の本部は後楽園球場の一角に間借りしていた。世の中は将棋どころか、食い物を確保するだけで精一杯の毎日だった頃である。

「あの時分のことを知る者は、ずいぶん少なくなりました」

大岩は言ったが、当時の将棋指していまなお一線級の現役として残っているのは、柾田と大岩だけといっていい。すでに引退した棋士の中にも、戦前のことを知らない者が多くなった。いわんや若手連中はすべて「繁栄」の中で生まれたプロ棋士たちである。

「引き揚げてきて、焦土に立った時、わしは二度と将棋を指せんと思うたもんです」

満州で終戦を迎え、長いシベリア抑留生活をへて帰国した時の情景が、いまでも柾田の脳裏に焼きついている。

「ときとして、わしには現実の将棋界の繁栄がまぼろしのように思えることがあるのですよ。どうも、わしはついに時流というやつに乗れずじまいだったようですな」

「それは私とて同じです」

大岩は静かに言った。

「将棋指しがこんなに恵まれた暮らしをしていること自体、何か間違っているのではないかと思うことがあります。清貧というのは当たらないかもしれないが、私たちの若い頃は、将棋指しといえばみな貧しかった。将棋指しになるというと、まるでヤクザにでもなるような白い目で見られたものです。それでも将棋が好きで好きで、そういう人間ばかりが集まっていたように思います。将棋が指せてメシが食えれば、それ以外には何もいらないというような……。いまは変わりました。将棋界そのものが大企業のように機能して、盤の上だけではない仕事がずいぶん増えました。将棋の質も変わった。歌手まがいにレコードを出す者。タレントのようにテレビに出演する者。棋士の質も変わった。こんなのは将棋の本質とは何のかかわりもないし、これで将棋が上達するとはとても思えない。それなのに、そういう者たちがのうのうとA級に居続けることができるという状況が、私には別の世界を見ているように思えてならないのです」

「ほう……」

柾田は大岩の顔をまじまじと眺めた。

「わしはまた、そういうふうに将棋界を育てたのは、あんたの方針かと思っとったが」

「ははは、そう思われてもいたしかたないかもしれません。私はとにかく将棋指しの生活レベルを上げることに、ひたすら努めてきましたからね。新聞棋戦の増設、段位免状の発行、棋書の出版、カルチャースクール——と、およそ連盟の収入になることなら、何でもやりました。棋士たちのマスコミやテレビとの付き合いも増えるし、その延長線上のこととして考えれば、歌手やテレビタレントが出てきても不思議はないのかもしれません。そういう点は反省していますし、それだけでも罪は万死《ばんし》に値するかもしれません」

「ははは、万死はオーバーだが……」

言って、柾田は心配そうに大岩の目を覗《のぞ》き込んだ。

「あんた、やっぱり辞《や》めるつもりですか？」

「そうですね、この辺がいい潮時だと思っています」

「で、あとはどうします？　誰を持ってくるつもりですかな？　まさか吉永辺りを考えているのとちがうでしょうな？」

「いや、そこまでは……。しかし、吉永君ではいけませんか？」

「いかんいかん、あれはいかんです」

柾田は子供のようにムキになって言った。

2

柾田が理事長室を出てロビーに行くと、野々宮が二人の客を伴って待機していた。客の一人は今井香子だが、もう一人の男のほうは、柾田の知らない男であった。

「やあ、待たせてすまなかった。理事長に許可をもらって、対局室を一つ借りることにしたから」

柾田は挨拶《あいさつ》代わりに言って、三人に背を向けると、さっさと歩きだした。二階にある「雲竜の間」という特別対局室を客間代わりに使わせてもらうというわけだ。雲竜の間はタイトル戦専用の部屋である。テレビカメラの設備などもあり、一般の対局には使うことはない。

「ずいぶん久し振りだな」

柾田は床の間を背に坐《すわ》って、感慨深そうに天井を見上げた。柾田がこの部屋で対局をしたのは、もう五年も前のことになる。あるビッグタイトルでようやく挑戦権を獲得したものの、一勝四敗という惨《みじ》めな負け方をした、その第五局目がこの部屋で戦われた。言い訳ではないが、柾田はその頃、体調が思わしくなかった。事実、その時の無理が祟《たた》って、まもなく柾田は休場することになった。

客は柾田と向かいあって、右から野々宮、香子、見知らぬ男の順に坐った。

「きょうはお時間をさいていただいて、ありがとうございます」

香子は畳に手をついて、丁寧な挨拶をした。孫娘ほども歳の違う香子にしかつめらしく挨拶をされて、柾田は大いに照れた。

「いや、なに、どうせひまを持て余しているんだから……。それで、わしに何のご用ですかいな？」

「じつは、私の用事ではなくて、こちらの方が柾田先生にお目に掛かりたいとおっしゃるので、お連れしたのです」

香子は江崎秀夫を紹介した。

「江崎三郎さんの息子さんです」

「え？　江崎君の？……」

柾田は驚いて、江崎青年の顔を見つめた。

「柾田先生は父のことをよくご存じと聞きました」

江崎は膝《ひざ》を乗り出すようにして、言った。

「ああ、知っておりますとも……。そうですか、あんたが江崎さんの息子さん……。そういえば、確かに江崎さんの面影がある。四十年前を思い出しますよ。それで、江崎さんはご健在かな？」

「いえ……」

江崎は失望して、首を横に振った。柾田は父の消息を知らないのだ。

「ある人から、十五、六年前に亡くなったと聞いております」

「そうですか……。ん？　ということは、どういうことかな？」

「父は、私が生まれる前に、その、いわゆる蒸発をしたのだそうです」

「………」

「私は、この歳になるまで、母の口からは父のことを何も聞かされずに育ちました。訊《き》いても言わないものですから。ただ、戸籍上、江崎三郎というのが父親であることだけは承知していました。その母が亡くなる直前になって、ようやく父が昔、将棋指しであったことを教えてくれました。かなり有望な棋士だったのだそうですが、何かで挫《ざ》折《せつ》して、道を誤ったというようなことを言っておりました。母を捨てた父ですが、私にとって父は父です。それで、せめて消息だけでもと思って、あちこちを調べ回って、ようやく柾田先生がご存じだということを尋ねあてたのです」

柾田は江崎の話を頷《うなず》きながら聞いていたが、話し終えると、しばらくのあいだ目を閉じて沈黙した。

「江崎さんを挫折させたのは、将棋界だったのかもしれんです」

柾田は言った。

「江崎さんはわしと同様、満州で抑留生活を送って、わしよりも遅れて帰国したのだが、わしもそうであったように、いや、それ以上に将棋界の変わり具合に失望もし、怒りもしたのです。まあ、言うてみれば、浦島太郎のような心境だったということです」

「と、言われますと？」

「それを分かってもらうには、インフレ昇段事件の話をせにゃならんのだが……。野々宮さんは知っとるかね、この話は」

「いいえ、知りませんが。何ですか、そのインフレ昇段というのは？」

「やっぱり知らんか。そうかもしれんな。だいたい、この話は一種のスキャンダルだから、誰もあまり話したがらないのだ」

「スキャンダル……ですか？　こりゃ聞き捨てなりませんねえ。何なのですか、教えてくださいよ」

「うん、話してやるが、しかし、これはここだけの話にしておいてもらいたい」

「つまりオフレコっていうことですか。まあ仕方がないでしょうねえ」

野々宮は出しかけたメモ帳を引っ込めた。

「じつは、将棋界に失望して挫折しかけたのは、江崎さんばかりではない。わしも同様だったのですよ」

柾田は中空に視点を定めて、ゆっくりと話しだした。

「わしが復員したのは昭和二十二年の初夏だった。十五年に応召してから七年ぶりの帰国ということになる。東京も大阪も戦災で、もちろん、将棋連盟の建物は焼失してしまって、後楽園の殺風景な仮事務所を訪ねあてた時は涙が出たくらいだ。事務所の若い女の子はわしの顔も知らず、闇屋《やみや》か何かと勘違いしたくらいだった。しかし、連盟はその頃、すでに体制を整えて、現在の順位戦方式をスタートさせていた。わしはすぐさまそれに参加できるものと思って、喜び勇んだ。

ところが、聞いてみるとそうはいかないという。順位戦は途中から参加できない仕組みだ。もう一年、キリのつくまで待っていなければならないというわけだ。まあ、そのことはやむをえないと思った。しかし、どうしても納得がいかない、我慢ならんことが、もう一つあった。それが世にいうところの『インフレ昇段事件』というやつなのだ」

思い出すだけでも気分が悪い——といわんばかりに、柾田はカッと目を見開いて、眉《まゆ》をしかめた。

柾田が言ったとおり、東京将棋連盟は昭和二十一年五月には、早くも「順位戦」を開始している。戦後の混乱を思えば、これは驚異的ともいうべき事業であった。

戦前は将棋界の昇段規程は至極あいまいで、そのくせ厳しかった。段位が一つ上がるということは、棋士個人はもちろん、棋界全体に大きな影響を及ぼした。師匠や後援者の力関係によっても、昇段が左右され、また、その力関係は東京が強く大阪が弱いという地域差もあった。こうした旧弊《きゅうへい》の犠牲になった不運の棋士は枚挙にいとまがないが、例の坂田三吉はその好例といえる。

「王将」で有名な坂田三吉は、時の名人・関根金次郎を破るなど、全盛期の三吉の実力は天下が認めるところであったにもかかわらず、名人はおろか、八段に昇ることもできなかった。それはすべて、東京棋界とその背後にある財界の圧力によるといわれる。

坂田三吉は大阪のファンの後押しで、ついに「大阪名人」を僭称《せんしょう》し、東京の勢力と真っ向から対立した。だが、やがてこの抵抗も三吉の棋力が衰えるとともに力を失い、晩年の坂田三吉はかつての面影はなく、好々爺《こうこうや》のように穏やかだったというが、その実はおそらく、万斛《ばんこく》の恨みを抱いたまま死んだにちがいない。

順位戦はこうした不条理を、機械的に解決したことで、当時の流行語でもあった「民主化」を一気に進めた点、高く評価される。

だが、この改革の第一歩で、将棋連盟は重大な勇み足を犯した。それは、第一期順位戦の成績によって、新たなランクを構成するにあたって、めちゃくちゃといってもいいような、無謀な昇段人事を行ったことである。

それがいかにひどいものであったかは、たとえば、四段から七段へ一挙に三段とびの昇段をした丸田祐三を筆頭に、二段昇段者が八名。一段昇段者にいたっては、じつに二十一名の多きにのぼり、しかも、その中には六名の負け越し棋士まで含まれていた事実によっても明らかだ。この方式は第二期にも受け継がれ、その時に五十嵐《いがらし》豊一四段が七段に昇段している。

これがのちに「インフレ昇段」と悪評された事件のあらましだが、なぜこのような無茶をしたのか、真相は、いまだに謎《なぞ》とされている。

とにかく、このおかげで、柾田圭三など、昭和二十二年以降の復員組は完全にワリを食う結果になった。

柾田は昭和十五年の応召時にはすでに七段、名人に手の届く最短距離にいた。その頃、三、四段だった者が柾田と同じランクか、それ以上の地位に上がっていて、柾田は彼等を追い掛ける側に回ったわけだ。

戦前の将棋界においては、七段と四段とでは、月とスッポン。相撲《すもう》でいうなら横綱と幕下ほどの開きがあった。そういう相手が同等どころか、自分より上の地位にいるというのだから、柾田にしてみれば、いわば横綱の自分が幕下相手に相撲を取ってくださいとお願いするような、まったく屈辱的な状態だったわけだ。

「わしは、よっぽど尻《しり》を捲《ま》くって将棋連盟を脱退しようかと思ったが、ある人の説得でじっと我慢して、その規程に従うことにした。しかし、中には失望し、あるいは意地を張って棋士を廃業してしまった者もいたのだ。江崎三郎氏もその一人でしたよ」

それまで宙に向けていた視線を、柾田は江崎秀夫の顔に移した。

「江崎氏はわしより早くに応召したが、当時の段位はたしか五段だったと思う。段位は低いが、力はあった。そのまま続けていれば、当然、名人位を争う一人になったことは疑う余地もない。なにしろ、三吉さんの期待を一身に担う秘蔵弟子でしたからな」

「えっ？　すると、江崎三郎氏というのは、坂田三吉の弟子だったのですか？」

野々宮が素《す》っ頓狂《とんきょう》な声を発した。

「ああそうだよ。棋風も性格も三吉さんそっくりで、三吉さんの遺志を継いで東京棋界の鼻を明かすのは、江崎三郎をおいてほかにないだろうと言われたほどの指し手だった」

「それほどの人が、どうして？」

「だから、インフレ昇段事件を腹に据《す》えかねたのだ。またしても東京の連中の陰謀にやられたと絶望的な気持ちになったのだろうな。もし、師匠の三吉さんでも生きていれば、なんとか思い留まらせることができたかもしれないが、その三吉さんは昭和二十一年七月二十三日、愛弟子《まなでし》の帰国を待たずに亡くなっている。わしですら、帰国早々にそのことを知って、ガックリきた。師匠は違うが、わしにとって坂田三吉という人は将棋の上でも人間としても敬愛すべき存在だった。いわば大阪棋界の星といってよかった。わしでさえそれだから、江崎氏の嘆きがどれほどのものであったかは想像できるだろう。誰もバックアップする者のない五段の将棋指しにとって、名人のゴールは地の果てほども遠く感じられたにちがいない。三吉さんの一周忌の夜、二人だけで痛飲したあと、江崎氏は棋界を去ると言った。わしは去ってどうすると訊《き》いた。あてなどないと言った。そう言って、江崎氏は泣いていた。それが彼に会った最後です。その後、信州で江崎氏らしい人物を見掛けたという話を聞いたが、事実かどうか……」

「信州ですか？」

野々宮が訊いた。

「ああ、たしか小諸《こもろ》じゃなかったかな」

野々宮も香子も「小諸なる古城のほとり」と島崎藤村が詠《うた》った信濃路《しなのじ》の城下町を想い浮かべた。江崎秀夫には小諸は名前を知っているだけの、遠い土地であった。その遠い土地で江崎の父親は他界したということなのだろうか——。

しばらくのあいだ、沈鬱《ちんうつ》な気分が漂った。

「あんた、将棋は指しませんか？」

柾田が江崎に訊いた。

「はあ、指すことは指しますが、あまり、というより、人と指したことがぜんぜんありません」

「そう……、それは惜しいな」

あたら勝負師の血を引きながら——と言いたげであった。

「あのぉ、江崎さんは、父の話ですと、ずいぶんお強いのだそうです」

香子が遠慮がちに言った。

「なんでも、父に言わせると、私に二枚落ちでも勝つだろうって……」

「そうか、今井さんと二枚落ちか。それじゃアマチュアの初段ぐらいは……」

「あ、いえ、違うんです。私がではなくて、江崎さんが飛車角二枚を引くのです」

「えっ？　江崎さんが落とすの？　はははは、そりゃ冗談だろ。わしだって、女流名人には二枚は落とせんよ」

「でも、父はそう言うんです。とにかく父より強いそうですから、私よりずっと強いことはたしかだと思います」

「そうか。今井さんのお父さんは、名うての将棋師だったね。そのお父さんが言うんじゃ、まちがいないのだろうが……。しかし、江崎さんはあまり将棋を指したことがないと言わなかったかな？」

「はあ、子供の頃からずっと山奥におりましたし、母親が将棋を厳禁していましたので」

「では、将棋はどうやって？」

「分教場の先生が古い将棋雑誌をたくさん持っていまして、それで勉強しました。ただし母親には内緒だったもんで、放課後、居残りと称して、雑誌に掲載されている棋譜《きふ》を読みふけりました。三十冊ばかりしかない雑誌を、何度も繰り返し読んでいましたから、しまいには掲載された棋譜を全部暗記してしまったくらいです」

「ほう……」

柾田は目を輝かせて、江崎を見直した。

「三十冊といえば、掲載されている棋譜の数は全部で二、三百になるんじゃないかな？　それをあんた、全部暗記したと？」

「はあ……。あまり出来のよくない内容のは忘れましたが、いいものははっきり憶《おぼ》えています」

「はは、出来の悪いのとは、手きびしい。いいものというやつの中にわしの将棋があってくれるといいのだが」

「もちろん、ありました、沢山」

「ほう、沢山あったか」

「ええ、その頃は柾田先生はずいぶん多くの棋戦に出ておられたようで、雑誌は柾田先生と大岩先生の名前ばかりでした」

「というと、三十年代の初め頃かな」

「そうです」

「わしが三冠を取った頃か……」

柾田は感慨深い目を窓に向けた。昭和三十年から三十三年頃の柾田圭三は、文字どおり棋界を席捲《せっけん》した。昭和の初期からすでに鬼才を謳《うた》われていながら、数度にわたる不運や、時にはある種の迫害を受けて挫折《ざせつ》を繰り返してきた柾田が、ついに満開の花を咲かせた時代であった。

だが、その一方に、挫折したまま棋界を去って行った江崎三郎のような棋士の存在があることも思わねばならない。

柾田は江崎の忘れ形見に視線を移して、訊いた。

「わしの将棋の、どれを憶えている?」

「いろいろありますが、昭和三十二年七月の、大岩名人との挑戦手合い第六局が、なんといっても傑作ではないでしょうか。九十五手で、先生が完勝した将棋です」

「ふーん……」

柾田は驚いた。まさにその将棋こそが、柾田の三冠達成の記念すべきものであったし、柾田自身、会心の作品と自負するものであったからだ。

「憶えているなら、指してみるかね?」

「はあ」

江崎は頷《うなず》いた。柾田は天井を向いて、先手番である自分の第一手を声に出した。

「7六歩」

「8四歩」

すかさず、江崎は応じた。大岩名人の指し手である。「6八銀」「3四歩」「7七銀」「4二銀」と、ほとんど間合いを置かずに、二人の掛け合いが続く。傍《かたわ》らの香子も野々宮も固唾《かたず》を飲んで、まるでテニスのボールを追うように、柾田と江崎の顔を交互に見つめた。

二十四手目、江崎は「6四歩」と言ってから、付け加えた。

「この手が敗着ですね」

「そうだ、そのとおりだ」

柾田はほとんど感動的な口調で、言った。

まだ序盤といっていいようなところで、大岩の指した「6四歩」を敗着と見破ることができたのは、当時の棋士連中の中にもほとんどいなかった。気がついていたのは柾田と、その手を指した大岩自身だけだったかもしれない。

「もうやめておこう」

柾田はニヤリと笑って、いかにも疲れたように、ゆったりと坐《すわ》り直した。

「惜しいな、いかにも惜しい。あんたほどの将棋指しがプロでないとはなあ……」

柾田は長嘆息した。

「なろうことなら、いますぐにでも、あんたを棋士にしたいな。そうすりゃ、浮かれた連中どもの度胆《どぎも》を抜いてやれるものをな」

「へえーっ、ほんとですか？　ほんとにそんなに強いんですか？」

野々宮が身を乗り出した。

「ああ、強い。少なくとも、わしと同じくらいには強い」

「まさか……。指してもみないで」

「いや、指さんでも分かる」

「だったら、先生が言われたように、プロになってもらったらどうです？」

「そりゃだめだ。あんたも知ってるだろ、年齢制限というやつがある」

「しかし、そんなに強ければ、特例ということで……」

「ははは、特例はわしの張出制だけで懲《こ》り懲《ご》りしてるよ」

柾田は笑ったが、野々宮は真剣な顔を崩さない。

「何か方法を考えますよ。スポンサーさえつけば、相手になってくれるプロはゴマンといるんですから。そうして、プロ棋士を片っ端から撃破してゆけば、連盟だって放っておくわけにいかなくなるでしょう。最後には中宮名人や大岩永世名人も出てきて……。だけど先生、ほんとにそんなことがあり得ますかねえ」

「ああ、あり得るとも。しかし野々宮さんよ、その時はわしだけはメンバーから外しておいてもらいたい。あまり無様《ぶざま》な負け方はしたくないからな」

「あははは……」

野々宮は大口を開いて笑ったが、今度は柾田のほうが真顔のままであった。

3

香子に吉永八段からの呼び出しの電話がかかったのは、その翌日の朝のことである。とげのある声で「いますぐ来なさい」と、一方的に言った。

(柾田先生のことかしら？——)

香子にはピンときた。昨日、柾田九段を訪ねたことは、べつに後ろめいたものでもなかったから、隠すような真似《まね》はしなかったけれど、やはりそれが悪かったのかもしれない。それにしたって、いったい誰が告げ口したのだろう——と、そういうお節介な人間のいることのほうが不愉快で、香子はたちまち憂鬱《ゆううつ》な気分になった。

午《ひる》少し前に世田谷《せたがや》の吉永の家に着いた。玄関先に出た吉永夫人が心配そうに、

「キョウコちゃん、何かあったの？　先生、機嫌が悪いのよ」

と言った。香子は返事のしようがなくて、ただ首を横に振るばかりだった。

吉永は応接室に香子を待たせておいて、十分ばかりたってから現れた。

「きみ、柾田さんと会ったそうだね」

顔を合わせるなり、怖《こわ》い顔でいきなり言った。

「はい」

予期していたものの、さすがに吉永の剣幕には驚かされた。

吉永春雄八段はちょうど四十歳。テレビでおなじみの端整な顔立ちと軽妙な話術とで、将棋ファンばかりでなく、将棋には縁のない女性のファンも少なくない。香子だって、ひそかに憧《あこが》れている師匠であった。

その吉永に、眼鏡越しの鋭い目で睨《にら》みつけられると、やはり悲しかった。何で叱《しか》られるのか聞かないうちから、もう涙が出そうな予感がしていた。

「僕と柾田さんの関係は、きみも知らないわけじゃないだろう」

香子は黙って、頷《うなず》いた。

「その柾田さんに何の用事で会いに行ったんだい？」

「あの、それはある人をお連れしただけなんです」

「ある人とは誰？　朝陽新聞社の野々宮さんじゃないのだろう？」

「ええ、野々宮さんも一緒でしたけれど、お連れしたのは江崎さんという方です。ちょっとしたことがあって、助けていただいた人なんです」

香子は神社の境内で二人の贋《にせ》刑事に襲われかけて、江崎秀夫に助けられたいきさつを話した。

「贋刑事とは何のこと？」

その話に、吉永は興味を惹《ひ》かれたらしい。

香子はどう話せばいいのか、当惑した。例の「預かり物」のことは今井父娘と江崎秀夫以外には洩《も》れていない。

「じつは……」

さんざん逡巡《しゅんじゅん》してから、香子は吉永には話しておいたほうがいいと腹を決めた。いずれ、自分たちだけでは処理しきれない問題であることは分かっているのだ。

新幹線の中での出来事。奇妙な封書を預けた男が殺されたこと。そして贋刑事の「襲撃」と問題の封書の中身のこと。

吉永は「ふんふん……」と頷きながら聞いていた。その様子は、一見、さりげなさそうだが、その実、なみなみならぬ関心を抱いているのが、香子にはありありと分かった。

「で、そのこと、警察には届けたの？」

「いいえ、まだなんです。届けたほうがいいものかどうか、父と相談したんですけど、しばらく様子を見たほうがいいんじゃないかって言うものですから」

「どうして？」

「あの、その念書には『九段の件』て書いてありましたから……。それに北村会長さんの名前でしたし。もしかして、将棋連盟や棋士が関わっていたりすると……。そういうこと、世間に知られないほうがいいと思いまして、それで……」

「なるほど……。そうね、そのほうがいいかもしれないね。うん、その処置は正しかったと思うよ」

吉永は急に機嫌を直したように、頰《ほお》の筋肉を緩めた。

「そのこと、柾田さんには喋《しゃべ》ったの？」

「いいえ……。あの、それじゃ、『九段』ていうのは、やっぱり柾田先生のことを指しているのですか？」

「ん？　ああ、いや、どうかな、それは……」

「じつは、私たち、そうじゃないかしらって思ったんです。それで、誰にも言わないほうがいいって……」

「それじゃ、いまのところ、お父さんときみしか知らないんだね？」

「え？　ええ」

香子は思わず嘘《うそ》をついた。もう一人、江崎秀夫が知っているなどと言えば、またややこしくなると思った。

「そう、それがいい。へたに関わりあいにならないほうがね」

釘《くぎ》を刺すように言って、最初とはうって変わったニコニコ顔で言った。

「よかったら、昼飯、食べていきなさい」

香子はキツネにつままれたように戸惑った。なぜ吉永が豹変《ひょうへん》したのか、その理由に不純なものを感じた。何か、柾田九段に対してよからぬことを考えているのではないだろうか——と、そんな気がした。

昼食を御馳走《ごちそう》になって、吉永家を辞去する際、吉永は玄関先まで送ってきて、いかにも思いついたように軽い口調で言った。

「そうだ、その念書だけど、僕が預かっておいたほうがいいな。こんど来る時、持ってきなさい。なるべく早いほうがいい」

「はい、そうします」

そう答えたものの、香子は吉永の言うままにはできない——と直感的に思った。

その考えは父親の清司も同じだった。「そりゃ、渡さないほうがいいよ」と言下に言った。

「柾田九段をおとしいれる結果になりかねないからな。いや、吉永先生は将棋は強いが、どうも人柄がな……」

「父さんは柾田先生贔屓《びいき》なんだから」

香子は笑ったが、吉永が何か姑息《こそく》な手段を使って、柾田九段の追い落としを策謀することは目に見えるような気がした。

それから日を置かずに、香子は吉永に封書を届けている。ただし、それはコピーのほうであって、本物は自宅の箪笥《たんす》の引き出し深くに仕舞った。

「なんだ、これはコピーじゃないの」

吉永は目敏《めざと》く指摘した。

「ええ、預かったのはそれなんです」

香子は真面目《まじめ》くさって、完全にとぼけきった。吉永もそれ以上は追及しなかった。コピーでも十分、ものの役に立つと考えたにちがいなかった。ただ、それをどう使うつもりなのか、香子は不安でならない。後になって思い合わせると、それはある種の不吉な予感といったようなものだったのかもしれない。

それからまた数日が経過した。夏は大きなタイトル戦はあまり行われないが、タイトル戦へ向けての予選トーナメントやリーグ戦は日程が犇《ひし》めいている。柾田九段が久々に出場する

Ａ級順位戦もスタートして、将棋ファンの話題を浚《さら》っていた。

柾田は緒戦の加藤八段戦でやや苦戦したものの、第二、第三戦と好調に勝った。柾田一流の豪快な指しっぷりは衰えていない。

「どうだ、やっぱり柾田九段は強いねえ」

清司は自分のことのように嬉《うれ》しがって、棋譜《きふ》の掲載紙を香子に突きつける。

「このぶんなら、予告どおり名人位に挑戦するな」

「あら、まだ分からないわよ」

香子は意地悪く水を差した。

「吉永先生だって全勝だし、最後には大岩先生が控えてらっしゃるもの」

「なんの、おまえには気の毒だがよ、吉永先生は柾田九段の敵じゃないな。モノが違うよ」

「うちの先生の悪口を言わないでよ」

父を睨《にら》みつけたが、香子の心境は複雑だった。むろん吉永に優勝してもらいたいのはやまやまだが、柾田九段が再起を飾ることも祈りたい気持ちだ。

柾田にとって第一の関門ともいうべき、対吉永八段戦を明日に控えたその夜、悲劇が起こった。

この夜、柾田は連盟会長の北村英助の招待で、築地《つきじ》の料亭に行っている。

約束の時刻より遅れて行った柾田を、北村はご丁寧にも玄関先まで出迎える歓迎ぶりを示した。

「わざわざお運びいただいて、どうも申し訳ありませんなあ」

ニコニコ笑いながら、体の調子はいかがとか、A級順位戦の好調はさすがですなあとか、そつのない口上を述べたてて、部屋まで先導してくれた。

出された料理も酒も極上のものばかりで、長い休場中、なるべく宴席に出ることを控えていた柾田にとっては、ひさびさの御馳走《ごちそう》であった。

もっとも、柾田は酒はともかく、食事のほうはあまり進まない。べつに北村の魂胆を警戒しているわけではなく、じっさいに食欲がないのだ。

「あまりお口に合いませせなんだかな?」

北村はしきりに気を遣《つか》った。

「いや、とんでもありません。どれも好物ばかりですが、なにぶん、いまだ体調が完全ではありませんで、胃のほうが意のままにならんのです」

柾田はへたな駄洒落《だじゃれ》を言って笑ったが、北村は気がつかなかったらしい。

「ところで、本日のお招きは、何か特別なご用でもあるのでしょうか?」

柾田は笑いを引っ込めて、言った。

「いや、べつに用事というほどのものはおまへんのです。柾田先生の復帰をお祝いしとうてな、ご無理言いました」

北村は「まあ、おひとつ」と酒を注いで、言葉を繋《つな》いだ。

「ただひとつだけお耳に入れておいていただけるんやったら、名王戦のことな、あれを毎日タイムスがえろう欲しい言うてきてはりまんねん。理事会でも検討しましたが、まあその方向で朝陽新聞社のほうと交渉してみようということになりましたのやけど、なんちゅうたかて、名王戦は柾田はんのお作りはった棋戦やし、一応、ご意向を確かめさせていただこう思いましてな」

「ははあ、なるほど、そのことでしたら、私としてはお断りするしかありませんねえ」

「まあまあ、そう一途に言わはらんと。そら、柾田はんと朝陽の親しゅうしてはることはよう知っとりますがな。そやけど、あくまでビジネスとして、将棋連盟のためを思うて考えればですよ、やっぱし契約条件のええほうと契約するのんが当然や思いますが、違いますやろか？」

「それはそうかもしれませんが、単純に金額のことだけで決めていいというものでもないでしょう。新聞棋戦にはそれぞれ成り立ちの背景があるのですからな」

当然出ると予想している話題だが、柾田は仲居たちがいる席で、こんな内輪の話を持ち出した北村の神経を疑った。

北村はいったん話題を変えたように思わせておいて、しつこく柾田の反応を試すように、波状的に名王戦のことを持ち出した。

「そうそう、吉永はんのことですがな」

何度目かの話題の転換が次期理事長問題だった。

「あの先生が、大岩先生のあと、理事長になりたい言うてはるのやそうですが、聞いてはりますか？」

「はあ、聞いたような気もしますが」

柾田は憮然《ぶぜん》として答えた。

「そうですか、それで、柾田はんはどない思わはりますか？」

「私は反対ですね。大岩君が辞《や》めるのはやむを得ないとしても、そのあとを吉永君が継ぐのは絶対にいけません。ほかに人がいないわけじゃあるまいし」

「ははは、やっぱしそない言わはる思いましたが、ほんま、柾田はんは吉永はんを嫌うてはりまんなあ。このこと、吉永はんに言うたったら怒りますやろなあ」

「怒ったって構いません。言ってあげてください。柾田がそう言っていたと」

「ひゃー、これはきついこと」

北村は陽気に笑い捨てて、その話はこれまで――と、また話題を変えてしまった。

結局、北村の話はすべて、柾田の意向打診程度のことで終始した。九時前にお開きということになって、柾田は用意されたハイヤーで帰路についた。

都心部からの道路は混雑していて、高井戸《たかいど》の自宅まで小一時間もかかった。柾田の家の界隈《かいわい》は比較的に、敷地にゆとりのある邸《やしき》が多く、そのぶん寂しい雰囲気の住宅街だ。柾田邸の前は街灯からも遠く、門灯も消えていて暗かった。妻が生きている頃や桐野がいる頃は、柾田の帰宅に合わせて、ちゃんと門灯と軒灯を、つけておいてくれたものだ。

運転手は心得て、門内に車を乗り入れ、車のヘッドライトで玄関先を照らした。柾田が手を振って玄関の中に消えるのを確認してから、運転手は業務日報を記録するために時計を見た。

「十時二分か……」

呟《つぶや》いて、それから無線のマイクを取って、会社に帰投する旨を連絡し、ギアをバックに入れた。

その約二時間後――、警視庁に柾田圭三からの一一〇番が入っている。

柾田はそれほど緊迫した口調ではなく――と、受信者は感じた――むしろ投げやりに言った。

「わしの家に死体が転がっているのだが」

4

将棋指しの夜は遅いのが常識である。対局開始時刻は午前九時からと設定されているから、朝は一般人とそれほどの差はない。棋戦によっても異なるが、一局の持ち時間は一日で指し切る場合は五時間程度。昼食と夕食の時間を入れると、二人分合わせて十二時間だから、それだけでも、だいたい午後九時まではかかるし、時間を使いきって、いわゆる一分将棋になったりすれば、さらに長くなる。その上、局後の検討を一時間から二時間もすると、どうしても深夜におよぶわけだ。

女流の場合にはいくらか時間も短いけれど、それでも、夜に強い習慣を日頃から養っておく必要がある。

香子は寝入りばなをけたたましい電話のベルで起こされた。時計を見ると午前二時を少し回ったところだ。隣室の清司は起きてくる気配がない。いつも電話に出るのは香子の役目と決まっているようなものだった。

受話器を耳にあて「はい」というと、「キョウコちゃん?」と男の声が怒鳴った。

「はい、そうですけど」

香子は寝惚《ねぼ》けた声を出した。

——野々宮です、朝陽の野々宮。

「あ、野々宮さん、今晩は」

——あのねキョウコちゃん、大変なんだ。気持ちを落ち着けて聞いてくれよ。いずれ吉永夫人からも連絡が行くと思うけど、代わりに電話してくれって頼まれたもんだから。

「えっ?……」

香子はいっぺんで眠気が覚めた。

「というと、吉永先生に何か?……」

——ああ、そうなんだ。吉永先生が死んだ。

「…………」

——もしもし、聞いてる?

「え、ええ、聞いてます」

香子はやっとの思いで答え、それから、もつれる舌で訊《き》いた。

「あの、先生はどうして?　事故か何かですか?」

——うん、まあ、そんなようなものだけど……。

野々宮は言い淀《よど》んで、思いきったように言った。

——じつはね、吉永先生は殺されたらしい。

「殺された？　誰に、ですか？」

——うーん、それはまだ何とも言えないが。場所がね、その、柾田先生のお宅なんだ。

「えっ、じゃあ、柾田先生が？……」

——それは分からない。いや、そんなことはあるはずがないが……。

野々宮の口調からは、かえって、殺人者が柾田であることを感じさせられた。

なぜか、香子は驚きながらも（やっぱり——）という思いが湧《わ》くのを打ち消すことができなかった。

「で、私はどうすればいいんですか？」

——いや、いまはどうするということもないけど、明日……、いや、もう今日か……。とにかく、なるべく早くに吉永家にお見舞いに行ったほうがいいだろうね。僕も行く。いや、各社、ドッと押し掛けると思うが。夫人がね、吉永夫人がショックだろうし、きみがついていてあげれば心強いと思うよ。

野々宮の電話が切れたあと、香子はしだいに実感が湧いてきた。

（吉永先生が死んだ——）

吉永とはじめて会ったのは、香子が十歳の年の夏休み、ある新聞社主催の少年少女将棋大会で、香子が少女の部の優勝を獲《か》ち取った時である。表彰式のあと、その大会の審判長を務めた吉永が、奨励会入りを勧めた。

「きみなら、必ず女流名人になれる」

そう言って熱心に誘った吉永の紅潮した顔が、昨日のことのように思い出された。

吉永春雄は性格的なことはともかく、やはり将棋指しとしては一級の人物だったにちがいない。その証拠に、吉永の予言どおり、今井香子は女流王将位を取り、次の目標である女流名人位に肉薄しようとしている。

布団《ふとん》に入って、暗い天井を見上げながら、香子は厳しかった師匠の指導を思い出して、ふいに涙が込み上げてきた。

まんじりともしないうちに夜が明けた。新聞配達の音を聞いて、香子は起きだした。新聞には、いかにも無理して組んだような場所に「吉永春雄氏（将棋八段）殺される！」と特号活字で打ってあった。

吉永春雄氏（将棋八段）殺される！

――昨夜、柾田圭三九段邸で――

昨夜〇時すぎ、東京杉並の将棋の柾田圭三九段（67）から一一〇番があり、所轄の高井戸警察署員が駆けつけたところ、同九段邸の応接室で男の人が死んでいた。この男の人は将棋の吉永春雄八段（40）で後頭部に打撲傷があり、警視庁と高井戸署は殺人事件とみて捜査を始めた。

吉永さんは将棋界の人気者であると同時に、テレビのクイズ番組などでもおなじみで、若い女性ファンの多い特異な存在であった。

警察では通報した柾田圭三氏と事件との関連について調べているもよう。

新聞の記事は第一報を慌てて掲載したものとみえ、大見出しの割にはごく簡単な内容だった。

「父さん、起きてよ！」

香子は清司を揺り起こして、目の前に新聞を突きつけた。

「何だよ、うるせえなあ……」

清司は文句を言いながらも、娘のただならぬ様子に身を起こし、眠い目の焦点を紙面の上に合わせた。

「えっ？　吉永先生が？……」

二度、記事を読み返して、「なんてこった……」と呻《うめ》いた。

「ねえ、柾田先生が……。あの、殺したのかしら？」

「ばか、そんなこと分かるわけねえだろ」

「だって、あの封書のコピー、吉永先生に渡したせいかもしれないじゃない」

「だから、だからよせって言ったんだ。吉永先生のこったから、何かやらかすにちげえねえって思ったから……。いや、だからって、べつにそれが原因と決まったわけじゃねえけどよ」

「でも、原因かもしれないでしょ」

「そんなこと、ここで言ってたって始まらないだろ。第一、いったいぜんたい、何がどうしたのかも分かんねえんだから」

「とにかく、私、吉永先生のお宅へ行ってみる。野々宮さんもそうしたほうがいいって言うし」

「そうだな、そのほうがいいな。どうせおまえが行っても何の役にも立たねえだろうけどさ。弟子としてはそうしなきゃならねえだろうな。だけどよ、行っても余計なことは言わねえほうがいいぞ」

「うん、黙ってるつもり」

そのことは香子も弁《わきま》えている。

吉永家はごった返していた。事件を知った弟子たちがほとんど全員集まって、さりとて何ができるわけでもなく、ぼんやりした顔を寄せて、ヒソヒソ囁《ささや》き交わしていた。

吉永夫人は遺体のある病院へ行っていて、中学一年の一人息子が残っていたが、奥の部屋に引き籠《こ》もったきりだった。

マスコミ関係者も何人か顔を見せていた。野々宮が彼等の代表格で、連盟の事務局から来た男たちと一緒になって、善後策を講じていた。

名人戦とA級順位戦を掲載している新聞社の須藤という記者が、憂鬱《ゆううつ》そうに呟《つぶや》いた。

「今日、柾田九段と吉永八段の対局が予定されていたんだよなあ……」

何気なく言った言葉だが、全員がハッとなって、須藤の顔に視線を集中させた。

「おいおい、何だよ。べつに深い意味があって言ったわけじゃないんだから」

須藤記者は慌てて、周囲に向けて手を振った。

しかし、対局を前にした二人の棋士が、その直前、妙なことになったという事実は、はっきりと一つの意味を示唆《しさ》した。いったい、吉永は柾田家になんの目的で行ったのか――。そして、柾田と吉永のあいだに何があったのか――。状況から想像するかぎり、柾田が吉永を殺したのではないか――というのは、誰しもが思うことであった。さりとて、それを口に出すのは憚《はばか》られる。その重苦しい雰囲気を、須藤の不用意な一言がうち破った。

「やっぱり、柾田先生が殺《や》ったのかな？」

「まさか、いくらなんでも、そんなばかなことをするわけがない」

「しかし、ものの弾みってこともあるしな。何かで口論になって、ついその……」

「そりゃ、逆なら分かるけどさ。病み上がりの柾田先生にそんなことができるかよ」

「そうとは言えんだろう。背後から鈍器で殴ったそうじゃないか」

「おい、いいかげんにしろよ！」

野々宮が怒鳴った。

「そんな、まるで柾田先生が犯人みたいなことを言うな。いままでに分かったところでは、柾田先生は死体を発見して一一〇番したというだけだ」

「そうムキになることはないだろう」

毎日タイムスの田村記者が、なかば揶揄《からか》うような口調で言った。

「そりゃあ、野々宮さんのところは、柾田先生と近しいから遠慮するのは分かるけどさ。そういうのを抜きにすれば、現時点では柾田先生の置かれた状況はかなり不利なんじゃないの？　それに、動機だってあるしさ」

「動機？　何だよ、それは」

「またまたとぼける。柾田先生と吉永先生の不仲は周知の事実だぜ。それにさ、何はともあれ、これで柾田先生はA級リーグで不戦勝を一つ稼いだわけだしね」

「ばかやろう!」

野々宮は血相を変えた。

「ばかとは何だ、ばかとは。謝れよ」

「貴様こそ謝れ。柾田先生に対して、下司《げす》なことを言いやがって。それでも将棋欄を担当している人間かよ」

野々宮は目に涙を浮かべて田村に詰め寄った。田村もさすがに気圧《けお》されて、いったん浮かせた腰を下ろして、黙った。周囲の者がまあまあと宥《なだ》めて、野々宮も力が抜けたように、ドスンとソファーに尻《しり》を落とした。

「おれが悪かった」

田村が頭を下げた。

「いや、おれが悪い」

野々宮も詫《わ》びた。それっきり沈黙がつづいた。やりきれない気持ちは誰の胸にも共通したものであった。

夕刊の締切時間を過ぎた頃になって、各社ともデスクやサツ回りの記者と連絡を取り、ようやくもろもろの情報を入手できた。それによると、柾田はすでに警察での事情聴取を終えて帰宅したらしい。柾田の供述の内容も明らかになった。

昨夜、柾田が帰宅したのは午後十時頃だったという。それについては柾田を乗せたハイヤーの運転手の証言も取れている。それからほぼ二時間近くも経過して、柾田は一一〇番を入れた。つまり、帰宅してからその時刻まで、柾田は死体を発見していなかったというわけだ。

このことが柾田にとって、きわめて不利な状況を生む結果になった。

吉永の死亡推定時刻は午後十時前後の一時間とされた。柾田が帰宅する直前か、あるいは直後か、微妙なところなのだ。しかも、凶器と目されるブロンズ像には、柾田の指紋だけがついていた。

このブロンズ像については、柾田はこう言っている。

「帰宅したら、玄関の絨毯《じゅうたん》の上にブロンズ像が落ちていた。気がつかなかったけれど、地震でもあって落ちたのかと思い、元の台の上に戻しておいた」

ブロンズ像には、吉永の頭部を殴打した際に付着した皮膚の痕跡《こんせき》が見られた。像を元の場所に戻す時、柾田は「無意識に汚れを擦《こす》ったかもしれない」ということだが、完全には拭《ぬぐ》いきれていなかった。

そのあと、柾田は風呂《ふろ》を使い、寝ながら読む書物を探しに書斎へ行く途中、何気なく応接室を覗《のぞ》いて、吉永の死体を発見した——というのである。もしその時応接室を覗かなければ、朝になるまで発見が遅れたにちがいない。

警察は困惑した。なにしろ、相手は人気棋士の柾田圭三である。署長をはじめ、署員の多くも顔なじみだし、署内の将棋大会などに色紙をもらったりしている間柄だ。チンピラを取り調べるようなわけにはいかない。

さりとて、常識的な捜査の手順からいえば、当面は柾田が最大の容疑者であることも事実であった。

柾田が帰宅した時、柾田邸はいわゆる密室状態ではなかった。柾田はどこへ出掛けるにしても、鍵《かぎ》をかけない習慣だ。また、下駄箱には吉永の靴が入っていたのだが、柾田は草履《ぞうり》を三和土《たたき》に脱ぎ捨てて、そのまま上がったから、それも見ていない。

ただし、それらはすべて柾田本人の言っていることであって、客観情勢が柾田にとってまったく不利であることには変わりはない。

当の柾田はそういう事情を知ってか知らずか、弟子の桐野に付き添われて帰宅するなり、布団にもぐり込んで、高鼾《たかいびき》をかいて眠ってしまった。

第四章　挑戦者

1

碓氷峠《うすいとうげ》のトンネルをいくつも潜《くぐ》って、列車は信州の高原に入った。軽井沢《かるいざわ》駅では大勢の客が降りて、車内はいっぺんにガランと寂しくなった。

江崎は自分が世の中の動きから取り残されているような気分になった。生まれてから母が死ぬまで、兵庫と岡山の県境にある小さな山村で暮らしていたから、寂しさには慣れているつもりだが、こうしてあてどのないような旅を続けていることに、ふっと疑問を感じないわけにはいかなかった。

「あの人のことを考えるのはやめなよ」と母は言っていた。死ぬ間際まで、そのことを心にかけていたにちがいない。

父親が「江崎三郎」という名前であること以外、江崎はほとんど何も知らないで育った。

父は死んだものとばかり思っていた。母親がそう教えた。村の分教場に通うようになって、将棋好きの教師から、「きみのお父さんは強い将棋指しだった」と聞かされた時は、何やら誇らしい気持ちになった。しかし、家に帰ってその話をすると、母親は激怒して教師に怒鳴り込みに行った。余計な知恵をつけないでくれというのである。教師が江崎に将棋を教えていたことも分かると、さらに怒った。以来、江崎少年は将棋を指すことを禁じられることになる。

江崎も母に逆らうことはしなかった。母が父親を恨み、将棋を憎んでいることに、幼いながらも同情していた。母が他人の情けにすがるようにして、自分を育ててくれている後ろ姿を見ていると、江崎もまた母と同じように、父親と父親を奪った将棋を憎悪しなければいけないのだと思った。

だが、父親のことはともかく、将棋に対する想いは断ち切ることができない。八十一路の枡目《ますめ》の上で、まるでパズルのように変幻する将棋というゲームの魅力に、江崎はとりつかれてしまった。江崎少年にできることといったら、どうすれば母親に気付かれないようにするか——という工夫だけであった。

他人と将棋をしていけなければ、自分相手に将棋を指すしかない。頭の中でもう一人の自分と将棋を指す。これはつまり、可能なかぎりの変化を読み切る修業そのものといっていい。

初心のうちはせいぜい十手ぐらい先まで読めばいいけれど、技術が向上してくるにつれて、何十手、何百手という膨大な変化の手段を思い浮かべ、その中から最善と思われる着手を選ぶようになる。そうして選んだ手に対して、さらにそれを上回るような手段はないか、模索しなければならないわけだ。毎日こんなことばかりやっていたのだから、今井清司の大道将棋など、もののかずではなかったのも当然であった。

母が死ぬと、江崎の想いを妨げるものはもはや何もなかった。将棋へのやみがたき想いと、そして父親への理屈でない思慕の念とが、江崎を旅に誘った。高校を出てから十七年勤めた営林署を辞《や》めるのが少し寂しかったが、前途への不安は、ふしぎなほどなかった。むしろ、宮本武蔵が武者修行に出る時のような、昂揚《こうよう》した気持ちがみちみちていた。

列車は浅間《あさま》山を右に見ながら、軽井沢の高原をゆっくり下って行った。

小諸《こもろ》は浅間山群の山裾《やますそ》の斜面が千曲《ちくま》川に臨《のぞ》む一角にある、小さな街であった。

改札口の駅員に「将棋クラブはありませんか」と訊《き》くと、自分も将棋を指すのか、嬉《うれ》しそうな顔をして、すぐに教えてくれた。駅前の通りを北へ上って、路地をちょっと入った商店の二階にある、あまりきれいとはいえない座敷に、七、八人の客が思い思いに盤に向かっていた。

江崎が入ってゆくと、新規の客と思ったのか、席亭らしい老人が愛想のいい顔で寄ってきた。

「あの、ちょっとうかがいたいのですが」

江崎はお辞儀をして、言った。

「はい、何でしょう?」

老人はたちまちアテが外れた顔になった。

「この辺に、江崎という人がいたことをご存じありませんか?」

「江崎? さあねえ、知りませんが、どういう人です?」

「将棋を指していた人ですが」

「将棋ねえ。そりゃまあ、ここは将棋クラブだから、将棋を指す人は多いけどね。江崎っていう人は来ませんよ。小諸の人ですか?」

「出身は違いますが、小諸にいたということなのです」

「そうですか。何をしてる人ですか? 商売は」

「それは分かりませんが、以前は将棋指しだった人です」

「将棋指し? というと、専門棋士っていうことですか? そんな人はここには来ませんがねえ……。昔はともかく、いまはねえ」

「昔というと、いつ頃ですか？」

「もう二十五、六年……、いや、もっと前からいたかな。ここに来たわけじゃないですがね、すぐそこの造り酒屋さんに、めった強い先生がいたことがありますよ。だけど、江崎という名前だったかどうか……。わしら、先生、先生って呼んでおったもんで」

「名前は変えていたかもしれません」

「はあ……、しかし、かれこれ三十年くらいも昔のことですよ」

「ええ、その頃だと思います。それで、その人は小諸で亡くなったのでしょうか？」

「えっ、いや、そうじゃなかったですよ。ええと、あれはたしか、山庄さんと一緒に出て行ったのじゃなかったかな」

「山庄さん、ですか？」

「ああ、ここを縄張《なわば》りにしていた興行師かヤクザの親分みたいな人で、山田庄一っていうんですが、いまじゃれっきとした代議士先生。ほら、知りませんか？　山庄さんっていう、国会で威勢のいいタンカを切る先生がいる」

「ああ、知ってます。あの人がここの出身ですか」

「いや、出身は千葉県ですがね、以前、小諸近辺で映画館やキャバレーを持って、盛大にやっていたことがあるのですよ。その山庄さんがいつのまにか代議士ですからねえ、びっくりしたもんだが……。そうそう、そういえば当時、その将棋の先生が参謀になって、政界に進出するとかいう噂《うわさ》があったですねえ。よくは知りませんが、いまでも山庄にくっついているんじゃないですかな」

「いえ、その人は亡くなったのだそうです」

「へえー、そうですか、あの先生が亡くなりましたか。私も何度か教えてもらったことがありますがね。そうですか、亡くなりましたか。で、いつ頃のことです？」

「十五、六年ぐらい前だそうです」

「そうですか、まだ死ぬような歳ではないのにねえ……。それじゃ、やっぱり酒がいけなかったのでしょうなあ。なにしろ、居候《いそうろう》の場所が酒屋だからねえ。またあそこの酒は飛び切り旨《うま》いときている。そうそう、あんた、詳しいことが知りたければ、大塚さんのところへ行くといいですよ」

「大塚さん？」

「ああ、その先生が身を寄せていた酒屋ですよ。大塚酒造といってね、昔は信州で三本の指に入る酒造りだったのが、祖父《じい》さんの代に他人の面倒見がよすぎて、身上《しんしょう》が傾いてしまったのですがね……。そうだ、将棋の先生がいたのもその頃じゃなかったかな」

江崎は老人に「大塚酒造」へゆく道を教えてもらった。

小諸は島崎藤村の時代には佐久《さく》地方の文化の中心であったくらいだから、街そのものの歴史は古い。表通りこそ明るい近代建築が並んでいても、一歩、裏の路地に入ると、壁の剝《は》げ落ちたような土蔵や、古い格子窓の家がある。訪ね当てた大塚酒造も、典型的な昔風の造り酒屋の趣《おもむき》を残していた。

当主はまだ三十代後半かせいぜい四十歳くらいの、見るからに陽気そうな男だった。家屋の古びた造作を見るかぎり、深刻な斜陽の色が濃いように思えるのだが、この男はよほど屈託のない性格とみえ、そんなものをまったく感じさせない。

江崎がまだ使っている営林署の名刺を出すと、目を丸くして驚いた。

「へえー、ずいぶん遠いところから来たのですねえ。で、どういうご用ですか？」

「じつは、こちらに以前、将棋の強い人が滞在していたと聞いたのですが」

「ああ、憶《おぼ》えていますよ、将棋の先生ね、いましたいました。なにしろ、うちの祖父さんというのが道楽者で、文士や絵描きさんを連れて来ては大盤振る舞いをしていたもので、そういうのは珍しくなかったです。しかし、あの先生は長かったなあ。私がまだ学校に入ったか入らないかの頃、二年ぐらいいたんじゃないかな。おそろしく酒の好きな人で、朝から酒を飲んでは、ゴロゴロしてばかりいましたよ」

「その人ですが、名前は何ていうか、ご存じないですか？」

「名前？　将棋の先生のですか？　さあ、何だったかな、先生とだけしか憶えていませんね」

「江崎とはいいませんでしたか？」

「江崎ねえ、違うみたいな気がしますねえ。親父かおふくろでも生きていれば憶えているのでしょうが、両方とも亡くなりましたのでねえ……」

言いながら名刺を見て、気がついた。

「あれ、江崎、というとあなたと同じ名前ですが、何か関係でもあるのですか？」

「はあ、もしかすると父かもしれません」

「お父さん、ですか……」

陽気な男が眉《まゆ》をひそめるようにして、江崎の顔をまじまじと見つめた。

「どういう事情か知りませんが、三十年も昔のことですよ」

「ええ、生まれた時から、父とは別れ別れでしたので」

「そうですか……、それはそれは……。しかし、申し訳ありませんが、私の知っているのはせいぜいそんな程度でして……。そうそう、山庄さんのところで訊《き》いてみたら分かるかもしれませんよ。山田庄一っていう、ほら、何かっていうとすぐ椅子《いす》を投げたりして暴れたがる、ヤクザっぽい代議士がいるでしょう。あの人ですよ」

「はあ、そのことは駅前の将棋クラブで聞きました。なんでも父は……、将棋の先生は、その人と一緒に、小諸を出て行ったそうですね」

「そうです。もともと、将棋の先生を連れて来たのは山庄さんじゃなかったかな。たぶんそうですよ。だから、何か深い関係があるのかもしれない」

江崎が礼を言って辞去しようとすると、大塚は「まあまあ」と引き止めた。

「せっかくこんな遠くまで来たのだから、ちょっと上がっていってください」

腕を引っ張るようにして座敷に上げた。まだ真っ昼間だというのに、商売が商売だけあって、「お茶代わりに」と冷や酒が出た。渇いた喉《のど》にしみいるような、きれ味のいい旨《うま》い酒だ。外の日射しは強いが、開け放った部屋を吹き抜ける風は爽《さわ》やかだった。

「あなたのお父さんだから言うわけじゃないですが、将棋の先生はいい人でしたよ」

と大塚は懐かしい目をした。

「私の遊び相手にもなってくれたりして……。そうか、考えてみると、あなたのような息子さんがいたんじゃ、もしかすると、私をあなたに見立てたのかもしれませんねえ」

それはどうかな――と、江崎は首を傾《かし》げた。

「父は私が生まれたことを知らなかったはずなのです」

「そうなのですか。それはそれは……」

大塚はふと思い出して、立ち上がった。

「そうそう、面白いものをお見せしましょう」

しばらく待たせて、奥のほうから桐の覆い箱をかぶせた将棋盤を運んできた。

「これはその将棋の先生が、お礼にと残していった盤なのですがね、裏にサインが書いてあるのです」

江崎は一瞬、父親のサインかと期待したが、そうではなかった。大塚が桐の箱ごと盤をひっくり返すと、下手くそな、少し薄れかけた墨の文字でこう読めた。

——名人ニナレ　三吉——

「三吉、というと、坂田三吉ですか？」

「そうらしいですね。だから、将棋の先生は坂田三吉のお弟子じゃなかったのかって、あとになってから家の者が言っていました」

(父だ——)と江崎は確信した。柾田圭三が言っていたことが事実だとすれば、父は坂田三吉の秘蔵弟子である。その愛弟子《まなでし》に三吉は自分の果たせなかった夢を託して、この将棋盤を贈ったにちがいない。

その盤を——恩師の願いを、父はここで捨てたのだ。

江崎は盤の汚れを、指先で拭《ぬぐ》った。

2

三ノ輪のアパートに戻ると、ドアの下の隙間《すきま》から差し込んだらしい紙片が、床に落ちていた。

――至急連絡されたし　今井――

江崎はバッグを部屋の奥へ向けて放り込むと、その足で電話をかけに出た。

江崎の声を聞くなり、清司は「あ、待ってましたよ」と怒鳴るように言った。

――野々宮さんがね、大至急会いたいって、何度も電話してきてね。そのたんび、お宅へ行くんだが、いつも留守でさあ……。

「すみません、ちょっと信州のほうまで行ってきたものですから」

――信州？　っていうと、小諸、ですか？

「はあ、そうです」

――そうでしたか。それはそれは……。ま、とにかく江崎さん、うちへ来ませんか。夕飯、まだなんでしょ？　うちはこれから始めるところです。ちょうどいいから、急いで来てくださいよ。

江崎の返事を待たずに、電話は切れた。

今井家は香子が留守で、清司が独りで膳《ぜん》の支度をしていた。慣れているのか、けっこうそれなりのお菜がテーブルに並んでいる。

江崎は大塚から土産《みやげ》に貰《もら》った『浅間嶽』という酒を清司に進呈した。典型的な地酒で、東京にはほとんど出荷していないそうだ。

「こりゃ珍しい」

清司は喜んで、早速、冷やで乾杯した。

「それで、お父さんの消息は、何か分かったのですか？」

「いえ、たいしたことは分かりませんが、小諸にいたことだけは確かなようです」

江崎は小諸行きの収穫を話して聞かせた。

「へえーっ、あの山庄のねえ……」

山庄こと山田庄一代議士の名が出てきたのには、清司も驚いた。

「あの先生はもともと香具師《やし》の大元締みたいなもんですからねえ。私らにもぜんぜん縁がないわけじゃねえんで。そうすると、やっぱり江崎さんの思ったとおりお父さんも私みたいな仕事をやっていたのかもしれませんねえ」

（そういうことか——）と、江崎も父と山田庄一との結びつきの理由が飲み込めた。

「あ、そうそう、野々宮さんがね、どうやら江崎さんの仕事をものにしたみたいですよ」

「仕事、ですか？　私は野々宮さんに就職の世話を頼んだおぼえはありませんが」

「やだなあ、就職じゃなくて、将棋ですよ将棋。こないだそういう話になっているんでしょ？　プロを相手に決闘を挑むとかいう」

「ああ、あれですか。しかし、決闘だなんて、そんなオーバーな……」

「いや、野々宮さんはそういうキャッチフレーズを考えているみたいですよ。で、そのことで打ち合わせがしたいので、大至急連絡して欲しいって……。お宅、電話がないんで不便でしょうがないですねえ」

「すみません。すぐに申し込みます」

「いや、いいんですよ、そんなこと。私もね、ほんと言うと、江崎さんとこに電話なんてものはつかないほうがいいんです。お宅に連絡に行くと称して、赤ちょうちんに寄り道する口実にしてるんだから」

清司はコップ一杯の酒で、早くも顔を赤くして笑った。

「それはそうと、吉永先生の事件のことは、その後どうなりましたか？」

江崎はかたちを正して、訊《き》いた。

「ああ、あっちのほうはさっぱりでしてね」

清司はたちまち憂鬱《ゆううつ》な顔になった。

「今日も後始末やらで、香子は吉永先生のところへ行ってるんだけど。なんにしてもえらいことが起きたもんですねえ」

「柾田先生は、どうなんですか？」

「どうなのか、詳しいことは知りませんがね。娘の話じゃ、警察の取り調べはまだ続いているんだそうですよ。柾田先生はあんな人だから、事情聴取にもいいかげんな答え方をするんでしょう。それで、警察のほうも心証を害しているんじゃないのかな。どっちにしても、ご本人は平気な顔をしてるそうですよ」

「例の封書はどうしましたか？　もう警察に届けたのですか？」

「とんでもない。私は警察は嫌いですよ。それに、あんなものが出てきたんじゃ、柾田先生のためにならないんじゃないですか」

清司は首を横に振って、

「ただねえ、ちょっと気になるんですが、あれのコピーが吉永先生に渡してあるはずなんだけど、そういうものがあったという話はぜんぜん出てこないんですよねえ。警察は何をやってるんだろ？」

「吉永さんは、殺された時、封書を持っていなかったのでしょう」

「それにしたって、家の中とか、どこかにあるはずですよ」

「まだ発見していないのかもしれませんね。それに、警察は見つけても公表はしないでしょう。財界の大物がからんでいますから」

「なるほど、そういうことかな」

玄関で「ただいま」と香子の声がした。

「あら、江崎さんがいらしてるのね」

弾んだ口調で、慌ただしく上がってきた。

「野々宮さんと会いました？」

顔を見せるなり、言った。

「ばか、挨拶《あいさつ》ぐらいしたらどうだ」

清司が叱《しか》ると、ペロッと舌を出して、軽く頭を下げただけで、江崎の隣に坐《すわ》り込んだ。

「まったく、しようがねえな。先生のとこに行ってたんだろ。もうちょっと悲しそうな顔をしていてもよさそうなもんじゃねえか」

「あら、してたわよ。ドアを開けるまではショボンとしてたんだから。ずっと憂鬱《ゆううつ》で、死にたいくらいだったわ」

一瞬、香子は悲しそうに口を尖《とが》らせてみたが、すぐに笑顔に戻ると、江崎を覗《のぞ》き込むようにして言った。

「それよりか、江崎さん、野々宮さんに連絡しましたか？」

「いや、まだです」

若い娘の発散する毒気《どっけ》のようなものに当てられて、江崎は思わず身を反《そ》らせかげんにした。その拍子に、手にした酒が少し膝《ひざ》の上に零《こぼ》れた。江崎が慌ててハンカチを出すより早く、香子がティッシュペーパーを取って、手際よく拭《ふ》いた。

「私もお酒、飲もうかしら」

江崎の手にあるグラスを見つめて、香子が呟《つぶや》くと、清司が噛《か》みついた。

「ばか、ガキのくせに、ナマ言うんじゃねえの」

「あら、これでも、近頃はあちこちでお酒勧められるんだから。修業しておかなくちゃいけないのよ」

香子はさっさとグラスを持ってきて、一升ビンを持ち上げた。

「僕が注ぎましょう」

江崎が香子の手からビンを取った。

「だめですよ江崎さん、そいつはまだ未成年だ」

「あ、そうですか……」

「いいんですよ、もうすぐ未成年は卒業なんだから」

逡巡《しゅんじゅん》する江崎を励ますように言って、香子はビンの尻《しり》に右手を添えて、液体をグラスに注ぎ込んだ。

「おい、その辺でやめとけ。まったく、はしたねえこった、江崎さんの前だっていうのによ。これじゃ当分、嫁の貰《もら》い手がねえや」

それに香子が言い返して、それをまた清司が窘《たしな》める。どこの家にもありそうな、月並な父娘のやりとりなのかもしれないが、江崎の目には眩《まぶ》しい光景であった。

「吉永先生のとこじゃ、みんな、柾田先生が犯人だと思い込んでるみたい」

香子が言った。

「ばか言うんじゃねえよ。そんなこと、あるわけがねえだろ」

「私が言ってるんじゃないんだから、怒らないでよ」

「おまえはどう言ったんだ」

「私は黙ってたわ。だって、何か言えるような環境じゃないんだもの」

「黙ってたんじゃ、同調しているように思われちまうじゃねえか。ちゃんと言ってやりゃいいんだ」

「言うって、何て言えばいいの？」

「そんなこと、決まってるじゃねえか。柾田先生は犯人なんかじゃねえさ」

「証拠は？　犯人じゃないっていう証拠は何なの？」

「そんなもの……」

気負って言いかけて、清司は絶句した。

柾田が苦境に立っている状況には、さしたる好転のきざしがないことを聞いている。

「柾田先生が犯人じゃないとすると、いったい吉永先生は、なんだって柾田先生の家の中で死んでいたってわけ？」

香子は問い詰めるように言った。

「それが分かりゃ、警察だって苦労しねえだろ」

「そもそもよ、吉永先生は柾田先生のお宅に何をしに行ったのかしら？」

香子はしかつめらしく首を傾《かし》げた。

「奥様に八時頃電話してきて、柾田先生のお宅に寄ってから帰るっておっしゃってたんだそうだけど、何の用事かは分からないらしいのよね。それにしたって、吉永先生と柾田先生の仲が悪いことは、知らない人がないくらいでしょ。それなのに、夜中の十時過ぎに訪問するなんて、どう考えてもふつうじゃないわよ」

「それもそうだな」

清司は腕組みをして、

「例の念書が関係してるんじゃねえかって、いま江崎さんと話していたんだが」

「やっぱりそうよね。だけど吉永先生は、念書をどうしようとしたのかしら？　あの念書は北村会長が誰かに当てて、九段のことは任せておけって書いているんでしょ？　九段っていうのは柾田先生のことなのかしら？　だけど、九段が柾田先生のことだと仮定して、それがどうしたっていうのかしら？　吉永先生とどう関係するのかしら？　それに、それが原因で殺されるようなことになるほど、重大なものだったのかしら？」

「何だか分からないが、とにかく重大なものなんだろうな。だってよ、その前に何とかいう男が一人、殺されてるんだから」

「そうか……、二人目なのよねえ……」

父娘は深刻そうに黙ってしまった。江崎は二人の顔を等分に見ながら、一人だけ箸《はし》を使い、佃煮《つくだに》を口に入れてはグラスの酒を舐《な》めるように飲んでいる。

「ねえ、江崎さん」

香子が考えあぐねて、江崎を見返った。

「江崎さんはどう思いますか？　何かいい知恵はありませんか？」

「知恵はありませんが」

と江崎は言った。

「問題は柾田先生が犯人ではないと信じるかどうかだと思います」

「そりゃ、犯人なんかであるはずがない……と思うけど、どうなんでしょうな？」

清司は自信なげに言った。

「それは分かりません。要は信じるか信じないか、二つに一つです」

「う～ん……、そう言われれば、私としては信じるほうを取るしかないですなあ。香子はどうなんだ？」

香子もいくぶん自信なさそうに、しかし、頷《うなず》いてみせた。

「それでは、犯人は第三者の何者か——しかも複数——と仮定しましょう。そう仮定して、もし、あの念書が事件の原因になっているのだとすると、こっちが何もしなくても向こうから仕掛けてくるのではないかと、それが気になるのですが」

「向こうって、誰のことですか？」

香子が訊いた。

「もちろん犯人です。もし念書が、人二人を殺さなければならないほど重要なものだとすれば、本物の念書がどこにあるか、懸命に探していると思いますよ」

「それがここにあるって、分かるかしら？」

「まず分かると考えるべきでしょうね。最初の時は、殺された男が新幹線で封書を預けた人物が誰であるのか、はっきりしなかったと思います。だから、半信半疑でお嬢さんに接触してきたのでしょうが、今度は吉永さんです。お嬢さんが吉永さんのお弟子であることと、前のこととを重ね合わせれば、念書の本物がお嬢さんの手元にあると推理するのが当然です。近いうちに必ずやってきますよ」

「やだあ……、どうしよう」

香子は悲鳴を上げた。

「方法は三つあります。第一に警察に届けてしまうこと」

「そうですね、やっぱりそれがいちばんいいかもしれないわ」

「いや、それは最後の手段だな」

清司が異を唱えた。

「もし柾田先生に迷惑をかけることになると、具合が悪い」

「あら、迷惑って、どうして？」

「いや、それは警察がそれを証拠に、柾田先生に疑いを向けるだろうからさ」

「だって、さっきお父さんは柾田先生は犯人じゃないって……」

「ん？　ああ、まあそうだが、しかし、警察は無実の人間を罪に陥れるからな」

「そんなことはないと思いますが」

と江崎が言った。

「ただし、もし警察に届けたとしても、警察はもちろん公表しないでしょうから、犯人側がここに目をつけてやって来る状況は変わらないと思うのです」

「そうだそうだ、それじゃ何の意味もないことになるな」

清司は勢いを得た。

「それじゃ江崎さん、二番目の方法ってやつを聞かせてください」

「第二の方法は、念書を犯人側に渡してしまうことです」

「渡すったって、どうやって、誰に渡すんですか？」

「もちろん、念書を書いた本人、北村英助氏にです」

「じゃあ、犯人は北村英助ですか？」

「さあ、それはどうか分かりませんが、少なくとも、北村氏が当事者の一人であることは事実ですから」

「なるほど……。しかしなんですな、悔しいですね、そいつは」

「確かに、唯一《ゆいいつ》の証拠を渡してしまうのは残念ですが、危険を避けるためには背に腹はかえられませんよ」

「うーん……、それはそうだけど……どうもねえ……」

「江崎さん、もう一つの方法というのは何なのですか？」

香子が訊《き》いた。

「僕が犯人側——つまり、北村氏に接触するのです」

「えっ、そいつは危険だ」

「だめですよ、そんなの」

父娘は同時に叫んだ。

「いや、接触すると言っても、直接会いに行くわけではありませんので、心配はいらないのです」

不安げに顔を見合わせる父娘の前で、江崎は笑ってみせた。

翌日、江崎は番号を調べて、北村の会社に電話を入れている。念のために公衆電話を使った。もちろん先方は北村会長に直接繋《つな》いでくれることはしなかった。三重のチェックを受けたが、そのつど江崎は「九段の件でお話があるとお伝えください」と言った。

三度目の相手の男は「三十分後にもう一度かけてください」と言って、電話番号を教えてくれた。

江崎は逆探知されるのを用心して、公衆電話の場所を変えることにした。

三十分後に電話をかけると、若い男が出て、「少々、お待ちください」と言い、すぐに老人の声に代わった。

——北村だが、何か？

「お忙しいところ恐縮です。申し訳ないのですが、事情がありますので、こちらの名前は伏せさせていただきます」

江崎は努めて丁寧な口調で言った。

「用件だけ簡単に申しますが、じつは、あなたの名前の念書を預かっております。新幹線の中で、ある男の人から預かったものですが、その人が先日、殺されたそうで、どう処理したものか困っております」

——ふーん、その念書なるものがどういうものか、私はまるで心当たりがないのだが、しかし、そういうことなら、ともかくいちど当方に来ていただきたいですな。

「分かりました、いずれそうさせていただきます」

——それで、あんたはいまどこにいるのですかな？

「それもちょっと申しあげられません。では今日はこれで」

——あ、ちょっと……。

北村が「待ちなさい」と言うのを聞きながら、江崎は受話器を置いて、いそいで電話ボックスを離れた。

3

新宿歌舞伎町《かぶきちょう》の一角にある雑居ビルの六階に、「新宿将棋サロン」はあった。江崎はメモを見ながらエレベーターに乗り、三人の客と一緒にゾロゾロと「将棋サロン」に入って行った。

ドアの看板の脇《わき》に、小さく「将星会本部」と書いてあるのを確認した。

室内に足を踏み入れたとたん、フロアにずらりと並んだ盤数の多さに目を奪われた。父の消息を求めて、大阪と東京の将棋会所をめぐり歩いたが、これほどの規模のところはなかった。ざっと見て百面は下るまい。土曜日の午後とあって、ほぼ満員の盛況だ。

店の女性が出て、「どのくらい指しますか？」と訊《き》いた。

「こちらで野々宮さんと会う約束になっているのですが」

「ああ、朝陽新聞社の野々宮さんね。ええと、まだ来ていないみたい」

女性はグルッと見回して、どうぞと椅子《いす》を勧めた。

腰を落ち着けて、あらためて周囲を見渡すと、大きさばかりでなく、雰囲気そのものがどことなくふつうの将棋会所と違うような印象だ。それは客たちの熱気のせいかもしれない。若い学生風の客が多く、盤面に打ち込む姿勢は真剣そのものに思えた。しかも、すでに指し終えた将棋について、局後の検討を長い時間かけてやっている。こういうのも、アマチュアの将棋には珍しい。

目の前の壁に「将星会ランキング」というメンバー表のようなものが掲げてある。余所《よそ》ならばさしずめ段位を示す名札といったところだが、段位の代わりに数字が並んでいる。最高位は一〇〇〇点で、柾田圭三の名前の前にある。将星会のリーダーが柾田九段で、以下柾田に対する格差によって点数をつけているのだろうか。柾田のあとは少し空白になっていて、八〇〇点台からめじろ押しに名札が並ぶ。

江崎は自分がもしランクづけされるとしたらどの辺に入るものか、興味を抱いた。それまで他人と将棋を指すこともなく、段位などにはまったく関心を抱かなかったのだが、己《おのれ》の位置づけを知りたがるのは、人間の持っている社会性というか、ある種の本能みたいなものかもしれない。

江崎は先刻の女性に、ランキング表の柾田の次にある「秋山勇」という人物が、客の中にいるかどうか訊いてみた。

「ええ、来てますよ。あそこにいます」

秋山は窓際の席で将棋を指していた。江崎より少し年長ぐらいの会社員風の男で、ノーネクタイのワイシャツの袖《そで》をまくり上げ、若い男を相手に一心に手を読んでいる。

江崎はそっと近づいて、数人いる観戦者の隙間《すきま》から盤面を覗《のぞ》き込んだ。

秋山が居飛車、相手の青年が美濃囲《みのがこ》いで進行してきた将棋らしい。青年もかなりの指し手とみえ、このまま進めば優勢を思わせた。だが、秋山は粘り強い棋風なのか、見ているまに相手の意表を衝《つ》く好手を放って、勝負をひっくり返した。

局後の検討を聞いていても、この二人がなかなかの指し手であることが分かる。盤側の観戦者たちも感心しながら聞き入っている。しかし、江崎の目から見ると、気に入らないところが一か所あった。

「あのォ……」

江崎は遠慮ぶかく言った。二人の対局者はもちろん、周囲の連中の視線が、見知らぬ男の顔に注がれた。

「2一飛車といくところ、6三歩成りとしていれば勝ちでしたが……」

全員の目が盤の上に戻った。

「そんな手があるかなあ……」

秋山は不満そうに言いながら、駒《こま》の配置をその局面に戻している。こと将棋に関しては誰にも譲りたくない様子だ。どこの馬のホネとも知れぬ男の指摘など、相手にする気にもなれないと言いたげだった。

第一、「2一飛車」という手は、指した青年はもちろん、指された秋山もこの一手しかないと思っていた、いわば当然の手だったし、「6三歩成り」などはスピードの遅い手で問題にならないように思えた。

ところが深く検討してみると、この6三歩成りがその局面では唯一《ゆいいつ》の決め手だったのだ。さすがに二人とも、まもなくそれを悟った。

「ほんとだ、へえーっ、すごいね、こりゃ。あなた、相当強いですね。何段ですか？」

秋山は率直な性格とみえ、感嘆の声を発して江崎を振り仰いだ。

「いや、段など持っておりません。山奥で暮らしていたもので」

「ほんとですか？　まちがいなく強いですよ。どうです、よかったら一番、この人と指してみませんか」

秋山は自分の椅子に江崎を無理やり坐らせた。秋山の紹介によると、相手の青年は学生名人戦の準優勝者だそうだ。青年は闘志をあらわに示して、駒を並べはじめた。ギャラリーも面白がって、ギッシリと周りを囲んだ。

江崎にとって、この将棋がはじめての対局ということになった。こどもの頃、分教場の先生と遊び程度に指した将棋を母親に禁じられて、それっきり他人を相手に将棋を指したことはない。その時の母親の狂気そのもののような怒りに、幼い江崎は震え上がった。将棋をやめなければ、おまえを殺してわたしも死ぬ――とまで言った。教師は母親に平謝りに詫《わ》び、江崎は母親と教師に土下座して謝る羽目になった。その時はじめて、母親がどれほど父と将棋を憎んでいるのか、身にしみて思い知らされたのであった。

それ以来、江崎は「一人将棋」で遊ぶしかなかった。そういうことで、江崎は自分の力量が他人と比較してどうなのか、まったく見当がつかない。雑誌の詰め将棋などを見て、ほんの一瞬の間に解答が頭に浮かぶけれど、それだけでは果たしてどれほどの力といえるのか、判断の根拠としては心許《こころもと》なかった。

相手の学生は、名も知らないようなぽっと出の男と平手（駒を落とさないこと）の将棋を指すのが不服らしかった。先刻の「妙手」だって、フロックにすぎないと思っている。

学生はよほど振り飛車戦法に自信があるのか、いきなり飛車を4筋に振った。

序盤から中盤にかけて、江崎も学生もたがいに着実に、「定跡《じょうせき》」と呼ばれる型の一つを選んで指している。定跡というのは江戸時代から長い歳月をかけて、経験的に研究された結果の公式のようなもので、双方に不満のない最善の手段とされているものだ。

ところが、中盤を過ぎ、戦いに突入してまもなく、学生は間違った手を指した。もっとも、

「間違った」というのは、江崎がそう思っただけで、学生も観戦者もそうは感じていなかった。

江崎はその何手か前の段階で、さまざまな変化を一瞬の間に読み切っている。学生の指した手は、その中で「読み捨てた」手の一つでしかなかった。学生は8四角と指したが、これは十七手先で江崎の反撃を食う悪手であって、ここは6二飛車と指すべきだ――と江崎は読んでいた。

江崎はかえって意表を衝《つ》かれた思いがして、念のために、もういちど確認してみた。しかし、どう考えても自分の読みに手落ちがあるとは思えない。やむを得ず、江崎は自分の読み筋どおり指し手を進めた。

案の定、十七手先の江崎の手を見て、学生は突然、考え込んでしまった。その反撃を予測していなかったことは明らかだった。

将棋そのものはここで勝負がついていた。学生は必死に頑張ったが、それ以後も、すべて江崎の読みの中にあった。学生準名人の長考に対して、江崎はものの数秒も置かないようなノータイムで指し切った。

誰の目にも、二人の力量に格段の差があることは歴然としていた。将棋が終わると、しらけたような沈黙が流れた。

「驚いたなあ……」

最初に口を開いたのは秋山であった。

「強いなんてもんじゃないねえ」

江崎は照れて、秋山の顔を眩《まぶ》しそうに見上げた。秋山の隣に野々宮の笑顔があった。

「あ、野々宮さん」

立ち上がって挨拶《あいさつ》した。

「えっ、じゃあ、野々宮さんが言ってた、ムチャクチャに強い人っていうのは、こちらさんでしたか」

秋山は野々宮を振り返って、人が悪いなあと高笑いした。

野々宮はあらためて江崎を秋山に紹介し、そのあとビルの一階にある喫茶店へ降りていった。

コーヒーを飲みながら、秋山は熱心に「将星会」のことについて語った。将星会はアマチュア将棋界最大の研究グループで、会員は有段者だけで二千名は超えるという。

「しかし、われわれは目下、段級位を廃して点数制に移行すべく努力しているのです。なぜかというと、東京将棋連盟の段位の認定があまりにも安直で、その基準があいまいすぎるからです。五段同士でも大駒《おおごま》一枚の差があるなんてザラですからね。免状を乱発して免許料の増収を図ろうとする連盟の方針がみえみえです。段位の尊厳なんか、チリ、アクタのごとく価値のないものになってしまいました。そこで、われわれは点数制方式を採用して技術を磨《みが》き、しかるのち、将棋連盟に殴り込みをかけようと考えているのです」

秋山は意気軒昂《けんこう》に肩をそびやかした。

「殴り込み、ですか？」

江崎がびっくりして訊《き》いた。

「ははは、殴り込みはオーバーですが、オープン戦を申し入れようと思っています。つまり、アマ・プロ混淆《こんこう》の大トーナメント戦を実現しようというのです。ゴルフにしろテニスにしろ、オープン大会があって、アマとプロの交流があるのだから、将棋だってやってやれないはずはない。アマのトップクラスはプロのランクではどの辺まで通用するのか、もしかすると、けっこう高段のプロにだって勝つかもしれない。そうしたら、アマチュアはもちろん、プロの連中の励みになると思うんですよね」

「ところが、プロのほうはてんで洟もひっかけようとしないのです」

野々宮が秋山の「演説」を受けて言った。

「アマがどんなにさかだちしたところで、プロにかかっちゃ赤子同然だと言いたいのでしょうね」

「そんなのは、やってみなくちゃ分からないじゃないですか」

秋山は憤然として言った。

「ひょっとすると、将棋連盟の本音は、われわれが怖《こわ》いのかもしれない。勝って当然、負けると面子《メンツ》が立たないような勝負はやらないに越したことはありませんからね」

「まあまあ……」

野々宮が宥《なだ》めた。

「そんなこともないと思うけど、とにかくアマチュアの力を軽視していることは確かだろうねえ。そこで江崎さん、あなたにご登場願おうとしているのですよ。これまでに県代表や学生チャンピオンなんかで、名前が知られている者ならともかく、まったく無名のアマチュアでさえ、これほどの実力があると証明すれば、将棋連盟もアマチュアを見直すにちがいない。少なくとも、いままでのように避けてばかりいられなくなることだけは確かですよ。ねえ秋山さん、江崎さんの実力のほどは、あなたも認めるでしょう？」

「認めますよ。さっきの将棋を見るかぎり、とにかく強い。いまでも信じられない気がしていますがね。しかも、柾田先生の折紙つきなのでしょう？　だったら僕らが文句をつける余地はないです」

「それなら話は早い。すでにお膳立《ぜんだ》てはできていて、江崎さんの最初の相手も決まっているのです。そこで秋山さんにお願いしたいのは、江崎さんに将星会の看板を貸してくれませんか。つまり、将星会の代表選手として戦ってもらうわけです」

「それは構わないでしょう。こちらとしてはとにかく入会してさえもらえればいいのですから。一応、幹事には声をかけますがね。それより野々宮さん、江崎さんの最初の相手というのは、誰に決まったのです？」

「真鍋《まなべ》六段です」

「真鍋……、そりゃ、すごい……」

秋山は驚嘆したが、江崎はむろん名前も知らない。

「そんなに強いのですか？」

「強いですよ真鍋は、強いことも強いが、話題性がね。真鍋六段が相手となりゃ、ファンを沸かせることは確かです」

六段・真鍋一雄には「美剣士」のニックネームがある。役者顔負けの白皙《はくせき》の美貌《びぼう》に似合わぬ強手を放って若くして六段に昇った。相手にとって不足がないどころか、正直、秋山は緒戦の相手としては強豪すぎるのではないか――と懸念した。

江崎が席を外した際に、こっそり野々宮にそのことを言うと、野々宮も眉《まゆ》をひそめた。

「僕もそう思うんですがね、ヒゲの先生が真鍋でいけと……」

柾田は勝てると確信を持っているらしい。

「それに、真鍋六段は結婚して、おまけに新居を建てたもんで、こっちの企画に乗りやすいってこともあったんですがね」

「しかし、第一戦で負けたんじゃ、それから先は企画そのものが潰《つぶ》れてしまうんじゃないですか？　最初はもっと低段の棋士にしといたほうがよかったんじゃないかなあ」

「うーん……そうかもしれないが、まあ、とにかく柾田先生の言うとおりにするしか、仕方がなかったもんでねえ……」

野々宮も浮かない顔になった。

4

地下鉄の国会議事堂前までは、香子が案内してくれた。一人でも大丈夫だと言うのに、どうせ千駄ヶ谷の連盟会館まで行くからと、少し早目に迎えに来た。香子はこの日、女流名人戦予選トーナメントの準決勝がある。

「こんな寄り道したら、気が散って対局に集中できなくなりはしませんか？」

江崎は心配した。

「平気です。それより、一人でいる時間が短いほうがいいんです。やっぱり自信がないのかしら。心細いんですよね」

「では、連盟会館までついて行ってあげましょうか？」

「やあだ、それじゃ反対じゃないですか」

香子は笑ったが、内心はほんとうにそうしてもらいたい心境だ。

「東京の地下鉄って、ややこしいんですよね。迷子にならないように気をつけて」

自分を励ます代わりに、そう言った。

ちょうど通勤時刻とダブッて、車内は混雑していた。吊革《つりかわ》にブラ下がりながら、江崎は人波の圧力から香子を庇《かば》った。もっとも、この混雑には香子より江崎のほうが参っている。こういう状況は江崎の経験にはなかった。もし香子という同伴者がいなければ、とても我慢できるような環境ではない。とっくに電車を降りて空《す》く時間まで何時間でも待つにちがいなかった。

車内では背後から押されて、二人の体は何度か密着した。そのつど、江崎はドギマギして、必死に踏ん張って、香子からなるべく体を離すようにした。香子のほうは平気で、むしろ、江崎に体を預けるようにしている。江崎はますます焦《あせ》って、体の向きを変えようと努力し、疲れ果てた。

香子は国会議事堂前の出口まで案内してくれた。「じゃあ、頑張って」と手を振り、長い階段を駆け降りてゆく。そう言わなければいけないのは自分のほうであることに、江崎は気付くのがおくれた。

議員会館への出入りは厳重にチェックされる。あらかじめアポイントメントを取っておいて、玄関のフロントに面会票を提出する。フロントの係員が議員のオフィスに確認して、ようやく入館の許可が出る仕組みだ。

江崎が山田庄一議員への面会票を出すと、まもなく若い秘書が迎えにやってきた。

「江崎さんですね？　山田がお待ちしております」

面食らうほど丁寧だ。絨毯《じゅうたん》を敷き詰めた廊下を先導する物腰もたえず前屈《まえかが》みの姿勢で、場所が場所だけにまるでＶＩＰにでもなったような気分であった。

(何かのまちがいではないのか？――)

江崎はむしろ、薄気味が悪かった。

山田庄一議員はテレビのニュースにしょっちゅう出てくるから、江崎でもその顔は知っている。千葉の漁師の出で、若い頃から鳴らした暴れん坊だそうだが、もう六十歳を超えているはずなのに、眼光鋭く日焼けした顔は、たしかに悪役にふさわしい、たくましい面構えであった。

しかし、山庄はそのいかつい顔をほころばせて「やあやあ」と大声で出迎えた。

「江崎先生の息子さんだそうですなあ。いや、電話でそう聞いた時は驚きました。たしか先生にはお子さんはいないと思っていたもんでねえ。しかし、こうして顔を見ると、先生の面影がありますな」

手を握って、一気にまくしたて、「さあ、どうぞこちらへお入りなさい」と、奥の部屋に案内した。

手前の部屋には順番待ちの陳情者らしい客が四人、羨《うらや》ましそうな目で江崎を見送っていた。

「小諸へ行ったのだそうですな」

応接セットに落ち着くと、山庄は言った。

「はい、小諸の将棋クラブで聞いて、大塚酒造を訪ねました」

「そうですか。それじゃ、すでにおおよそのことは聞いておられるのかな?」

政治家特有の、どこかに傲慢《ごうまん》さを漂わせた探《さぐ》るような目で、江崎の顔を窺《うかが》った。

「はい、聞きました。しかし、大塚さんの先代の方はすでに亡くなっておられて、詳しい話は聞けなかったのです。大塚さんのお宅に将棋指しがいたことは確かですが、それが父かどうかは分かりませんでした」

「そうですか、先代は亡くなりましたか。じゃあ、いまの主人はまだ若いでしょう。四十かそこいらの……いや、大塚酒造におられたのは確かにお父上ですよ。江崎三郎先生です。ただし、表向きの名前は変えておられました。ええと、大塚さんのところにはかれこれ一年半かそのくらい滞在なさったかな。大塚酒造の先々代の爺《じい》さんというのが、江崎先生をご贔屓《ひいき》でしてね、それで、小諸に立ち寄られた先生を引き止めて、長逗留《とうりゅう》になったのです。そこへもってきて、わしがお近づきになって、またまたズルズルとご滞在願ったというようなわけで。途中で大塚さんの爺さんが病気になったので、わしの家に来ていただいたのだが」

「父と山田先生とはどういう知り合いだったのですか？」

「知り合いというより、わしにとっては恩人と言うべきです。わしは戦後まもない頃から小諸に本拠を置いて、あまり大きな声じゃ言えないが、闇屋《やみや》みたいなことや、長野県一帯の露天商の世話役——といえば聞こえはいいが、まあその、ピンハネみたいなことをやっていたのですよ。さっき言った爺さん——地元の名士である大塚酒造の先々代の主人と懇意《こんい》になって、たまたま大塚さんのところに滞在されていた江崎先生とお会いしたのが、お付き合いの始まりでした。いまは知っている人間が少なくなったが、戦前の昭和十年頃、あなたのお父上は、わしでさえ名前を知っているほどの強い将棋の先生だったのですよ。そのことはご存じなんでしょうな」

「はあ、おぼろげには」

「小諸でお会いしたのは昭和二十五年……いや、二十六年でしたかな。江崎先生ほどの将棋指しが、どうしてこんなところに燻《くすぶ》っているのか不思議でした。詳しいことは話してくれなかったが、将棋界で何か面白くないことがあったとかで、将棋を捨て、名前も捨ててしまったということでした。だいぶ後になって知ったのだが、その時には奥さんや家も捨てておられたのですなあ。そうそう、立ち入ったことを訊《き》きますが、あなたがまだ生まれる前に、先生は家を出られたのかな?」

「ええ、そのようです。したがって、父は私のことを知らないまま死んだのでしょう」

「なるほど、そういうことでしたか」

山庄は難しい表情を浮かべた。

「まあ、そういういきさつがあって、それ以来、わしのところで、いま風に言えばブレーンになっていただいたというわけです。いや最初のうちは態《てい》のいい居候《いそうろう》みたいなものでしたが、しかし、そのうちに真価を発揮されましてな。とにかく江崎先生の先を見通す眼力たるや、大したものでした。世の中、落ち着いてくるにつれて、いつまでもこんなヤクザなことをしていちゃいかんと言って、まず手はじめに興行の会社を設立した。しだいに力をつけると、今度は政界に乗り出せと言われましてね。それには小諸にいたんじゃだめだ、生まれ故郷の千葉に戻るのがいいと……」

青雲を望む、その当時のことを思い出したのだろう、山庄は懐かしい目をした。

「ではその時、山田先生と一緒に小諸を出たのですね？」

江崎は訊いた。

「さよう。先生はあまり気乗りがしなかったのだが、わしが千葉から政界に打って出るについては、参謀役としてぜひ一緒に来て欲しいと懇望したのです。それからずっと面倒を見てもらって、わしの今日あるは、ひとえに江崎先生のお蔭《かげ》ですよ」

「それで、父はいつ、どこで死んだのでしょうか」

「うーん、それがですなあ、じつは、それから十年ばかり後に、江崎先生はフラっと出て行かれて、それっきりになってしまって……。風の便りによると、また信州のほうへ戻られたようなのだが」

「十五、六年前に死んだという人がいるのですが」

「そう、確かにそういう噂《うわさ》はあったが、どうもはっきりしなくて……。亡くなられたとしても小諸ではありませんな。小諸なら分かるはずですからな」

「では、野垂れ死にのような死に方だったのでしょうね」

江崎が言うと、山庄は血相を変えた。

「何をおっしゃる、そんなことはありませんぞ」

「でも、父がどんな死に方をしたのか、山田先生はご存じないのではありませんか？」

「ん？　いや、それはそのとおりだが、江崎先生にかぎってそんな……」

山庄はなんとも情けない顔になって、つらい想いを断ち切るように言った。

「江崎さんは将棋のほうは？」

「はあ、少しはやります」

「どのくらいですか？　あの江崎先生の血を引いているのだから、少しということはないでしょう」

「自分ではよく分かりませんが、じつは、今度、真鍋という人と指すことになりました」

「真鍋？　というと、真鍋六段のことじゃないでしょうな」

「いえ、その真鍋六段です」

江崎は朝陽新聞社の野々宮に引っ張り出され、プロ棋士と対局することになった経緯《いきさつ》を説明した。

「ふーん、それはすごいですなあ……。さすがに江崎先生の息子さんだけのことはある。蛙《かえる》の子は蛙とはよく言ったものです。これを聞いたら、江崎先生は……いや、かえすがえすも残念なことですなあ……」

山庄は目をしばたたいた。

「ところで、いまはどちらにお住まいですかな？」

江崎は母親が死んだあと、兵庫の山奥から出て、父親の消息を尋ねる旅をしていたことを話した。

「いまは東京の三ノ輪にアパートを借りて住んでいます」

「というと、仕事は？」

「営林署を辞《や》めて、目下のところ無職です」

「そりゃいかん。それじゃ、仕事はわしが世話しましょう。もしよければわしの秘書に……。いや、それはまずいか。とにかく任せておいてください。いずれ連絡しますよ」

山庄は江崎のアパートの住所を手帳に書き込んだ。

秘書に送られて玄関を出たところへ、黒い車が到着して恰幅《かっぷく》のいい紳士が降り立った。二人の秘書が後に続いて、議員会館の階段を上がる。その時、擦《す》れ違った後のほうの男の顔に江崎は瞬間、見憶《みおぼ》えがあるような気がして振り返った。その視線の先で、男のほうも立ち止まってこっちを振り返っていた。

男は一生懸命に思い出そうとしている様子だった。江崎の視線に出くわしてすぐに視線を逸《そ》らしたが、何か思い当たったらしく、もう一度、チラッと振り向いてから、慌てたように立ち去って行った。

「どうしました？」

山庄の秘書が少し行きかけたところから、引き返してきた。

「いま、そこで擦れ違った人ですが、どこかで会ったことがあるような気がしたものですから」

「ああ、いまの人なら、広島先生のところの秘書ですよ」

「広島先生というと、代議士の方ですか？」

「ええ、そうです」

（じゃあ人違いかな——）

たったいま知り合った山田代議士以外、代議士やその身内に知り合いはいない。第一、東京そのものがまだ馴染《なじ》みの薄い土地だ。

議員会館を出て、議事堂の正門前まで歩いてみた。そこからお堀端の方角を向き、東京にしては面積の広い空を見上げていると、江崎はなんだか不安になってきた。

飛行機雲をぼかしたような、筋状の雲が数条、ゆくての空にかかっていた。いつのまにか夏の終わりが近づいているらしい。

（いったい、これからどうすればいいのだろう——）

小諸の大塚の話を聞いて、江崎はてっきり、山田庄一に会えば父の最期の様子や、墓の場所などが分かるものと考えていた。しかし山田も知らないという。野垂れ死にでもいい。無縁仏になっていてもいい。とにかく父がどこでどのように死んだかぐらいは知りたかった。それを知らないうちは、江崎の旅は終わらないのだ。

議事堂前の坂を下《くだ》り、皇居を左に見ながら、江崎の旅は終わらないのだ。は朝陽新聞社まで歩いて行った。約束の時刻より早かったが、野々宮は歓迎した。江崎の企画は、名王戦掲載権の行方が気掛かりな現在、いろいろな意味で注目されていた。江崎秀夫はいうなれば朝陽新聞社の秘密兵器なのであった。

「いよいよ明日ですね、会社挙げて江崎さんに期待していますよ」

野々宮はハッパをかけたが、内心はヒヤヒヤものだ。柾田九段が言うように、ほんとうに江崎は真鍋を破るだけの実力の持ち主なのか――。なにしろ実戦の経験もない、まったくの未知数である。無残な結果に終わったら、江崎ひとりだけの問題でなく、野々宮の進退にまで関わってくる。

そういうわけで、野々宮は必要以上に前景気をあおるようなことは極力避けた。注目度の割には、予告や前宣伝をしないのはそのためである。とにかく、対真鍋六段の第一戦が凶と出るか吉と出るかを、息を呑《の》んで見守っている――といったところが本音であった。

それから、野々宮はカメラマンを連れてきて、江崎の写真を何枚も撮《と》らせた。この写真を派手に使えるかどうか、祈る思いだ。すべては明日の夕方までに決まる。

「その後、お父さんの消息について、何か分かりましたか？」

撮影がすんで、応接室で寛《くつろ》ぎながら、野々宮は取材メモを出して訊《き》いた。江崎秀夫の数奇な生い立ちも、ニュースバリューとして申し分ない。もっとも、そういう秘話が紙面を飾るのは、とにもかくにも江崎の勝利が前提ではあるのだけれど……。

「いえ、父の消息はどうしても摑《つか》めませんでした」

江崎は山田庄一に会って、最後の望みの糸が切れたことを話した。

「ほう……、お父さんは山庄の参謀役だったのですか……」

野々宮は江崎の失意よりも、その事実のほうに興味を示した。

「なるほどねえ、野人・山庄があそこまでのし上がった蔭には、江崎三郎氏の秘策がものをいってたわけですか。そうかもしれませんね、将棋の手を読むのと、権謀術策《けんぼうじゅつさく》を弄《ろう》するのとは、相通じるものがあるのかもしれない」

「野々宮さんにお訊きしたいのですが」

江崎は野々宮の関心を引き戻した。

「父の消息を知る方法は何かないでしょうか？」

「そうですねえ。単純に考えれば、警察に頼むのが一番手っ取り早いけれど、ただし、まずこれはアテにはなりません。しかし、山庄先生はお父さんの行方をぜんぜん追わなかったのですかねえ？　それだけ世話になったのに、放置しておくというのは、あの世界の仁義からいって、ちょっと考えられないのだけどなあ……」

　野々宮はしきりに首をひねった。

「ひょっとすると、山庄は何か隠しているんじゃないですか？」

「隠す……というと、どういう？……」

「たとえばですよ、あなたのお父さんにあくどいことをしたとかですね。それとも……、待てよ……、もしかするとこういうことも考えられませんか。つまり、お父さんはほんとうは生きているという……」

「えっ？……」

「こんなことを言うと、気を悪くされるかもしれませんが、お父さんはあなたのお母さんを捨てた人ですよね。かりに生きていたとしても、いまさらおめおめとあなたに顔を合わせられた義理じゃないでしょう」

「しかし、山田代議士が隠す必要はないと思いますが」

「だから、お父さんにそうしてくれと頼まれたのですよ。江崎さんは山庄に会う前に、電話か何かで用件を言っていませんか？」

「はあ、言いました。昨日、電話で……」

「でしょう。だったら当然、山庄はお父さんに連絡していますよ。その結果、事実を伏せておくように頼まれたのでしょう。それなら辻褄《つじつま》が合います。江崎三郎さんは生きておられるのですよ」

勝ち誇ったような野々宮にひきかえ、江崎は氷のように沈黙した。

第五章　父と子

1

真鍋一雄六段対江崎秀夫のプロ・アマ対抗戦を明日にひかえたその夜遅くまで、東京将棋連盟会館の理事長室では、緊急の理事会が開かれている。

出席者は大岩理事長以下五名だが、この日は中宮名人が顔を出していた。対局過多の中宮が理事会に出席するのはごく珍しい。それだけ、この理事会の議題が重要であるともいえた。

「決まってしまったことは仕方ないにしてもですよ、これが今後も継続するというのは、どんなものでしょうかなあ」

牧本八段が言った。牧本は吉永とほぼ同年代の、いわば指し盛りだが、ランクはB級1組。それだけに、理事会での発言も吉永に押されぎみだった。吉永が死んで、にわかに台頭した感がある。

「いくら強いといっても、アマチュアは所詮《しょせん》アマチュア、それを相手にプロの高段者がめくじら立てるのは大人気ありませんやな。第一、その江崎なんとかいうのは、聞いたこともないぽっと出だそうじゃないですか」

「しかし、強いという評判です」

大岩が静かに言った。

「柾田さんの折紙つきだそうですから」

「また柾田さんですか。ようやく順位戦に出場したと思ったら、早速、いろいろおやりになる。吉永君があんなことになっちまったからなんだが、彼がいれば、テンから問題にもしませんよ。言ってみれば、吉永君の不幸のドサクサにまぎれて決まったような、今度の話です。とにかく、これいっぺんかぎりということにしていただきたいものですな」

「朝陽新聞社のほうは熱心でして、これを機会に、アマプロ戦を新しい棋戦として定着させたい意向のようです」

「朝陽は名王戦が怪しくなってきたもんで、それに代わる棋戦を——というので打ち出してきているのでしょう？　これを認めなければ名王戦を譲渡しないという。こっちがそんなものを認めないことを見越して、ダダをこねているだけですよ」

「いや、そうとばかりは言えないようです。野々宮さんなどは、かなり本気で、プロとアマの実力を見せる、絶好のチャンスだと張り切っているらしい」

「ばかばかしい、ベテラン記者にしては気でもふれたんじゃないかな。そんなもの、鎧袖一触《がいしゅういっしょく》に決まっている」

「はたしてそうでしょうか」

大岩は眼鏡を光らせて、冷たく言った。

「近頃《ちかごろ》のアマチュアの力は、端倪《たんげい》すべからざるものがあると思いますが」

「理事長がそんな弱気とは驚きましたなあ。奨励会あたりならいざ知らず、高段のプロがアマなんぞに負けてたまるものですかい」

プロとアマの実力の差のある世界を、俗に「一に相撲《すもう》、二に将棋、三四がなくて、五にゴルフ」などと言う。牧本はそういう観念から抜けることができずにいる。

「私は必ずしもそうとは思いませんが……、中宮さん、あなたはどう思われますか？」

大岩は名人に訊《き》いた。はるかに若い中宮に対して、じつに丁寧な物言いをする。そういうところに、大岩の奥行きの広さが表れていると言えた。

中宮は言葉を模索して、眼を宙に彷徨《さまよ》わせた。直感や機転で行動しないのが中宮の長所であり、人によっては短所であるとも言う。「面白みのない男」という評もある。幼い時から将棋一筋の優等生。なかなかの好男子でありながら、浮いた噂《うわさ》もなく、結婚の相手も平凡な女性だった。

中宮はいまをときめく名人、そして五冠王である。弱い道理がないのだが、将棋にも、私生活の面でも強烈さを感じさせるようなところがまるで無い。「温厚篤実《とくじつ》」「真面目《まじめ》人間」「管理将棋」「自然流」と、すべて中宮に対する評の冠頭句に使われている。それだけに、寡《か》黙《もく》な中宮の口がひとたび開かれると、その言葉には千鈞《せんきん》の重みがある。

「僕は、アマチュアといえども、トップクラスの何人かは侮《あなど》り難い力を持っていると思います。現に、過去の例でも、花村元司先生がアマチュアからいきなりプロの五段ツキ出しになったケースもあります。二上先生、大友先生など、アマ名人クラスでプロ入りして、一気に高段に昇った方もいらっしゃる。対等とは言えないにしても、少なくとも、現在、公式の交流手合いがすべて大駒落《おおごま》ちで――となっているほどの差はないと思います。ですから、一発勝負の場合、負ける可能性もあり得るのではないでしょうか。今回のような企画はアマにとっての励みになると同時に、プロ側にとっても発奮のテコになると思うのです。いままでのカラを破る新機軸として、面白い試みだと思いますが」

中宮の言葉に、大岩は大きく頷《うなず》いた。牧本もそれ以上はあえて反対するのは得策ではないと考えたのだろう、しぶしぶながら賛意を示したが、それでも捨て科白《ぜりふ》のように言った。

「どっちみち、恥をかくのはアマチュア側と朝陽新聞社ですからな」

「どうしてですか?」

大岩は意地悪く訊いた。

「だってそうでしょう。意気込んで企画したものの、緒戦でコテンパンにやられたんじゃ、継続どころか、みっともなくて、新聞に掲載することもできないんじゃないですか」

「そうかもしれませんね」

大岩は苦笑した。

「私もプロの一員として、そうなることを願いたいですよ。しかし、勝負はやってみないと分からない。万一、真鍋さんが敗れるようなことがあると、次の人選が問題になります。そのうち、こっちまでカモにされないという保証はありません。そうそう、第二戦には牧本さんに登場していただきましょうか」

冗談とも本気とも受け取れる大岩の言葉に、牧本は鼻白んだ顔で脇《わき》を向いた。

同じ頃、江崎秀夫と今井清司は都電に揺られていた。

「困るんだけどなあ……」

この期におよんで、清司はまたぼやきを言った。

「たぶんあの先生は怒りますよ。怒ると何を言うか分からないから」

「しかし、会わせるという約束でした」

「そりゃね、だから折を見てと……。ご機嫌のいい時を見計らってと思っていたんですがねえ」

「あれからもう、かなりになります」

「そう言われると困るんだけど……。それにしてもなんだってまた、急に今晩なんて思いついたんです？　べつに逃げやしませんよ」

「気持ちをふっ切りたかったのです」

江崎は怒ったように言った。

「はあ……」

清司はびっくりして、隣の江崎の横顔を眺めた。

「今井さんにはご面倒をお掛けして、申し訳ないと思っています」

江崎はきつい言葉を吐いたことに気付いて、頭を下げた。

「いえ、そんなことはいいんですけどね。ただ、出入り差し止めなんてことにならなきゃいいと……」

「今井さんは外にいてください。僕だけでいいです」

「そう言ったってあんた……」

「いえ、そのほうがありがたいのです。そうしてください。ご迷惑はかけません」

電車を降りて、清司に「あそこがそうです」と指し示された長屋を見て、江崎は立ち止まった。

「ほんとに、一人で大丈夫ですか？」

清司は心配そうに訊いた。

「大丈夫です。どうぞ行ってください」

江崎は清司にいま来た方角を指差した。清司は後ろを気にしながら、暗い街角《まちかど》を曲がって見えなくなった。

江崎は煙草に火をつけた。じっと佇《たたず》んでいると、周辺で虫が鳴きだした。故郷の山奥で聴くのとはまるで異質だが、望郷の念をそそられる。

丹波竜鬼と名乗る人物が自分の父親であるという証拠は何もない。ここまで意気込んで来たものの、さすがに逡巡《しゅんじゅん》した。かりに父親だと分かったとして、いったいどうしようとしているのか、自分の気持ちの整理がつかずにいた。恨み言のひとつも言ってやろうというのか？　母の悲しみや憎悪をぶつけてやろうというのか？　そんなことを思うと、江崎は気持ちが萎《な》えた。

考えてみると、母が心底、父親を憎んでいたものかどうか、江崎にはよく分からなくなっていた。今際《いまわ》のきわに、江崎の顔を見上げて、ポツリと「あなた」と言った、あの縋《すが》るような眼を思い出すと、そんな気がしてくるのだ。

母親の遺品を整理していて、文箱の底からすっかり変色してしまった雑誌や新聞からの切り抜きが何十枚も出てきた。どれも父・江崎三郎の作になる詰め将棋であった。七手からせいぜい十五手までの短手数の問題だが、ひねりの効いた、変幻のムードが漂う佳品ばかりだった。それがいま、江崎の頭の中で、例の今井清司を破った時の五十五手詰めの作品とダブッて見えている。魔性を思わせる不可思議な魅力を湛《たた》えた構成——。あれが父の「相《すがた》」そのものなのだろうか。あの作品の玄妙ともいえる詰め筋の一つ一つを反芻《はんすう》するごとに見えてくる冥《くら》さが、父の心の冥さそのものなのだろうか——。

江崎にとって、父親とは永久に尋ね当ててはならない存在だったように思えた。だが、そう思う一方で、心を誘い揺さぶるものがある。

指に熱さを感じるほどになった煙草を、江崎は道路脇《わき》の溝に捨てた。無意識にズボンのベルトを締め直して、歩きだした。

格子戸は半開きになっていた。玄関に立つと、二間続きの奥の部屋まで丸見えだ。反対側の戸も精一杯に開けっ広げてあって、電車の通るのが見えた。

丹波竜鬼はそこにいた。

縁側に坐《すわ》り込んで、電車の通るのを見送っている。江崎は気《き》後《おく》れを振り切って、玄関の中に踏み込み「ごめんください」と言った。

「誰だ？」

丹波は向こうを向いたままの姿勢でうるさそうに応じた。

「江崎という者です」

丹波の背中に切りつけるように、言った。

「ふうん、そうか、何の用だ？」

平然とした答えが返ってきた。江崎は返事のしようがなくて、黙っていた。また電車が通って、丹波の向こうの闇《やみ》の中に、セイタカアワダチソウが揺れるのが見えた。

「まあいい、上がれ。こっちへ来い」

長い沈黙のあと丹波は言った。畳の臭気に混じって酒の匂《にお》いが漂ってきた。江崎は「失礼します」と靴を脱いだ。

「今井のやつ、黙っていろと言ったのに、しようのないやつだ」

丹波は笑って、ようやくこっちを向いた。

2

江崎は丹波に自分と似通った面影があるかどうか、じっと相手の顔を見つめた。柾田圭三はそう言っていた。しかし、丹波の不健康そのもののような、酒焼けした顔からは、自分がどんなに将来変貌《へんぼう》しようと、こうはなるまいという嫌悪感に近い印象しか湧《わ》いてこなかった。

「今井さんに無理に頼んで教えてもらったのです。悪いのは僕です」

「そうか。まあいい、それで？」

丹波は片頬《かたほお》を歪《ゆが》めるような笑みを浮かべて、赤く淀《よど》んだ眼を眠そうに江崎に向けた。

「父のことをご存じだそうで、もう少し詳しく聞かせていただきたくて参りました」

「詳しいことは知らんと言ったはずだが」

「しかし、父が死んだということをご存じでした」

「ああ、それはな……」

「どうして知っているのですか？」

「誰かに聞いた」

「誰にです？」

「忘れた」

　取りつくしまもない。

「あなたと父とは、どういうご関係だったのですか？」

　江崎は気を取り直して訊《き》いた。

「べつに言うほどの付き合いではない」

　煩《うるさ》いな、と言わんばかりに、深い吐息をついた。饐《す》えた臭いが漂った。白髪の多いボサボサの髪は、長いのは首筋あたりまでかかっている。揉《も》み上げから頤《おとがい》まで密生した不精髭《ぶしょうひげ》との境界も定かでない。

　江崎は言葉を失った。この人物が父親でなかったことが、むしろ自分にとっては救いなのかもしれない――と思った。

「あんた、今井の将棋を詰ましたそうだな」

「はあ」

「金《かね》を取らなかったとか」

「はあ」

「えらく、気前がいい」

「そうでもありません」

「ほう、そんなに裕福か」

「いえ、そうではありませんが、あんなことで金を取っては詐欺のようなものです」

「あんなこと?……。そう易《やさ》しい問題ではなかったと思うが」

「はあ、難問でしたが。しかし、いくらなんでも四十三万は高すぎます。それに、最初からそういうつもりでしたから」

「そういうつもりとは、つまり、今井のやつにおやじさんを探させようというハラだったということか」

「はあ、今井さんを見物しているうちに、ふと思いついたのです。あの人には気の毒をしました」

「ふふ、ひどい男だな」

丹波は目を閉じて低く笑った。

「柾田に会ったか?」

「はあ、お会いしました。しかし、柾田さんも父のことは知りませんでした。小諸にいたことと、小諸から山田庄一という、現在は代議士になっている人と一緒に出て行ったというところまでは分かりましたが、山田代議士も……」

「そんなことはどうでもいい」

丹波は顔をしかめて、団扇《うちわ》を煽ぐように大きく手を振った。

「悪いが、おれには興味のない話だ」

「…………」

「柾田と会って、将棋の話は出なかったのか？」

「出ました。柾田さんの古い将棋の話をしました。子供の頃、将棋雑誌を沢山読んで、棋譜《きふ》を何百も暗記したのですが、その中に柾田さんの棋譜がいくつもあって、その話をしました」

「そうか、子供の頃から将棋が好きだったのか」

「はあ、好きでしたが、指したことはありませんでした。母が将棋を禁じていて……。母は父と将棋を憎んでいましたので」

言いながら、江崎は丹波の表情の動きに注目した。丹波は眉《まゆ》ひとつ動かさない。

「指してみるか」

丹波は押入れから古びた将棋盤を持ち出した。古いが、柾目《まさめ》の通った榧《かや》の六寸盤だ。そういう物に知識のない江崎でも、使いこまれた盤の値打は感じ取れた。錦《にしき》の駒袋《こまぶくろ》から盤上にこぼした柘植《つげ》の駒もいい物らしい。先日、新宿の将棋サロンで指した時の駒とでは、指に馴染《なじ》む感触が違う。

駒を並べ終えると、江崎は黙って、角道を開けた。

丹波は3筋に飛車を振り、美濃《みの》に囲った。その間に、江崎は1五歩とハシ攻めの態勢を作り、5八金と自陣を固めた。

中盤に入り、江崎は1二角と打ち込む手順を得て、有利を確信した。

戦いは江崎の読んだとおりに進み、1二角以降、後手に逆転のチャンスはなかった。

百十三手で、丹波は投了した。両者とも、まったく長考らしい長考のない、早い将棋であった。

「どうして知っている？」

丹波は面白くもなさそうに、言った。

「何が、ですか？」

「この将棋だ。どこで見た？」

「？………」

言っている意味が分からずに、江崎はポカンとした目で、丹波を見て、黙っていた。

「そうか、知らんのか」

丹波は意外そうに、まじまじと江崎の顔を眺めてから、やおら盤上の駒を拾い上げて、駒袋に詰め込んだ。

「これ、やるから、持ってゆけ」

ぐっと突き出した。

「いえ、結構です」

「いいから持ってゆけ、土産《みやげ》だ。これを持って、帰れ。もう来るなよ」

駒袋を江崎の手の中に押し込むと、丹波は立って、縁側に出た。江崎が来た時と同じように、線路に向かって坐《すわ》り、それっきり、いくら待っても振り向こうとしなかった。

長屋を出て、街角《まちかど》を曲がったところに、今井清司は佇《たたず》んでいた。

江崎の姿を見ると、近づいて訊《き》いた。

「どうでした？」

「今井さん……」

江崎は立ち止まって、それから深々と頭を下げた。

「すみません、待っていてくれるとは思っていなかったもので」

「いや、なに、私の酔狂ですから、気にしないでください」

清司は歩きだして、

「それより、どうでした？　えらく長かったんだから、何か話してくれたんでしょう？　お父さんのこと」

「はあ……、いえ、結局、分かりませんでした。長かったのは、将棋を指していたからです」

「将棋？　あの先生が、ですか？　驚いたなあ。私なんか、これだけ付き合いが長いのに、いまだかつて将棋を指してくれたことなんかないんですよ？　いや、私だけじゃない。仲間で誰一人として、丹波先生と将棋を指した者なんかいませんからねえ」

「そうですか……」

「そうですよ、驚いたなあ……。で、どうだったんです？　勝負は」

「勝ちました」

「勝った？　ほんとに勝ったんですか？」

「しかし、本気で指したのかどうか、分かりません。なんだか、筋書が決まっている将棋のような指し方でしたから」

「筋書が決まっているって……、それ、どういう意味です？」

「よく分からないのですが、最初から最後まで、一本道のような将棋でした。先手を持った僕が勝つのは当然のような」

「何だかよく分からないけど、つまり先手必勝ってことですかい？　それにしたって、丹波先生に平手で勝ってのは、さすがに強いねえ江崎さんは……」

清司は嬉《うれ》しそうに手を擦《こす》り合わせた。

「その将棋、どんなだったか、教えてくださいよ」

「ここで、ですか？」

「ええ、棋譜《きふ》を言ってみてください。憶《おぼ》えているんでしょう？」

「それは憶えていますが……」

江崎は呆《あき》れて、周囲を見回した。夜もずいぶん更けたが、都電の停留所には二人の客が電車を待っていた。そんなものにはお構いなく、一刻も早く丹波が敗れた将棋の内容を知りたいという、子供じみた清司の顔がおかしかった。

「それでは」と江崎は「7六歩」の第一手から、記憶に刻んだ棋譜を読み上げた。清司は視線を宙の一点に据《す》えて、一手ごとに「うん」と頷《うなず》きながら、頭の中で盤面を思い描いている。さすがに詰め将棋を商売にしているだけあって、記憶力は相当なものだ。

途中で電車がやってきた。清司は頭から将棋の駒がこぼれるのを恐れて、料金を払うのも上《うわ》の空のような按配《あんばい》だった。

吊革《つりかわ》にぶら下がりながら、「5四角……」と呟《つぶや》く江崎と清司を、乗客は恐ろしいものを見るような目で眺めていた。

「なるほど……」

百十三手、丹波の投了の場面で、清司は溜息《ためいき》をついた。

「こいつはすごいや。ほんと、一本道みたいなもんでしたね。どこかで脇道《わきみち》に逸《そ》れることだってできたかもしれないけど、それじゃ、ぜんぜん別の将棋になってしまう。これはこれで完成品ですね。驚いたなあ、先手必勝のお手本みたいな将棋だ」

相手の第一手を見て、「負けました」と投げたというエピソードは、まんざら作り話ではないのかもしれない——と、清司は本気で思った。

電車に揺られながら、江崎は丹波にもらった駒袋を抱くようにしていた。袋の中にある駒の形を指先で確かめると、最前の将棋が思い浮かんでくる。アパートに戻り、部屋の真ん中でつくづくと駒袋を眺めた。丹波が父親なのか他人なのか、結局、はぐらかされたようなものだ。それとも、その回答がこの将棋の駒ということなのだろうか？

テーブルの上で駒袋をさかさまにして、駒を散らばした。黄色とも褐色とも見える、深みのある光沢をともなった地肌に、肉厚の漆《うるし》文字が見事だ。

袋の口から、紙片が覗《のぞ》いている。江崎は何気なく引っ張り出して、広げた。幼児が書いたような文字が並んでいた。

——名人ニナレ　三吉——

江崎は愕然《がくぜん》とした。まごうことなく、これは小諸の大塚家で見た盤と対《つい》になっている品だ。丹波がこれを持っていたということは――。

やはり丹波竜鬼は父・江崎三郎なのかもしれない。しかし、もしそうだとすると、母親の死を告げた時の平然とした様子が納得できない。いくら三十数年前に捨てた過去とはいえ、なにがしかの感慨に襲われるのが人間の性《さが》というものではないか。それとも、そこまで自己抑制のできる強固な意志力の持ち主だとでもいうのだろうか。

丹波の胸を切り開いて、心の中を見ることができたら――と江崎は思った。

テーブルの上の将棋の駒たちが、何かを語りかけてくるような気がした。かつて坂田三吉が使っていたこの駒が、どういう経路を辿《たど》って丹波の手に渡ったのか。三吉に何人の弟子がいたのかは知らない。丹波もまたその一人であったのだろうか。どうして、江崎の父親が盤をもらったのと同じように、彼は駒をもらったのか？

江崎は首を振って、駒と紙片を元どおりに袋の中に戻した。

3

福田屋の前でタクシーを降りるとすぐ、出迎えの女が二人、「先生、しばらく」と寄ってきた。真鍋は「やあ、どうも」と微笑を返した。どんな相手に対しても如才なく振る舞ってみせることのできる男だ。ある意味では、それが真鍋の優しさでもあり、逆な見方をすれば冷たさともいえた。

六段・真鍋一雄——。白皙《はくせき》、長身の青年である。少年時代から、歌舞伎《かぶき》役者を思わせるルックスのよさと、無類の強さとで、将棋界の将来を担うスターとして注目された。

その真鍋がすでに三十歳を超えた。三十を超えて、いまだに六段に低迷していた。

(こんなはずはない——)と誰もが思う。真鍋自身、信じられないでいる。とっくにA級にランクされ、名人位を争う位置にいていいはずの逸材であった。

真鍋はモテる男の典型であった。彼にその気がなくても、周囲が放っておかない。モテるといっても何も相手が女とばかりはかぎらない。政財界の老人たちにも、引っ張りだこの人気だ。真鍋は絵になる。パーティーの華《はな》になる。カルチャー教室に呼べば、将棋を知らない女たちがドッと押し寄せる。テングになるなと言うほうが無理かもしれない。

真鍋は棋士としてもっとも大事な時期を、自分を見失った状態で通り過ぎてしまったことに気付いた。可愛がってくれた財界の老人たちが、相次いで死んだ。人間は老いもすれば死にもする——という、あたりまえのことに、真鍋はようやく思い当たった。

その時点で、真鍋はC級1組のドンジリ近くにいた。しかし、長すぎた停滞ではあったが、遅すぎることはなかった。心機一転、将棋に専心した。一期目はトントン。二期目にかろうじて昇級、B級2組に上がった。真鍋は結婚して、生活そのものを根底から作り直した。家を維持し妻子を養わなければならない状況を課すことで、自分を叱咤《しった》激励した。そして、B級2組での成績も六勝一敗と好調だ。このままいけば、来期、B級1組への昇格は、ほぼ約束されたといっていい。真鍋ファンは、ようやく俊英《しゅんえい》の驀進《ばくしん》が開始されたと喜んだ。

だが、生活はそう楽とはいえなかった。B級の下位に低迷しているような棋士は、経済的にあまり豊かではない。真鍋ほどの恵まれた資質を持つ者であっても、例外というわけにはいかない。当然のことと言ってしまえばそれまでだが、将棋は強くなるほど生活が安定する。いろいろな棋戦に勝つから、必然的に対局数が増え、収入も増える。収入の中心は棋戦の対局料や賞金だが、ある時期、真鍋は指導将棋や催し物に招《よ》ばれたりといった、ファンや後援会からの金のおかげで潤っていた。こんな楽な商売はない——と思ったこともある。成績が上がらず、後援者の老化や死亡が増加し、若さの価値も失われてくると、いままでのような安閑《あんかん》とした生活は送れなくなってきた。それが真鍋の発奮のひとつの誘因でもあった。

朝陽新聞社からアマチュア強豪との「真剣勝負」を——と持ち込まれた時、真鍋はむろん断るつもりだった。聞けば「平手」の将棋だという。しかも名前も聞いたことのないような相手だ。ばかにするな――と思った。その夜、帰宅すると妻の笑顔が待っていた。子供が出来たという。

(子供？　このおれに子供か――)

妻は喜び以上のことは何も言わなかった。言わなかったが、ずしりと肩に重いものを、真鍋は感じた。翌朝、朝陽新聞社の野々宮に電話して、棋戦のことは受けると返事した。屈辱感は拭《ぬぐ》いきれなかったが、それ以上に闘志が高ぶった。天下の真鍋に向かってくる小癪《こしやく》な相手を、朝陽新聞社ごとひねり潰《つぶ》してやりたかった。

午前九時――定刻の三分前に、真鍋は対局室に入った。プロ・アマの対局とはいえ、立会人や記録係、観戦記者などの陣容は公式手合いなみである。ほかに室内には朝陽新聞社の広尾専務と、将星会の秋山会長、それにカメラマンも待機している。そういうものものしい雰囲気の中で、床の間を背にした位置にある座蒲団《ざぶとん》だけが、ぽっかり人待ち顔であった。

真鍋は「遅くなりまして」と室内に向けて挨拶《あいさつ》して、遠慮なく上座に坐《すわ》った。

「ご紹介します。本日、対局していただく江崎秀夫さんです」

野々宮が言い、相手の男が生真面目《きまじめ》な顔を上げて、わずかに頭を下げた。

「真鍋です、よろしく」

真鍋は無意識に、職業的な微笑を浮かべて、礼を返した。

「では、定刻ですので、お始めください」

野々宮の合図で、記録係が規定を読み上げる。

「持ち時間は三時間、江崎さんの先番でお願いします」

「三時間もあるのですか」

真鍋は笑いを含んだ声で言った。どんなにおかしくても、決して大口を開けて笑うような真似《まね》はしない男だ。素人《しろうと》相手に三時間は長すぎるし、おまけに対等の持ち時間とは片腹痛い。

「ではお願いします」

野々宮は真鍋の不満を無視して、無表情に言った。

室内に緊張の気配が漲《みなぎ》った。カメラマンは江崎の第一手をフィルムに収めようと、身構える。吐息ひとつ洩《も》らしても、撮影に支障をきたすような気がして、野々宮をはじめ、盤側にいる者たちはひっそりと静まり返った。

時計の秒を刻む音がやけにひびく。三分、五分――。江崎はいっこうに着手する様子はない。心配した記録係が「あの、先手は江崎さんですが」と声をかけたのに、軽く頷《うなず》いて煙草に火をつけた。野々宮はメモに「江崎、第一手に早くも長考」と書いた。

（緊張しているな――）と野々宮は江崎の横顔を見ながら、自分の胸を締めつけられているような息苦しさを感じた。それは秋山も同様とみえ、不安そうな視線を、時折、野々宮に投げて寄越した。

江崎は煙草を喫《す》い終わると、自分で茶を注ぎ足して飲み、それから、おもむろに立って部屋を出て行った。廊下で仲居に「トイレはどこですか?」と訊《き》く声がした。

「どうなってるの?」

真鍋は吐息まじりに言った。露骨に不快感を見せている。持ち時間を浪費するのは、自分を窮地に追い込むわけだ。それを承知でやっているとすれば、ずいぶん人を食った話ではないか。

(アマチュアのくせに——)

さすがに、誰も答えようがない。真鍋の怒りはもっともだ。野々宮でさえ、江崎の「盤外作戦」は不遜《ふそん》に思えているくらいだ。

江崎は席に戻ってからもまだ少し考え、やおら手を伸ばして「9六歩」と端歩《はしふ》を突いた。

真鍋の白い顔にさっと朱が差した。

声には出さないが、一座の者が皆、胸の内で「おお」とどよめいた。

知る人ぞ知る——。初手端歩突きは、昭和の初期、坂田三吉が若き日の木村義雄との対局で指した珍手である。老いたりといえども大阪名人・坂田三吉の目から見れば、まだ小僧っ子のような柾田と立ち合うのに、真面目な将棋を指す気になれなかったのか、それとも、元来が茶目っ気のある三吉のギャグだったのかもしれない。

その将棋は柾田が勝っている。ただし、その時は坂田三吉は後手であった。後手である上に、一手遊びのような端歩突きを指しては、いいはずがないという評判だった。

真鍋は敵の愚弄《ぐろう》に憤然として、ノータイムで「3四歩」と指した。

江崎はゆっくり「9五歩」とさらに端歩を突き出した。駒《こま》を抓《つま》む手つきがなんともぎごちなく、それだけに、かえって不真面目に受け取れる。

真鍋の手が止まった。動揺の色がありありと見える。

（こいつは面白くなってきたぞ――）

野々宮はひそかに北叟笑《ほくそえ》んだ。江崎の9五歩は振り飛車得意の真鍋の出鼻を挫《くじ》いた。少なくとも、これによって振り飛車戦法のひとつである「美濃囲《みのがこ》い」は封じられたものと見てよい。「穴熊《あなぐま》」戦法を採《と》るにしても、王様の頭に剣先を突きつけたような9筋に向かってゆくには、心理的抵抗があるのではないだろうか――。

野々宮の予測どおり、真鍋は二十二分の長考の果てに「3二銀」と上がった。もちろんこれでどうということではないけれど、しかし、意表を衝《つ》かれ、既定方針に齟齬《そご》をきたしたことによる動揺は尾を引いた。

第一手の長考から一転して、江崎はその後をほとんどノータイムで指している。逆に真鍋の指し手のほうが停滞を繰り返すようになった。局面は古風な「相やぐら」という型に組み上がった。この型は、完成して双方の駒に動く余地がなくなったあとは、一触即発、大戦争に発展して、一気に勝敗が決するといわれる力将棋である。あまり指し慣れていないこともあって、真鍋はいやでも慎重にならざるを得なかった。江崎がぜんぜん考えもせずに、自信たっぷり、どんどん指してくるのに気圧《けお》されていることもあった。

(間違えたらみっともない——)

プロとしての意識が、たえず真鍋にプレッシャーをかけ続けていた。

昼食休憩に出された料理を、江崎がゆうゆう平らげたのに対して、真鍋は箸《はし》をつけた程度で、いかにも、将棋が気になってそれどころではない——という印象を周囲に与えた。桶狭《おけはざ》間《ま》の戦いを前に、チマキを皮ごと食ったという、今川義元の故事を、野々宮は思い出していた。

五十八手目、真鍋が戦いを仕掛けるべく指した3五歩を見て、がぜん江崎は長考に沈んだ。一時間を経過しても黙然《もくねん》と考え続けた。半眼を閉じているので、なんだか眠っているようにさえ見える。

野々宮はふたたび不安になった。

（時間は大丈夫か？――）

「残り十分です」

記録係が溜息《ためいき》のように、言った。えんえん二時間におよぶ長考であった。

江崎は記録係の声で思い出したように手を伸ばし、４五歩を指した。激闘が始まり、始まったとたん、勝敗の帰趨《きすう》はあっけなく決まった。

四時三十八分――、真鍋六段は投了した。最後の何十手かは、真鍋は秒を読まれながら必死に抵抗した。それに反して、あの二時間の長考以後、江崎はまったく考慮時間を使っていない。明らかにその時点で終局までを読みきっていたにちがいない。

真鍋は苦汁《くじゅう》を飲んだ顔になった。立会人は気まずそうに、「惜しい将棋でしたね」と真鍋を慰めた。

「そんなことはない、僕の完敗です」

真鍋は吐き捨てるように言った。自分を叱咤《しった》する言葉でもあった。

「真鍋敗る！……」の報は間を置かずに、東京将棋連盟に届いた。

大岩理事長は「ばかな！」と短く言い、舌を鳴らした。大岩のデスクの上には、九月までの上半期の決算見通しが載っていた。不況をよそに、連盟の財政は急速に上昇している。各地の将棋まつりや海外将棋ツアーなど、催事による収入が前年比二倍近く伸びたのが、目立つ現象であった。

ついさっきまで、経理担当の藤原理事の報告を聞きながら、棋界の隆盛を喜びあっていたところであった。

「いったい、何をしているのですか……」

大岩はまるで福田屋の真鍋を叱《しか》るように、宙に向けて言った。理事会で大岩や中宮名人が危惧《きぐ》していたとおりのことが、現実に起こってしまった。藤原理事をはじめ、連盟の幹部連中は、大岩の怒りを慰めるべき言葉もなかった。

（将棋界は堕落している――）

大岩は歯を嚙《か》み締めて、思った。今日の敗北はその象徴的な事件でしかない。空前の繁栄と寧日《ねいじつ》に油断している間に、連盟は屋台骨から腐ってしまったのか――。それが大岩の実感であり、悔恨であった。

将棋は一局の手数がわずか百手から、多くて百五、六十手。その内、序盤の三十手ばかりはほとんど定型化された駒組みに費やされる。残りの七、八十手――、つまり、一方の側だけでいえば三、四十手程度が工夫の入る余地でしかない。さらに厳密にいえば、ひとつの手段に対して、そこから派生する変化といえども、これまでに究《きわ》め尽くされた定跡や型があるのだから、対局者が実際に精魂傾けて発見しなければならない勝負に関わる手段は、ごくごく限定されたものだ。その一手か、あるいはせいぜい数手がいつでも発見できるような素地を、自分の能力の中に培《つちか》っているかどうかが、畢竟《ひっきょう》、プロとアマの差であるはずであった。

技術的なことをいえば、プロとアマの差は昔のような大きな開きではなくなった。将棋専門書の普及、テレビ放送などで、かつては「門外不出の秘法」などといわれた将棋指しのノウハウが公開され、本質的にはアマ・プロの垣根は取り外されたと言っていい。もし差があるとすれば、それは精進・努力の差である。質・量ともに、アマのそれはプロには遠く及ばない。

だが、プロがたゆまぬ精進を忘れたらどうなるか？　真鍋六段の敗北はそのひとつの回答と受け止めざるを得ないのではないか——と大岩は思った。ヒタヒタと迫りくるアマチュア軍団の足音が、すぐそこに聞こえるような気がしていた。

大岩が将棋指しを志した頃、素人《しろうと》で専門棋士に二枚落ちで指せる者はほとんど皆無といってよかった。かの坂田三吉でさえ、時の名人・関根金次郎には角落ちというハンデをつけなければ指してもらえなかった。それとて例外中の例外である。

それが、最近ではアマのトップクラスなら、プロの高段者にも角落ちで勝つことが珍しくなくなった。すでに、兆候ははっきり表れていたのだ。だが、専門棋士はアマの接近を甘く見ていた。油断であった。繁栄に浮かれ、レコード歌手の真似《まね》をしたり、ツーリストまがい、出版社まがいの商売にうつつをぬかしているうちに、敵は内堀を埋め、本丸を窺《うかが》っていた。

いったい、何が、誰が将棋界をかくも堕落させたのか――。

自分の経営理念について、大岩は毫《ごう》も誤っていたとは思わない。棋士の生活を豊かにし、棋界の中に巣くっていた因循《いんじゅん》なものを払拭《ふっしょく》した大衆化路線そのものは、それなりに正しかったと信じている。かつてのような、貧しく、陰湿な「将棋指し」の暮らしには、二度とふたたび戻りたくないし、戻らせたくなかった。

それにもかかわらず、大岩はふと、あの清貧の中で、擦《す》り減った盤に向かい、ぼろぼろの棋書を繙《ひもと》いていた頃に、言いようのない懐かしさを覚えることがあった。明けても暮れても将棋以外には何もない生活を、ほんとうに不幸な記憶だと思っているのか――大岩には自信がなかった。

「なんとかしなければいけない……」

大岩は無意識に口に出して言った。

「まったくですなあ」

藤原が大岩の慨嘆が何のことかも分からずに、相槌《あいづち》を打った。

「ひょっとすると、柾田さんはこうなることを予想していたのとちがいますか?」

藤原の言葉に、大岩もそうかもしれないと思った。

（柾田はアマチュアの棋力が、すでにプロを脅かすところまで達していることを知っていたのだ——）

連盟の経営方針につねに批判的だった柾田が、自分の意見の正しさを立証するために、この棋戦を立案して、朝陽新聞社をけしかけた可能性は、十分ある。

（なんの、負けるものか——）

大岩は青年のように闘志を燐やした。

「二回戦の日取りはいつですか？」

「一週間先の予定です」

いままで見たこともない大岩の剣幕を恐れながら、事務局員が答えた。

「誰が出るのですか？」

「一応、木下六段ということに……」

「だめですね。牧本八段に変更しなさい」

「しかし、牧本先生が承知されるでしょうか？……」

「していただくことです」

大岩はこわい顔で言った。

4

赤坂《あかさか》の料亭に柾田圭三を囲む宴席が設けられていた。むろん、主役は江崎である。広尾がいる、野々宮がいる、秋山がいる。今回の対局を仕組んだ「一味」が水入らずで顔を揃《そろ》えていた。どの顔も酒のせいばかりでなく、赤らんで愉快そのものだ。

「しかし、第一手の端歩には驚きました。あれは坂田三吉と柾田先生の将棋でしたね？」

広尾が柾田に水を向けた。

「ああ、五十年前の話ですな」

柾田は近頃では珍しく、盃《さかずき》を傾けている。

「五十年か……」

自分の言った言葉に驚いたように、盃を持った手を止めて、しばらく天井に視線を向けていた。

「いささか長すぎるようだな」

「長すぎるということはありませんが、しかし、第一線に半世紀も君臨しているというのはすごいことですねえ」

「君臨はないが……」

柾田は苦笑して、盃の中身を一気に口の中に流し込んだ。

「きみ、一杯いこうか」

杯洗でゆすいだ盃を江崎に差し出した。江崎が受けて返杯した酒には、わずかに唇をつけただけで、テーブルの上に置いた。

「端歩を突いた真意は何かね？」

柾田は唐突に訊《き》いた。

「初手に一手遊びのような手を指して、勝ったからいいようなものの、負ければ言い訳のできない暴挙だと思うが」

「負けはしません」

江崎は気負いのない口調で言った。

「真鍋さんの振り飛車さえ封じれば、負けないと思いました」

「ほう、真鍋を研究し尽くしたようなことを言う」

「はあ、雑誌を買って読みました。あの人の振り飛車はみごとだと思いました」

「振り飛車を封じてしまえば勝てると信じたっていうわけか」

「そうです。しかし、もし振り飛車にこられても負けないつもりでした。僕が先手でしたので」

「ふん……」

柾田はおかしそうに鼻を鳴らした。

「先手なら負けない気でいる」

「はあ、ほんとうにそう思いました」

江崎は悪びれずに、言った。

「じつは、前の日にふしぎな将棋を指しました。それで、将棋というものは、先に着手したほうが絶対、負けないゲームではないかと思ったのです」

「なるほど、先手必勝か。それはな、われわれ将棋指しの究極の目的は、先手必勝を断言できる境地に達することだが……。で、どういう将棋を指した？」

柾田は半眼を閉じて、棋譜《きふ》を聞く態勢になっている。江崎は野々宮に（どうしましょうか？——）と目顔で訊いた。野々宮は黙って頷《うなず》いた。

「7六歩……」

江崎は丹波と指した将棋をゆっくりと語った。駒《こま》の動きを諳《そら》んじてゆくうちに、江崎の胸には丹波の醜悪といってもいいような容貌《ようぼう》が、なつかしいもののように去来した。

中盤にさしかかる辺りで、柾田はふいに相好《そうごう》を崩した。堪《こら》えきれないような、「クックッ……」という柾田独得の含み笑いが起こり、そのうちに、江崎の声と重なるように、柾田もまた棋譜の唱和を始めた。

初めは低い声だったので気付かなかったが、やがて、江崎は驚いて、暗唱をやめた。あとは柾田の声だけが続いた。

「……6一玉、5四桂、7六銀、6二桂成りまで先手の勝ち……。まさか、先手はきみじゃないのだろうね」

柾田は愉快そうに訊いた。

「いえ、僕が先手でした」

「なに？……」

柾田の大きく見開いた眼に、驚愕《きようがく》の色が広がった。しかし、柾田が驚くより前に、広尾をはじめ、周りの者たちが驚いている。

「先生はどうしてその棋譜をご存じなのですか？」

野々宮が訊いた。

「知っていて当然だよ。こいつはわしの将棋だ」

「先生の将棋？……」

「ああ、昭和十五年の早春、高野山で指した将棋と同一手順だ。それより江崎君、きみがなぜこの将棋を知っているのか、そのことのほうが問題だ。どこで、誰に聞いた？」

「いえ、誰にも……」

江崎は当惑して言った。

「昨日、ある人と指した将棋の棋譜です」

「ふーん……。すると、偶然の一致というわけか」

「百十三手の将棋でしたが、どこと言って疑問手のない、一直線のような将棋で、終わってみたら勝っていたような……」

「ばかな……」

柾田は唸《うな》るように言った。それから慌てて「いや、きみのことを言っているわけではない」と言い足した。

「もしきみが先手でなければ、相手の素性に疑いを持つところだが……」

「というと、どういうことですか？」

野々宮が耳聡《みみざと》く柾田の呟《つぶや》きを聞き咎《とが》めた。

「先生が昭和十五年に指したという、その相手は誰だったのですか？」

「相手か……」

柾田は意味深長な視線を江崎に送って、言った。

「江崎三郎氏だよ」

「江崎……」

ある種の感動が流れた。

「そうだ、江崎君、きみの父上だ。わしに赤紙がきたその日に、二人で高野山に登って、最後の対局をしようと……。その時に生まれたのがこの将棋だ」

「それで、勝ったのは……、つまり、先手はどっちだったのですか？」

野々宮が訊いた。

「勝ち負けはどうでもいいだろう。要するに、先手必勝の棋譜《きふ》が生まれたということだ」

「それでも、どっちが勝ったのか知りたいものですね」

「煩《うるさ》いやつだなあ、先手はわしじゃない」

柾田が面白くもなさそうに言ったので、ようやく一座の緊張が解けた。

「つまり、江崎君は親父さんが指したとおりを指したというわけだ」

「しかし先生、江崎さんはその棋譜を知らなかったと言われるのですから……」

「だから信じられないというんだ。むこうが先手なら、棋譜どおりに指して、江崎君を誘導するということはあり得るかもしれんが、仕掛けたのが江崎君というのが、どうもな」

「ご当人はどうなんです？　江崎さん、どうしてそういう将棋になったか、説明してくれませんか」

「そう言われても……」

江崎はいよいよ困惑した。

「その相手というのは、誰なんですか？」

「丹波竜鬼という、大道将棋の詰め将棋の問題を作っている人です。じつは先日、柾田先生に父のことをお訊《き》きするようにと言った人物がその人なのです」

「丹波……か。知らない名だな」

「もしかすると、偽名ではないかという気がします」

「江崎さん、その人……」

野々宮が大声を上げた。

「江崎さんのお父さんなのじゃないですか？　江崎三郎さんなら、そういう将棋を指してもふしぎはないかもしれない」

「はあ……、僕もひょっとすると、父親ではないかとも思って、それで会いに行ってみたのですが……」

「そうですよ。その可能性は大ですよ。ねえ先生、そう思うでしょう？」

「さあ、それはどうかな」

　柾田は首をひねった。

「さっきわしが、もし江崎君が先手でなければ——と言ったのはそこのことだよ。この将棋を打ちあげたのは江崎君であって、丹波某は単に向こう槌《づち》を打ったにすぎない。ただ……、以心伝心ということがもしあるとするならば、催眠術をかけられたような具合になったのかもしれんが」

「つまり、テレパシーってことですか？」

「なんか知らんが、あくまでもそういうものがあるとするならば、だな」

「江崎さんはどうなんです？　その、丹波さんとかいう人に、お父さんかどうか訊いてみることはしなかったんですか？」

「そうは訊きませんでしたが、父の消息を知らないか、訊いてみました。しかし、知らないそうです」

「そんな訊き方じゃだめですよ。とぼけているのかもしれないじゃないですか。もっと突っ込んで確かめてみればいいのです」

「…………」

「顔つきなんかはどうだったんです？　江崎さんと似てるところはなかったんですか？」

「さあ……」

「じれったいなあ。あなたのお父さんかもしれないのですよ」

「まあいいじゃないか」

柾田が笑いながら割って入った。

「江崎君には江崎君の考えがあるのだろう」

江崎は頷《うなず》いた。かりに丹波竜鬼が父親だとして、それでどうなるというものではない。おれは父を見た、父もおれを見た。話もした。将棋も指した。父は「もう来るな」と言った。

「帰りに、土産《みやげ》をもらいました」

江崎は言った。

「錦《にしき》の袋に入った将棋の駒で、袋には紙片が入っていて、それに坂田三吉の字で『名人ニナレ』と書いてありました」

「ふーん……」

柾田は眉《まゆ》をひそめるようにして、じっと江崎を見つめた。

5

停留所の前の交番で丹波の住む長屋を訊《き》くと、すぐに分かった。

「柾田先生はあの人とお知り合いですか？」

巡査は柾田の顔を知っていて、ふしぎそうに言った。

「いや、べつに知り合いというわけではありません」

「そうでしょうねえ、変わった人ですからねえ」

口振りでは、どうやら近所の評判はあまりよくないらしい。お送りしましょうかという巡査に礼を言って、柾田は高曇りの空の下をのんびり歩いていった。

古いとは聞いていたけれど、想像以上に古い陋屋《ろうおく》であった。柾田は無意識に足が止まった。遠くで都電の踏切が鳴りだすまで、じっと佇《たたず》んでいた。

玄関のたてつけの悪い格子戸を苦労して開けると、いきなり家のむこうの端まで見通せてしまった。部屋は薄暗く、宙ぶらりんの裸電球が頼りなげに光っている。その真下に、丹波がむこう向きに横になっていた。

「ごめん」

柾田は道場破りのように呼んだ。

「誰だね？」

返事だけで、丹波は動こうとしない。

「お邪魔しますよ」

「誰だと訊いておる」

「柾田です」

ふいに、むっくりと丹波は起きた。汚い髭面《ひげづら》がこっちを向いた。

「やはり来たか」

舌打ちせんばかりの言い方をした。しかし、顔は笑っている。

「まあ、上がってくださいや」

手の届く範囲のところを片づけている。柾田は根太《ねだ》を軋《きし》ませて上がり込み、裸電球の下で丹波と向き合った。

「涼しくなりましたな」

「ああ、風通しだけは自慢できる家です」

「しかし、気楽でよろしい」

「そうでもない。ときどき呼びもせんのに妙な連中が来よりましてね」

「ほっほっ……」

柾田が肩を揺すって笑い、丹波もそれにつられるように笑いだした。その時になってはじめて、おたがいの顔を見つめあった。

「やはり江崎さん、生きておられたか」

「なかなか死なんもんです」

「しかし、ずいぶん変わられた」

「ははは、それはどっちもでしょうが」

「お独りか」

「見たとおり」

「なるほど……」

柾田はあらためて家中を見回した。

「かなりひどいものですなあ」

「なにしろ古い。家主のやつは早く取り壊してマンションでも建てたいらしいが、タチの悪い店子《たなこ》がいっこうに死にそうもなくて、困りきっておる」

「息子さんと住んだらどうです？」

「その話、やめてください」

丹波――江崎三郎は無表情に言って、のっそり立ち上がった。

「酒があるが、飲《や》りますか？」

「いや、わしは飲りません」

「ほう、えらい変わりようですな」

「目下、いのちが惜しい」

「胃ですか？」

「胃もそうだが、あちこち傷《いた》んでおります。医者のやつ、病名を言わんもんだから、癌《がん》だということが分かってしまう」

「癌？……」

「そう、自覚できるほどだから、かなり進んでいるのでしょう。しかし、まだ死ぬわけにはいかない。もう少し生き延びて、やりたいことがあるのだが、テキのほうが脚《あし》が早いかもしれませんな」

「やりたいこととは、名人戦ですか？」

「それもあるが……。それより、あんたの息子さんがどうなるか、それを見届けるほうが面白い」

「またそれを言う。断っておくが、あれは息子ではありませんぞ」

丹波は慣れない手つきで、柾田に茶を入れ、自分の前にはコップ酒を置いた。

「あんたも、つまらんことに強情を張りますな」

「強情ではない、事実を言っている」

「しかし、昔のあんたそっくりだ」

「他人の空似でしょう」

「他人があんたと同じ将棋を指しますか？」

「そんなことまで喋《しゃべ》りましたか」

「奇妙な将棋を指したと言って、棋譜《きふ》を諳《そら》んじてくれた。わしはゾーッとしましたよ。あんた――親父さんの執念のようなものが、息子さんに乗り移ったとしか考えられん。あんたもそれを認めたから、三吉さんの駒《こま》を上げたのでしょうが」

言い負けて、丹波は酒を一気にあおった。

「柾田さん」

「ん？」

「あんた、あれを将棋指しにするつもりですか？」

「そうですなあ……、あんたなら、どうします？」

「おれにはよく分からんです。なにしろ、自分から将棋を捨てた男ですからな。あんたなら分かるでしょう、将棋をやっとってよかったかどうか」

「よかったつもりできたが、終わってしまうと虚《むな》しいもんです。近頃つくづく思うのだが、将棋指しというもんは、あれはいったい何なんですかなあ。わしはわしなりに一生懸命やったつもりだが、道路や橋を作ったわけでもなし、政治をよくしたわけでもなし。なんだか世間さまとは関わりのない渡世《とせい》を送ってきたような気がしてならない。言ってみれば、まるでヤクザだ。ヤクザがいけしゃあしゃあと人並み以上に偉そうな口をきいたりして、考えてみるとずいぶん恥知らずなことをしたもんです。今頃になって忸怩《じくじ》たるものがありますよ」

話が途切れると、夕景の音が聞こえてくる。豆腐屋のラッパ、子等を呼ぶ母親の声、夕刊を配る足音……。

「ほんとうのところ、わしはあんたが羨《うらや》ましいですよ」

柾田は言葉を継いだ。

「あんたは照れくさいもんで、いろいろ逃げるようなことを言っとられるが、とにもかくにも、あんたには立派な息子さんがいる。将棋を指したり、駒をやったり、将棋指しになるのかならんのか心配したりできる対象がある。それが羨ましい」

「ばかげたことを、あんたらしくもない」

「ばかげている。下《くだ》らなくもある。しかし、人間の性《さが》なんていうもんは、とどのつまりはえらく次元の低いところでうろうろするもんではないですかな。家内が死に、弟子に逃げ出されてからこっち、わしの理性は低いところへ低いところへと彷徨《さまよ》いたがる。驚いたことに、あんた、このわしが人恋しく思うのですぞ、このわしが……」

柾田はいまだかつて誰にも見せたことのない、醜く歪《ゆが》んだ表情を浮かべた。

「奥さん、亡くなられましたか」

丹波は柾田の顔を見ないようにして、言った。

「温和《おとな》しいひとだったが……」

「ああ、あれは、わしの口から言うのもなんだが、いい女でした」

「で、いつ?」

「もう三年になりますか」

ふと気がついて、

「そうそう、そういえばあんたの奥さんも最近だとか、息子さんが言っておったが、あんた、聞いたのでしょうな?」

「ああ、しかし、どうでもいいことです」

「あんた、本心、そう思われるのか?」

丹波は黙って頷《うなず》いた。

「わしはふしぎでならんのだが、あんたが将棋を捨てたのはともかくとして、なぜ奥さんまで捨てられたのかな?」

「あの女、おれの師匠を虚仮《こけ》よばわりしよったのですわ」

「坂田さんを?」

「うん」

「また、なんだって？」

「弟子の地位もよう守らんで逝《い》によった、負け犬だ、言いましてな」

「それはまた、すさまじいことを……」

「頭のいい女だったが、その分、えらく気性が激しくてな……」

丹波は「ふふふ……」と笑った。

「将棋連盟にケツ捲《ま》くって、女房と喧嘩《けんか》したら、もうどこにも行くところがなくなってしまった。なにしろ負け犬の弟子の負け犬ですからな」

「なるほど、それで息子さんの生まれたことを知らなんだわけか」

「ああ、だからあれがおれの息子だというのは、あてにならない」

「まだ強情を……。本音は嬉《うれ》しいくせしおってからに」

「ばかばかしい。あんなもん、おれとは関係がない」

「何を言う。あの青年の天分は、まさにあんたの血そのものではないですか。いまに見ていなさい。わしの眼に狂いがなければ、朝陽のプロ・アマ対抗棋戦で、彼は親譲りの……いや、それ以上の天才を見せてくれるはずだ」

「そうか、やっぱりあの棋戦は柾田さん、あんたが仕組んだことでしたか」

「ああそうですとも。わしは将棋界の将来を憂うる。この際、彼に坂田三吉の化身として、東京将棋連盟に鉄槌《てっつい》を下してもらわねばならんのです」

柾田の青黒い顔に、この時、さっと血の色が射した。

「そのことと……」と、丹波は言いにくそうに訊いた。「そのことと、例の吉永八段が殺された事件とは、何か関係があるのかな？」

「いいや……。しかし、なぜ」

「あんたが絡んでいるという噂《うわさ》を聞いた」

「さよう、わしの家で死んでおったもんでしてな。警察がいろいろ心配してくれよる」

「心配……ですか」

丹波は呆《あき》れて、柾田の顔を眺めた。

「ああ、ちょくちょく家に来ては、気にかけていてくれるようだ。吉永のつぎは、わしが殺されるとでも思っておるのかもしれませんな」

柾田は屈託なく笑った。

玄関に音がして、三揃《みつぞろ》いを着こなした大柄な青年が入ってきた。青年の背後には、いつのまにか暮色が立ち込めている。

「あ、お客さんですか」

慌てて柾田に向かって最敬礼をする。直後に将棋の柾田圭三であることに気付いて、口をあんぐり開けた。

「なんだ、用事か？」

丹波は横柄《おうへい》に言った。

「はあ、うちの先生が先生をお連れするようにと」

「また蔦《つた》の家《や》か」

「そうです。伊勢海老《いせえび》のいいのが入ったとか言っておられました」

「ばか、鯛《たい》を釣るようなことを言うな。しかし、今夜はだめだ。ごらんのとおりの珍客でな」

「いや、わしなら構わんですよ。もう失礼する」

柾田は遠慮した。

「なに、大した用事ではないのです。おい、大将に行けないと、そう伝えてくれや」

「はあ……」

青年は困った顔で考え込んだが、仕方がないと思い直して、言った。

「それじゃ、伝言だけお伝えします。九段の件は先生の言われたとおりだったそうです」

丹波は頷《うなず》いて、あとに続く言葉を待ったが、青年は黙っている。

「何だ？　それだけか？」

「はあ、何のことか分かりませんが、もし出渋るようなら、そうお伝えしろと……」

「ばか、それをおれに言うやつがあるか」

丹波は笑ったが、「大将」の狙《ねら》いどおりの効果があって、一転、柾田を誘った。

「よかったら、蔦の家を付き合ってくれませんか。ちょうど飯どきだし」

「しかし、わしは……」

「なに、気にすることのない相手です。あんたが顔を出したら喜びます」

返事も待たずに、丹波は立って着替えを始めながら青年に言った。

「車はいつものところだろう。先に行っていてくれ」

青年が行ってしまうのを待って、丹波は予備知識を柾田に吹き込んだ。

「昔、ちょっとばかし仕事を手伝ったことのある男がおりましてな。それがいまでは政治家をしておる。なに、たかが陣笠《じんがさ》だが、おれより偉いことはたしかです。なにしろ、こうやって飯を食わせてくれるのだから」

「山田庄一代議士ですか」

「なんだ、知っていたのですか」

「江崎君――あんたの息子さんに聞きましたよ。しかし、山庄先生がバックにいて、どうしてまたこんな陋屋《ろうおく》に……」

柾田はもういちど家の中を見渡した。

「ははは、人の家を摑《つか》まえて、ずいぶん遠慮のないことを。これでも、おれが住み始めた頃はまああのものだったですよ。山庄はもっといい家に住めの、事務所に出て大番頭をやれのと煩《うるさ》いが、あんまり面倒だから十年ばかり前に引退しました。しかし、何かというとこうやってエサで釣り出そうとする。煩いことです」

外へ出て、車の駐《と》めてあったところまで歩いた。運転の青年が飛び出してドアを開けてくれた。丹波が柾田に先に乗るよう、手をしゃくった。ゆったりした広さと左ハンドルを見て、メカに弱い柾田にも、この車が外国製であることぐらいは分かった。

それにしてもふしぎな男だ――と、柾田は丹波の横顔を見やった。ひどい貧乏暮らしをしているかと同情していたら、政界のうるさがた・山庄と友人関係にあるという。その気になりさえすれば、大番頭にもなれるだろうし、山庄のヒキで大会社の重役に納まることもできただろう。もっとマシな邸に住んでもふしぎはない。すると、あの陋屋に住んで、香具師《やし》を相手に大道将棋のネタを売っているのは、あれは趣味か道楽か――。

柾田は何やらあほらしくなってきた。

(この男のほうが、わしなんぞより、よほど幸せなのかもしれない――)

「蔦の家」は麴町《こうじまち》の料亭である。

「柾田先生にお越しいただけるとは、望外の幸運でした」

迎えの青年からすでに連絡が入っていたとみえ、山田庄一代議士は自ら玄関まで出迎えた。

「初めてお目にかかります」

柾田が頭を下げるのに、「いや」と手を振った。

「いちどお目にかかっているのだが、憶《おぼ》えてはおられませんか？」

「いえ、失礼ながら」

「大下先生のご葬儀の折ですが」

「あ……」

柾田はふいに、その葬儀の情景が思い浮かんだ。元首相で政界の長老・大下正信の葬儀の時、霊前にぬかずいて人目も憚《はばか》らず号泣した男がいた。それが山庄であった。

「あの時の……」

「そうです、泣き男です」

「あれはもう、二十五、六年ぐらい前になりますかな」

「正確に言うと二十七年になります。わたしはまだ駆け出しだったが、先生は棋界を代表する名人として参列なさった」

「そうでしたか、それはお見それをいたしました」

柾田はあらためて一礼した。

二人の客が席につくのを待っていたように、酒肴《しゅこう》が運ばれてきた。青年が言っていたように、みごとな伊勢海老の活《いけ》づくりも飾られてある。ほぼ四十年ぶりの再会となると、話題は懐旧談に流れがちだ。柾田も丹波もそれを嫌って、どうしても話が途切れる。座持ち上手の山庄が喋《しゃべ》りまくるかたちになった。

「時に、柾田先生はこのところ、順位戦リーグで勝ちっぱなしのようですな」

「はあ、枯れる前の狂い咲きのようなものでしょう」

笑いながら言ったが、山庄は「うーん」と柾田の顔を見据《みす》えた。

「ご病気ですな？」

「はあ」

「どうも召し上がる様子がふつうではない。ご酒《しゅ》も進まんし、おかしいとは思っておりましたが……。いけませんなあ、入院されたほうがいいのじゃありませんか？」

「医者はそう言いますが、将棋を指せなくなるのが困ります」

「そんなことを言ってると、いのちを縮めますぞ」

「天命です」

柾田はきっぱりと言い、山庄はしばらくして、黙って頭を下げた。

話の途切れたところへ芸妓《げいぎ》が三人入って、賑《にぎ》やかなことになった。その中の若いのが柾田を見て、

「あら、こちら将棋の方じゃありませんかしら？」

と言った。

「将棋の方はないだろう。先生と言いなさい先生と」

山庄が諭《さと》した。

「ごめんなさい。そうそう、将棋の先生。日本一強いんでしょう？」

「そのとおりだが、よく知っているな」

「ええ、うちのお父さんがファンなんです。本を沢山買ってきたり、壁に写真を貼《は》ったりして、ばかみたい」

「じゃあ、お父さんが日本一と言ったのか」

「ええ、実力はぜったい日本一だって言ってました。でも、運が悪いんですってねえ」

気の毒そうに言われて、柾田は苦笑し、山庄と丹波はゲラゲラ笑った。

「柾田先生、これではいやでも日本一の座を奪還せにゃなりませんな」

「努力します」

柾田は山庄ではなく、若い芸妓に向けて、深々とお辞儀をした。

柾田が席をはずした時、山庄は丹波の耳に口を寄せて囁《ささや》いた。

「九段の件、先生の言ったとおりのようですな。相当に怪しい」

「どうするつもりです？」

「難しいところです、どこの線までやるかがね。やりすぎては、みんなが潰《つぶ》れる」

山庄は政治家の顔になって、含み笑いをした。

「それにしても、先生はあんなところに逼塞《ひっそく》していながら、どうしてああいう情報を摑《つか》めるのか、不思議でならない。さながら諸葛孔明《しょかつこうめい》ですなあ」

それには答えず、丹波は柾田の来る足音に耳を傾けていた。

第六章　襲撃

1

アパートを出た時から、尾行《つけ》られているような気がしていた。街角を曲がった際、振り返ると、一瞬、わざとらしく新聞に視線を落として歩いてくる男がいた。しかし、それが尾行なのかどうか、はっきりはしない。なにしろ通勤の道を急ぐ人々が通りをいっせいに駅へと向かっているのだ。

地下鉄に乗る時、もういちど辺りに気を配ったが、最前の男の姿は見えなかった。

（気のせいかもしれない——）

江崎は思念を放した。今日の相手は牧本伸夫八段と聞いている。B級1組の八段といえば、ベストテンからはみ出しているとはいえ、トップクラスであることには変わりはない。しかも牧本は東京将棋連盟の理事でもある。真鍋六段のあと、いきなり牧本をぶつけてきたということに、連盟の怒りのようなものを、江崎は感じとっていた。

真鍋一雄六段が無名のアマチュア・江崎秀夫に敗れたというニュースは、将棋ファンのあいだにちょっとしたショックを与えた。あの勝負のあった翌朝の朝陽新聞は、社会面にデカデカとその記事を載せた。

『無名のアマ青年、プロを撃破！――』という派手な見出しだ。江崎秀夫が、坂田三吉の秘蔵弟子でかつて柾田圭三とライバルであった江崎三郎の忘れ形見であること。三吉と三郎の志を継いで、東京将棋連盟に勝負を挑んだことなど、いささかオーバーな表現で、新企画のスタートを囃《はや》したてた。

読者の反響はすごかった。江崎の今後の健闘を期待する声が圧倒的に多かったが、中にはプロのだらしなさを叱咤《しった》するものもむろん、少なくない。あまりひどいのはボツにしたが、それでも、投書欄に掲載した意見の中には、将棋連盟の金儲《かねもう》け主義を批判するものがあったりして、連盟の神経を逆撫《さかな》でした。

棋戦の掲載は、早くも三日後の紙面からスタートした。往年の坂田三吉を思わせる初手の端歩突きから、一手として緩むことのない江崎の完勝譜だ。これがまたファンを喜ばせた。第二戦の対牧本八段がプロの牙城《がじょう》を守りきるか、江崎秀夫が王将・坂田三吉の妄執《もうしゅう》に燃えて将棋連盟の土台を脅かすか――。いやが上にも興趣をそそった。

だが、この日、江崎対牧本の戦いは、わずか二時間あまりで片がついた。結果は対真鍋六段の時よりも、圧倒的な江崎の完勝であった。江崎はほとんどノータイム。一度だけ十五分という考慮時間を記録したのがあったが、それが唯一《ゆいいつ》の長考で、あとは一瀉《いっしゃ》千里の勢いで攻めまくった。江崎の早指しに対抗意識を燃やしたのか、牧本も日頃に似合わぬ早指しで応じたが、結局、それが命取りになった。中盤の手どころで小さなミスを犯し、たちまち敗勢を招いた。

局後、野々宮は棋譜《きふ》を持って、柾田の待機する料亭に行った。棋譜をひと目見て、柾田は「どっちがプロか分からんな」と言い、野々宮にこの評の部分は解説に入れるからぜったいボツにするな、と念を押した。

解説の論調も厳しいが、名人戦リーグにおける柾田の対局ぶりにも凄味《すごみ》が出てきたというのが、このところの記者仲間の評判であった。少し面窶《おもやつ》れが目立ち、眼光ばかりが炯々《けいけい》として近寄り難い。将棋のほうも神憑《かみがか》り的な妙手を随所に放って、段違いの強さを見せつけた。まるで、三年間の鬱憤《うっぷん》を一気に爆発させるような勢いで、すでに五連勝。リーグでは大岩と並んでトップを突っ走っている。

「牧本には『泣き』が入っておらんよ」

柾田はそう喝破《かっぱ》した。

「読みが上滑りしている。要するに常識から脱皮できずにいるということだな。こういう形ではこう――と決めてかかって、それをひっくり返すような意外性のある発想が出来ないタイプだ。いや、しようという努力に欠けておるのだな。牧本はリーグ戦には強いかもしれんが、一番ポッキリの真剣勝負には向いていない。なぜならばだ、やっこさんは明日のない日々というものを知らんし、考えてみようともせんのだからね」

野々宮は、またぞろ柾田の戦争体験談が始まると思って、苦笑しながら耳を傾けた。

柾田は終戦直前の満州で真夏の荒野を逃げ回った。抵抗するにも、圧倒的なソ連軍に歯向かう武器もなく、ひたすら逃げ隠れする「戦い」であった。死の恐怖に晒《さら》されているあいだ、柾田は将棋のことばかり考えていた。「生きて還って名人になる――。その信念がわしの体めがけて飛んでくる弾丸を払い除けたのだ」というのが柾田の自慢話で、近頃ではあまり受けなくなっている。

だが、今回の柾田の話は違った。

「昔の将棋指しには、いまと違って定期的な対局などというものがなかった。華族か金持ちがお座敷を持ってくれて、何人かの好事家《こうずか》に見せる対局がほとんどだった。そういうお座敷がかかるのは、よほど将棋が強いか、幇間《ほうかん》の才に長《た》けているかのいずれかでなければならない。贔屓《ひいき》の将棋指しが負けてばかりいたんじゃ、面白くもなんともないからな。だから命懸けで将棋を指した。この将棋に勝たないと、この先いつになったらお座敷がかかるか分からない。明日のことなど考える余地がない。いまが、この盤上のことがおれのすべてだ——と、そんな将棋ばかり指していたものだ」

「そういう体験がないという点では、現代の棋士のほとんどがそうでしょう」

「ああ、そのとおりだ。だから骨無し野郎が多いというのだ。中宮に五冠王を取らせっぱなしにしてるなんていうのは、異常事態だと思わんかね」

「しかし、その中宮名人だって、現代っ子に変わりはありませんよ」

「いや、あいつは別格だよ。ガキの頃から将棋に頭から突っ込んで、そのまま成長した。この前、古い写真を整理しとって、面白いことに気付いたのだが、対局室で局後の検討をしている写真があるだろう。あれが何枚も出てきて、そのどれにも中宮が写っているんだな。チビで坊主頭で、マンガみたいな眼鏡をかけて、半ズボンから膝小僧《ひざこぞう》を突き出した中宮が、見物の一番前にしゃしゃり出て盤を覗《のぞ》き込んでいやがる。終局といえば、大抵、夜中と相場が決まっているのだが、よくまあ、そんな時間まで付き合っていたもんだと、あらためて感心したよ。そんなやつがいまどきの将棋指しに何人いるかね？」

柾田は見えない相手に向かって、鋭く舌打ちをした。

「それにしても、先生、江崎さんの強さの秘密は、いったい何なのですかねえ。これまでいちども対局経験がなかったというのに」

野々宮は急いで話題を変えた。

「存外、対局したことがないというのが強さの秘密かもしれんな。将棋を完全に無機質のものとしてとらえておる。相手の気魄《きはく》だとか、自分の欲望だとかに関係のない精神状態でいられる。冷静に、推理することだけが将棋だと思い込んで脇目《わきめ》もふらない。勝敗ということも、単なる結果でしかないと割り切ってしまえば、無味乾燥な数式を解くよりも客観的に眺めていられるんじゃないかな。下らん主観に囚《とら》われなければ、着想の範囲に死角はないし、ポカの出る余地もない。技術的な知識が同等なら、誰とやったって負ける気づかいはなさそうだ」

「なるほど、面白い説ですねえ。これ、今度の解説の柱になりますよ」

喜びながら、野々宮は柾田がこんなに饒舌《じょうぜつ》に話してくれたことが、これまでの長い付き合いの中でまったくなかったことに気付いていた。

何が柾田を変えさせたのか——。ふと気掛かりに思った。

「ははは、喋《しゃべ》りすぎたかな」

柾田は野々宮の様子に気付いて、照れて笑った。

「いささか疲れた。まだ飯まで間があるな。ちょっと横にならせてもらうよ」

「どうぞご遠慮なく。僕は原稿をまとめていますから」

柾田は横臥《おうが》するとすぐに軽い寝息を立てはじめた。その寝顔を見て、野々宮は柾田の病状がよくないのではないかと思った。髭面《ひげづら》は相変わらずだが、皮膚のいたるところに黒いシミのようなものが滲《にじ》み出ていた。しばらく前まではそんなものがあったという記憶がない。半開きに口を開けた呼吸の仕方にも、正常でないものを感じた。

眺めている内に、野々宮は悲しいような辛《つら》いような気分になった。この老雄がいずれはこの世から消え去るということが切羽つまった実感となって押し寄せてきた。

十二歳の時に、母親の物差しに「名人になって帰る」と書き残して家を飛び出したというエピソードをはじめ、ファンにとって柾田圭三は伝説に彩られ、ほとんど神格化されたような存在である。その柾田の晩年といっていいような時期に、こうして親しい付き合いをさせてもらっていることが、野々宮には嬉《うれ》しいことのようであると同時に、辛い役回りでもあったのだ。

「わしを見ろ、大岩を見ろ、ひでえ面をしてると思わんか。三吉っつぁんなんぞは、能面の小癋見《こべしみ》そっくりだ」

というのが、柾田の自慢（？）であった。

「どう贔屓目《ひいきめ》に見ても女にもてる顔じゃない。将棋を指すしかしようがない顔だ。二枚目でチャラチャラもてて、歌なんか唄《うた》って、それで将棋が指せるなんていうのは、そもそも異常なんだ」

そういうのを理不尽だとするのが柾田の哲学である。同じ師匠に就き、年齢もわずか五歳しか違わないのだが、大岩にはそうした偏狭《へんきょう》さがない。あるがままを諒《りょう》として、時流に乗って融通無碍《むげ》に動いてゆく包容力が彼にはあった。それが新しい将棋界を作った。柾田と大岩、この二人の兄弟弟子の、ちょうど中間のところで、時代は岐《わか》れていた。

柾田にとっての美学は、大岩から見れば旧弊《きゅうへい》であることが多い。いや、柾田自身、そのことは承知している。大岩の功績は高く評価している。自分には出来ない芸当だ――と思っている。そう思う一方で、しかし柾田は、将棋の世界が自分の理想とはまるで別の方向へ行ってしまうのが悲しくてならないのだ。それが柾田の反骨を生み、大岩を頭領とする現代棋士群とのあいだに、埋めがたいミゾを作った。

いま、目の前で眠る柾田圭三に、野々宮はふと、戦い敗れ、まさに城を捨てようとしている猛将の面影を連想した。

最後の戦場ともいうべき名人戦リーグで、柾田は当たるべからざる勢いを見せている。行く手には大岩泰明が立ちはだかるのみだ。この対大岩戦に勝てば、柾田は今期の挑戦権を獲得することはほぼまちがいない。まさに華々《はなばな》しい奮戦ぶりだ。しかし野々宮は、それすらも、退城のために血路を拓《ひら》く姿のように思えてならない。

（この人には、もはや栄光の日々は訪れないのではないのか――）

なぜか、そんな気がした。


枉田は夢を見ていた。

坂田三吉が、才槌《さいづち》頭のテッペンから出るような甲高《かんだか》い声で「枉田はん、あんた、名人を負かしなされ」と言い、将棋盤に「名人ヲ負カセ」と書いてくれた。

（それは江崎三郎にあげるのではないのかな――）

そう思いながら、枉田は黙っていた。

「わては、とうとう名人になれなんだ」

三吉は言い、ポロポロと涙をこぼした。

目覚めてからも、夢の中のその部分だけが記憶に残っていた。

三吉の涙は自分のものであるように、枉田には思えた。それがいかにも生々しくて、ひょっとすると現実に泣いてしまったのではないか――と、いそいで瞼《まぶた》を確かめた。

棋界の本流に合《がっ》しきれなかったという点で、三吉と枉田の生きかたには共通したものがある。奔放な性格、桁《けた》はずれの奇行なども、どこか似通っていた。

柾田は三吉のことを「愛すべき人物」と思っていたが、いつのまにか自分もその「愛すべき人物」になってしまっていることを感じた。自分が私淑《ししゅく》した坂田三吉とは、こういう存在だったのか——と、柾田はおのが姿を眺める。

（まさにわしは前世紀の遺物か——）

絶滅した恐竜になぞらえて、ひそかに苦笑した。

その柾田にとって、江崎秀夫は救世主のように見えた。この傑出した棋才の持ち主が、棋界の本流どころか、アマチュア棋界にもまったく無縁のところで生まれ、育ったという奇蹟《きせき》によって、柾田は救われた。

「ご気分はいかがですか？」

柾田の目覚めを見て、野々宮は優しい声をかけた。

「ああ、だいぶすっきりした」

「なんだか、ずいぶんお疲れみたいですね。今日はこの辺でやめておきましょうか？」

「しかし、まだ中途だぞ」

「残りはなんとかまとめてみます。サワリの部分はだいたいお聴きしましたから。もし分からないところが出たら、お電話でお訊《き》きしますよ」

「そうか、悪いな」

柾田はゆっくり起き上がった。

「野々宮さん、少し飲まんか」

「はあ……、それはいいですが、先生もお飲みになっていいのですか？」

「うん、近頃、ちょっぴり飲《や》ることにしているんだ。そのほうがかえっていいらしい」

野々宮は帳場に酒を頼んだ。柾田は窓を開けて庭を眺めた。手入れの行き届いた緑が清々《すがすが》しい。都心のまん真中にある料亭だが、それを感じさせない佇《たたず》まいだ。

「野々宮さん」

と柾田は後ろ向きのまま、言った。

「わしは盆栽なんぞやる年寄りをばかにしとったが、この頃になってやっと理解できるようになったよ」

「はあ……」

「盆栽というのは、あれはつまり、己《おのれ》をこの世に遺《のこ》そうとする執念なのだな。妙にクセをつけたり、枝を曲げてみせたりというのは、すべて自己主張にほかならない」

「なるほど」

「わしも盆栽をやり、鶯《うぐいす》でも飼おうかと思ったのだが、どうもみんな殺してしまいそうだな」

「第一、似合いませんよ、先生には」

「ははは、それもそうだ。つまるところ、わしには遺すべき何物もないということか。子もなく家もなく、借金もなしとな」

「将棋があるじゃないですか。柾田将棋は不滅です」

野々宮はふいに激して、泣き出しそうな声で言った。柾田は驚いて振り返った。

2

アパートに戻った時、江崎は何となく違和感を覚えた。鍵《かぎ》をかけて出たはずなのだが、何気なくキーを回してノブを引くと、逆にロックされていた。つまり鍵がかかっていなかったということだ。これはまあ、忘れたと考えることもできる。しかし、明かりをつけて室内を見回した時の第一印象がどことなく変だった。

1DK――というと聞こえがいいけれど、六畳の部屋に台所がついたというだけの、典型的な独身用アパートである。しかもろくな家具とてなく殺風景だ。どこに変化が生じようもないようなものだが、それでも江崎には感じるものがあった。

（空き巣かな？——）

一瞬、そう思った。だとしたらずいぶん間抜けな泥棒だ。この部屋には盗むような物は何もない。きっと呆《あき》れて帰ったにちがいない。念のために押入れを開けてみたが、蒲団《ふとん》はちゃんとあった。ただし、江崎が仕舞った状態より、いくぶんきちんとなっているような気がするが、これも気のせいと言ってしまえば、それまでだ。

ふだんの江崎なら、もう少し緻密《ちみつ》に考えたかもしれない。だがこの夜、江崎は勝利の美酒に酔っていた。譬喩《ひゆ》ではなく、実際、江崎は適量以上のアルコールに神経が多少、弛緩《しかん》していた。

牧本八段との対局が、予定よりはるかに早く終了したために、昼食休憩のはずが祝勝会みたいなことになってしまった。秋山一派——将星会の連中が入れ代わりたち代わり、江崎の前にやってきて、酒杯を合わせて乾杯した。

対牧本戦の圧勝は、江崎ばかりでなく彼等にとっても快挙であった。最初の真鍋戦の時は、会員の中にはいくぶんやっかみもあったし、フロック勝ちという見方をする者もいないわけではなかった。しかし、プロの高段者を相手に完勝となると、もはやちっぽけなやっかみや懸念などは吹っ飛んでしまう。いまや江崎はアマチュア棋士たちの英雄的存在なのであった。

この成り行きには江崎自身が驚いている。たかが将棋に強いというだけで、こんなにもてはやされるとは想像もしていなかった。面食らいながらも、気分はよかった。こんなことなら、兵庫の山奥になんかいないで、もっと早く東京に出て将棋を指していればよかった。将棋を禁じた母親が少し恨めしくさえあった。

（なんだ、プロだとかいっても、大したことないじゃないか――）

江崎の脳裏には、敗勢を悟った時の牧本の狼狽《ろうばい》した顔が浮かんだ。八段でさえあんなものだから、ひょっとすると、自分には日本のトップクラスに伍《ご》してゆけるほどの実力があるのかもしれない――と思えてきた。

新聞が勝手につけた「江崎三郎の忘れ形見」という肩書も、何やら悲劇の主人公にでもなったようで、悪い気はしない。坂田三吉の「血」を引く――と、悲愴感《ひそうかん》漂う表現をするジャーナリストもいたりして、自分が自分であって自分でないような、雲の上をゆくような気分で帰宅した。

西日のほてりがまだほのかに残っている壁に背を凭《もた》れて腰を下ろすと、緊張が解けて、酔いがいっそう回ってきた。蒲団を敷くのも面倒で、そのまま畳に横になった。

（まるで丹波竜鬼と同じだな――）

自分の恰好《かっこう》を見ながら、江崎は低く声を出して笑った。

その時、ひそかにドアを叩《たた》く音がした。

江崎はものうく立っていって、ドアを開けた。見知らぬ男が笑顔で「今晩は」とお辞儀をした。

「あのォ、柾田先生から言い付かって、お迎えに上がったのですが」

「柾田先生が……」

「はあ、今日の将棋のことで、ぜひお話ししたいことがあるとかで……」

(何だろう?——)と、江崎は首を傾《かし》げた。何かあの将棋にケチでもつけられるのだろうか?——

「分かりました」

あまり気が進まなかったが、断るわけにもいかない。

べつに着替えをする必要もなかった。江崎はすぐに外に出た。男について行くと少し離れた場所に黒塗りの大型車が停《と》まっていた。運転手が降りてきて、ドアを開けた。

「どうも」

礼を言って屈《かが》み込んで、車の床に片足をかけた時、江崎は得体の知れない、不吉な予感のようなものに襲われた。

(?——)

一瞬、動きが止まった。背後には迎えの男が続いて乗り込もうと待っている。江崎は車に潜り込んで、座席に坐《すわ》った。

車が走りだしても、江崎は最前の奇妙なショックから回復しなかった。原因が何か、分からないまま、ショックの意味を考えていた。それは確かに、不安といってもいいようなものだ。何かの危険を察知して、本能的な自己防衛が作動したのかもしれない。その「危険」のよってきたる根拠は何なのか、じっと息をひそめて考え込んだ。

アパートを出て、車に乗るまでの距離の中で見聞きしたものを、江崎は一つ一つなぞってみた。

アパートを出て、路地を歩いて車に近づき、運転手が開けたドアを……。

(数字だ——)

江崎ははッとした。視界の隅で、ほとんど無意識にとらえていたナンバープレートの数字がアリアリと脳裏に甦《よみがえ》った。『品川33—ま—4×××』。記憶にある番号であった。

(なぜこの数字が？——)

記憶のメカニズムというものがどうなっているのか、江崎に専門的な知識はない。ただ、自分が異常ともいえるような記憶力の持ち主であることを、江崎は知っていた。とくに無機質のもの——たとえば数字とか、将棋の駒《こま》の配置とかいったものは、自分でも気味が悪いほど記憶の壁に記録される。その割に人の顔だとか、聞いた話だとかいうような、生きたものについては、記憶しようとする意欲が湧《わ》かないのか、じきに忘れた。

さっき、この車に乗る寸前に、江崎は無意識のうちにナンバープレートを見ている。その数字の配列を、いつかどこかで見ているのだ。そのことが江崎を不安にさせていた。

（いつ？　どこで見たのか？——）

一日東京を歩けば、無数といっていいような車と出会う。いくら記憶力がいいといっても、そのナンバーのすべてを憶《おぼ》えていられるわけはない。やはり何か、特定のキッカケやシコリがあるから記憶されるのだろう。

いったいこの番号と、どこで出会ったのか、江崎は懸命に思い出そうとした。

「失礼ですが、あなたは柾田さんとは？」

江崎は迎えの男に訊《き》いた。

「私ですか？　私はただのお使いでして」

愛想のよかった男が、表情を強張《こわば》らせて、ぶっきらぼうに答えた。

「どなたのお使いですか？」

「ですから、柾田先生の……」

「柾田先生は、いまどちらにおいでなのですか？」

「ご自宅です、高井戸の」

なんだかおかしいと思いながら、疑うべきはっきりした理由はなかった。車は首都高速道路に入っている。さりとて、地理不案内の江崎には、はたしてこの車が柾田の家に向かっているものかどうか、分かりようがなかった。

フロントグラス越しに標識が近づいては通り過ぎるのを見ると、どうやら新宿を抜け、確かに高井戸方面へ走っていることはまちがいなさそうだ。そのうちに『高井戸出口』という標識のところで一般道路に降りた。

男の言ったことは嘘《うそ》ではないらしい。柾田は勝利を祝して慰労の宴を設けてくれようとでもいうのだろうか？

しかし、江崎の胸の内では、いぜん説明しようのないモヤモヤしたものが蟠《わだかま》っていた。

車は細い道を幾度か曲がって、閑静な住宅街をゆっくり走り、平屋建の邸の前で停《と》まった。

門柱に『柾田』とある。

車は門の中に入ってゆく。建物の中から、人影が出てこちらに近づいてくる。

「さあ、どうぞ」

男が先に降りて、運転手が反対側のドアを開けた。江崎は車を出て玄関に向かいかけた足を、一転、門の方向に向けて猛烈な勢いでダッシュした。

「あっ、待て……」という声が後ろでしたような気がしたが、見向きもせずに突っ走った。

薄暗い街で、それでなくても右も左も知らない土地だ。江崎は無我夢中で走った。逃げた。訳の分からない恐怖であった。しかし、とにかく玄関からもう一人の男がやってくるのを見た瞬間、その恐怖に襲われたのだ。理由などどうでもよかった。ただ、逃げなければならない――という直感が江崎を走らせていた。それはちょうど、北海道の原生林の視察に行った時、熊に襲われそうになって、地元営林署の職員より先に危険を察知して逃げた時とよく似た感覚であった。

もしかすると、柾田に対してものすごい失敬をやらかしているのかもしれなかったが、それならそれで、あとでいかようにも謝る方法がある。いまはそれどころでなく、とにかく逃げなければならないという、ただその衝動にかられて足が動いた。

もっとも、それにしてもなぜ逃げなければならないのか、その理由に思い当たらない。しだいに走るスピードが落ちたのは、疲労からではなく、その疑問のせいであった。

どこをどう走ったのか、おそろしく広い通りに出た。少し先に派出所が見えた。赤灯の下に巡査が出ている。江崎はふつうの歩きに戻って、何食わぬ顔で派出所の前を通り過ぎた。なんだか、まるで自分が悪いことをしているような、ばかげた後ろめたさを感じていた。

(さてどうしたものか――)

江崎は途方にくれた。逃げ出してはみたものの、冷静に考えれば、これは思慮に欠けた

「暴走」かもしれない。

少し先のガソリンスタンドで電話を借り、今井家に電話してみた。香子の明るい声が出た。

江崎は救われた思いだった。

——あら、江崎さん。どうしたんですか？

江崎はこの状況をどう説明すればいいのか、しばらく迷った。

「じつは、いま、高井戸というところに来ているのです」

——ああ、柾田先生のお宅の近くね。じゃあ、柾田先生と……、じゃないか。先生はたしか福田屋ですものね。

「えっ？……」

江崎は香子の言葉を聞きとがめた。

「柾田先生は福田屋にいるのですか？」

——ええ、午後、野々宮さんに会った時、これから福田屋へ行くと言ってました。今晩、柾田先生を福田屋に缶詰にして、江崎さんの将棋の解説をお願いするんだって……。あら？でも、それじゃ、江崎さんは高井戸に何をしに？……

「じつは、妙なことがあったのです」

——妙なことって？

江崎は電話機に十円玉を継ぎ足した。

江崎の長い話を聞くと、香子は「それ、変ですね」と不安そうに言った。後ろで清司の声が「何が変なんだ？」と怒鳴っている。

――ちょっと待って、父さんに代わります。

電話の向こうで、香子は早口で清司に説明している。

――江崎さん、何だかよく分からないが、そいつはヤバいことになってるみたいですねえ。とにかく引き揚げてきたほうがいい。

香子から受話器を受け取るとすぐ、清司は早口でそう言った。

「その前に、一応、福田屋に電話して、確かめてみます」

――なるほど。しかし、それが終わったら早いとこ、うちに来なさいよ。やっぱし、どうもあの念書ってやつが疫病神《やくびょうがみ》だね。香子のやつ、ロクでもねえものを拾ってくるから。

「何言ってんのよ」と文句をつける香子の声がした。江崎は「それでは」と電話を切って、福田屋の番号を回した。

柾田はまだ福田屋にいた。

帳場の女性は「野々宮さんはお帰りになりましたが、柾田先生はご気分がお悪いとかで、今夜はこちらにお泊りになります」と言っている。

（何だ、これは？――）

江崎はまたしても得体の知れない不気味な気配を感じた。

何がどうなっているのか――。柾田はいったい何をしようとしているのか――。

いまいる場所がどこなのか見当もつかないので、江崎はともかくタクシーを拾って、運転手に「三ノ輪へ」と告げた。座席に落ち着くと、ドッと汗と疲れが出た。酔いはとっくに消えていた。

3

「何なのかしら？」

香子は青い顔をして言った。柾田が偽《いつわ》りを言って江崎を呼び出して、いったい何をしようとしたのか、そこに不気味な企みのあることを、三人三様に感じていた。

「吉永先生の時と似てるわよね。あの時も柾田先生はご不在で、お帰りになってみたら、吉永先生がお宅の中で殺されていたっていうのでしょう？」

「つまり、アリバイってやつだな」

清司も娘の疑惑に感染している。柾田の大ファンを自任する清司でさえ、ミステリー小説を地でゆくような江崎の体験を聞くと、なにがしかの疑惑を抱かないわけにいかない。

「それじゃ香子、犯人は柾田先生だったたって言いたいのか？」

「そうは言ってないけど……」

「そんなふうに聞こえるじゃねえか」

清司は自分自身に対して腹を立てている。

「かりにそうだとしてもよ、まさか、江崎さんまで殺そうとしたわけじゃねえんだろうなあ」

「まさか……」

「まさか、柾田先生がそんな……」

江崎と香子は異口同音に否定したが、二人とも語尾に力がなかった。

柾田が吉永はともかく、江崎までを殺さなければならない理由なんて、どう考えたってありはしない——。それが三人の共通した思いだ。その思いは同じなのだが、それでは今夜のことはいったい何なのかとなると、説明がつかない。

「ねえ……」と香子が不安そうに言った。

「吉永先生も、やっぱりこんな風にして殺されたんじゃないかしら」

「殺されたって……、柾田先生にかい？」

「柾田先生にかどうかはともかくよ。とにかくこういう風に誘い出されて殺された可能性はあると思うのよね」

「じゃあ、やっぱり柾田先生が仕組んだっていう意味じゃねえか」

「そうじゃないってば。柾田先生は何も知らなくたって、犯人があのお宅を利用することもできるじゃない。それに柾田先生の名前を利用すれば、吉永先生だって江崎さんだって、割と簡単に誘いに乗るわけでしょう？　まさか柾田先生がそんなことするとは思わないもの」

清司は江崎と顔を見合わせた。

「そりゃまあ、そうだが……。だけどおまえ、いったい誰が？」

「それはこれから調べるわけだけど。ただ一つはっきりしているのは、犯人は柾田先生の行動やお宅のことに詳しい人物っていうことね。柾田先生がお宅に鍵《かぎ》をかけないで外出することも知っているし、それに、前の時も今度も、犯行時刻にお宅にいらっしゃらないことを知っている……」

「それじゃ、野々宮さんのことになるじゃねえか」

「ばかねえ」

「この野郎、親を摑《つか》まえてばか呼ばわりはねえだろう」

「あ、ごめん。だけど、柾田先生が今夜、福田屋にいるってことなら、なにも野々宮さんだけじゃなくて、将棋連盟の人の何人かは知ってるわよ。早い話、私だって知っていたんだもの」

「じゃあ、おまえが犯人か」

「ばかばかばか……」

香子は親を連発で罵《ののし》った。

「吉永八段の事件の時はどうだったのでしょうか？」

江崎が、親子の混乱を鎮《しず》めるように、冷静な声で言った。

「柾田先生はあの晩、帰宅される前、どこで何をしておられたのでしょうか」

「さあ、どうだったのかしら？」

「それが分かれば、そのことを知っている人物が誰か、かなり限定できるのではないかと思うのですが」

「そうですねえ……。もしかしたら、野々宮さんなら知ってるかもしれないわ。訊《き》いてみましょうか」

香子は野々宮の自宅に電話した。

――あれ？　キョウコちゃんか。どういう風の吹きまわし？

野々宮は時ならぬ『美人王将』からの電話に喜んで、すっとんきょうな声を出した。

香子は簡単に挨拶《あいさつ》を済ませて、吉永の事件の時、柾田がどこにいたのかを訊いた。

──柾田先生が？　どういうことだい？

妙な質問だから、さすがに野々宮は怪しんだ。

「すみません、変なこと訊いて。理由はあとでお話ししますけど、ちょっと気になることがあるものですから」

──ふーん……。まあ、べつに隠すこともないけどね。えーと、あの時は柾田先生はたしか北村会長とご一緒だったんじゃないかな。

「北村会長と？」

──ああ、福田屋でね。警察でもそう言われてるよ。だけど、それがどうしたのさ？

「え？　いえ、大したことじゃないんです。またご連絡します」

香子は礼を言って、急いで電話を切った。

「北村会長か、いよいよ臭いねえ」

香子の報告を聞くまでもなく、北村の名を聞いて、清司は腕組みをして言った。

「北村会長なら、柾田先生の行動を逐一知っていたとしても不思議はないし、それに、例の念書の件もあるからな。そうか、吉永八段を柾田先生のお宅に誘うことだって、わけねえぞ」

「そうすると、江崎さんを誘い出したのは、北村会長の部下っていうわけ？」

「だろうな。なんたって大会社なんだから、手足になって動くやつはゴマンといる」

「だけど、いったい何なのかしらねえ。どうしてそんなことをしなくちゃいけなかったのかしら？」

「問題はやっぱり、あの念書だと思います」

江崎が言った。

「すべて、あの念書がからんだ事件であることはまちがいないのだから、念書の意味を解明すれば、事件そのものが解明されるのではないでしょうか」

「そりゃそうですけどね。どうやってそれを解明するんです？」

清司は首をひねった。

「柾田九段に訊いてみるのはどうでしょうか？　あの念書に書かれている『九段』が柾田九段のことだとしたら、何か思い当たることがあるかもしれません。それでだめなら、野々宮さんに話してみるとか」

「そうですね。野々宮さんなら将棋界のことに詳しいから、『九段』が何を指すのか、知ってらっしゃるかもしれないわ」

「そうするってえと、いよいよ何もかもバラしちまうってわけだな。大丈夫かねえ」

「大丈夫かどうか分からないけど、こうなった以上、のんびりしているわけにはいかないわよ」

江崎が襲われたという話が、もし江崎の思い過ごしでなければ、もはや躊躇《ちゅうちょ》している場合ではなかった。

「まったく、香子のやつは、えらいものを背負い込んできちまったもんだよなあ……」

清司はまた慨嘆した。

「それにしても、犯人が北村会長だとして、どうして僕を狙《ねら》ったのかが分かりません」

「それはもちろん、江崎さんが念書を持っているって、脅したからでしょう?」

「しかし、僕が恐喝の犯人だということを知っているはずがありませんよ」

「あ、そうか。そうですよねえ」

香子はしばらく考えて、

「やっぱり、あの時——神社の境内でにせ刑事に襲われた時、顔を憶《おぼ》えられていたんじゃないかしら? そして、今度のアマ・プロ棋戦のニュースで江崎さんだということが分かって……。そう、私の時と同じ。ねえ江崎さん、昨日か今日、誰かと電話で話しませんでした?」

「それは、さっきこちらに電話したし——」

「そうじゃなくて、もっと前に」

「ああ、そういえば今朝、将棋連盟に行ったとたんに新聞社から電話があって、インタビューに答えましたが――」

「じゃあそれですよ、きっと。その時に江崎さんの声が、脅しの電話と同じかどうかチェックされたんだわ」

「なるほど……、そうかもしれませんね」

江崎は思い当たると同時に、少しばかり自己嫌悪におちいった。朝っぱらからのインタビューに気をよくしていたのだから。

「どうも、油断も隙《すき》もならないな――」

実感のこもった述懐《じゅっかい》であった。いろいろもてはやされ、有頂天になっていたことへの、これはしっぺ返しかもしれなかった。

「しかし、香子さんは頭がいいなあ」

江崎は感心して、若い女流王将の少し上気した顔を眺めた。

「いやあだ、そんなに見つめちゃあ」

香子は嬌声《きょうせい》を上げて、江崎の胸を軽く突いた。江崎はふいにドギマギして、自分でも顔が赤くなるのが分かった。清司は複雑な眼で、二人を見比べている。

翌朝、江崎はなるべく早い時間にと、八時には福田屋に着いた。柾田はもう起きていて、思いがけない客を驚いて迎えた。

「わしがきみを？」

柾田は江崎の話を聞くと暗い顔をした。それでなくても顔色が悪い。江崎は柾田に余計な心労を持参したような気になった。

「お心当たりはありませんか？」

「ああ、知らんですな。昨日はずっとここで野々宮君と一緒だったし、そのあと具合が悪くて早くに横になってしまった。きみの勝利を野々宮君に聞いて、できれば祝杯を上げたかったが、それどころじゃなかったな。きみを迎えに行けなどという指示は誰にもしておりませんよ。もちろん家に呼んだりするわけがない」

「何者かがお名前を騙《かた》ったのではないでしょうか？」

「もしきみの話が事実だとすれば、そういうことなのだろうねえ。しかし、いったい誰がそんなことを？　わしの名を騙った理由は何だろう？」

「それはもちろん、先生のお名前なら、僕がいやとは言わないからでしょう。しかも、彼らは先生のお宅に入り込んでいたのですから、犯人はそういう事情や、先生がお留守であることを知っている者にちがいありません」

「うーん……」

柾田は唸《うな》った。座椅子《ざいす》と脇息《きょうそく》に凭《もた》れて、苦しそうに大きく息をしている。

「しかし、なぜわしの家に？　そこで何をするつもりだったのだ？」

「分かりません。ただ、言えることは、先生のお宅では、すでに吉永八段が殺されているということです」

「ん？　おいおい、まさか……。そうか、吉永君もそうやって殺されたというわけか。呆《あき》れたもんだな。ひとの家を殺人の常舞台《じょうぶたい》だとでも思ってやがる」

「そんな呑気《のんき》なことをおっしゃっている場合ではないのではありませんか。警察にとっては、柾田先生も容疑者の一人になっていると思いますが」

「そうらしいね。わしに対する事情聴取がいやにしつこい。しかし、何だってわしの家なんぞに？――」

柾田は考えるのも鬱陶《うっとう》しい――というように、眼を閉じて頭を左右に揺すった。

「じつは、こういうものがあるのですが」

江崎はポケットから封書を出して、中の紙片を広げた。柾田は薄目を開けて眺めていたが、あまり関心はなさそうだ。

「それがどうしたのかな？」

「この念書が原因と思われる殺人事件が起きているのです。たぶん吉永八段の事件も、それにまつわるものと考えられるのですが」

柾田はようやく興味を惹《ひ》かれた。

「穏やかじゃないことを言うね。どういうことなの？」

江崎は今井香子が新幹線の中でこの封書を預かったことから、預けた男が殺され、数日後、香子が贋《にせ》刑事に襲われたこと。吉永に念書のコピーを渡した直後、吉永もまた殺されてしまったこと——などを話した。

「そして、今回の事件です。僕が念書のことで北村会長のところに電話をしたとたん、こういう奇怪な出来事にぶつかったのです。これでは、この念書と一連の事件とが無関係だとは思えません。それに、事件の背後には北村会長がいることもまちがいないと思うのですが」

「うーん、なるほどねえ。しかし、こんな重要な物があるのなら、なんだって、もっと早くにしかるべきところへ差し出すか、それともわしや野々宮君あたりに相談するかしなかったのかな？」

「じつは、正直なことを言いますと、最初のうちは柾田先生が関係しておられるのではないかという気がして、隠しておいたほうがいいのではないかと——」

「どうしてかな？」

「つまり、その、ここに九段と書いてあるのは柾田九段のことで、この文面だと、北村会長が念書の相手に、なんとか柾田先生を追い払ってくれたら、それなりのお礼をする——と言っている文章に読めないこともないわけですから——」

「なるほど、確かにそのとおりだが、それでどうして？」

「吉永八段が北村会長の意向によって柾田先生を訪ねたのだとすると、先生とのあいだで口論になっただろうと……」

「あははは……」

柾田は笑いだした。

「要するに、わしが口論のあげく吉永君を殺したのではないかと、そう思ったのですな。それで、つまりはわしのことを庇《かば》ってくれたということか。いや、これはありがとう」

「申し訳ありません。勝手に妙な勘繰りをしまして」

「いやいや、とんでもない」

柾田は真顔になった。

「そんな風に心配してくれる人がいて、ありがたいと思っておりますよ。今井さん父娘にもよろしく言ってください。柾田が礼を言っておったと」

柾田は江崎に向かって、深く頭を下げた。

「だが、それはそれとして、この九段というのは何かな？——」

眉《まゆ》をひそめ、視線を宙に固定して考えを集中しようとするのだが、焦点が定まらない。

「そういえば、最近、九段という言葉をどこかで聞いたような気がするのだが、すっかりぼけてしまって——」

柾田は辛《つら》そうに、背凭《せもた》れの上に頭を載せるようにした。

「だいぶお疲れのようですが、お体の具合が悪いのではありませんか？」

江崎は柾田の顔色がただごとではないと思った。

「なに、大したことはない。じきに治りますよ」

「どうぞお休みになってください。僕は引き揚げますので」

「そうですか。それじゃ、すまんが、帰りがけに仲居さんを呼んでくれませんか」

柾田は欲も得もなく、横になりたいと思った。

4

どれほど眠ったのだろう。柾田はどこかで人の呼ぶ声を聞いたような気がして、目が覚めた。福田屋から戻って、万年床に潜って、また眠りこんでしまった。

昨夜、胃の痛みに悩まされて、熟睡時間が短かった。明け方に飲んだ痛み止めの薬が効きはじめ、さてひと眠りしようかと思った頃、江崎が来た。江崎はまもなく帰ったが、なんとなく目が冴《さ》えてしまって、結局、自宅に戻ることにした。

頭はまだぼんやりしていた。だから、対局がある時は、痛みを感じても薬を飲むわけにいかない。

医者は入院しろと言う。「このままだと、半年しか持ちませんぞ」と、笑いながら脅すように言う。

「入院は堪忍《かんにん》してください。入院以外のことなら、何でも言うことを聞きますから」

「あんたにはサジを投げますなあ」

むろん、そんなつもりで言ったわけではないのだろうが、「サジを投げる」というのは存外、本音なのではないか——と柾田は思った。医者が脅しに言った「半年」だって、じつは多めに見たタイムリミットなのかもしれなかった。

それから四か月が経《た》とうとしている。つまり、あと二か月しか残されていないということになる。

「先生、桐野です」

襖《ふすま》のむこうで声がした。やはり夢ではなかったのだ。

「おう、来たのか。入れ」

襖の脇《わき》から桐野の遠慮ぶかい顔が覗《のぞ》いた。

「野々宮さんから電話があって、お加減が悪いそうで、様子を見に来ました」

「なんだ、しようがないな、心配かけて。もういいんだ。きみのほうはどうなんだ？　今日は対局はないのか？」

「はい、今日は手空《てあ》きです」

「手空きばかりじゃいかんぞ。将棋指しは毎日対局があるようにならな、あかん」

「はあ、頑張ります」

「ははは、見舞いに来てもらって説教しちゃあいかんな。どうもえらそうに言う癖は抜けんもんだ」

「いえ、この頃、先生はとても評判がいいのです」

桐野は嬉《うれ》しそうに言った。

「人間が丸くなったとか、大きくなったとか、悟ったとか、将棋に幅ができたとか——いろいろ言う人がいます」

「なんだそりゃ、新人に言うようなことばっかりじゃないか」

「はあ。でも、みんな褒《ほ》めていることは確かですから」

「そうかそうか、ありがたいこっちゃ」

柾田も素直に喜んで見せた。

「もうそろそろ秋ですねえ」

桐野はガラにもなく、窓の外を見て、感傷的な科白《せりふ》を吐いた。

梢《こずえ》から梢へ、オナガが二羽、渡ってゆくのが柾田の位置からも見えた。

「この頃よく思うのですが、僕の人生の中で、ここで生活していた頃がもっとも充実していたのかもしれません」

「はは、無理せんでもええ。さっさと逃げだしたくせしおって」

「逃げたわけじゃありません」

「ばか、冗談だ。そうやってムキになるところは、ちっとも変わらんな。それを直さないと将棋には勝てんぞ。ははは、また説教になる。しかし、そんなにここがよかったのなら、どうだ、もういちど戻ってこんか」

なかば本気で、柾田は桐野をからかった。

「それが……」

桐野は真面目《まじめ》に困った顔をしている。

「じつは、結婚することになりました」

「ほっ、ほっ……」

　柾田はおどけて、驚いてみせた。

「なんだ、見舞いだなんて、そのことを言いたくて来たのか」

「すみません」

「嫁さんは、どこの人だ？」

「千駄ヶ谷です」

「なんだ、将棋会館のそばか」

「はあ、会館の裏手にあるレストランのマスターの娘です。食事をしに行って、その時、知り合いました」

「じゃあ恋愛結婚か。なかなかどうして、隅におけないやつだな」

「すみません」

「ばか、謝るやつがあるか。いちど、連れてこいよ」

「じつは、先生に見ていただきたくて、そこの喫茶店に待たせているのです」

「なんだ、ばかだな。可哀相じゃないか。すぐに呼びなさい」

　桐野はいそいそと電話をかけた。娘は桐野に見合って小柄で温和《おとな》しそうな印象だった。まだ少女のあどけなさのようなものがある。とび抜けて美人でもないというあたりが、いかにも桐野らしい。

「尾崎淑子《おざきよしこ》です」

きちんと挨拶《あいさつ》した。正座して膝《ひざ》が隠れる長さのスカートであることも、柾田は気に入った。

「僕、お茶を入れます」

桐野が立とうとするのを、淑子は慌てて止めた。

「あの、わたしがします」

「いいんだよ。この家の仕事は僕がするしきたりなんだ」

「でも……」

「大丈夫だってば。先生は怖《こわ》いひとじゃないのだから」

「あら……」

淑子は赤くなって、俯《うつむ》いた。人差し指で桐野の膝をつつくのが見えて、柾田は大いに照れた。

「この人、先生の写真を見て、怖そうな人だって言うんです。だから、昔は怖かったけれど、この頃はちっとも怖くないからって、言いきかせてきたんです」

「ばかばかしい。早くお茶を入れなさい」

桐野が台所に去ると、気詰まりな状態になった。若い娘を扱うすべなど、柾田は知らない。

「桐野は優しい男でしょう？」

「ええ、とっても」

淑子は眼を輝かせた。

「しかし、よく将棋指しなんかと結婚する気になったもんですな」

「あら、どうしてでしょう？」

「どうしてって……」

柾田は返答に窮した。昔は——という説明はこの娘には意味がなさそうだ。いまは将棋指しだって立派なカタギの職業なのだから。

「苦労が多いですぞ」

「どんなお仕事にも苦労はあります」

「旅が多い。留守がちです」

「サラリーマンにだって出張はあります」

なるほど、出張か——。出張があって、残業があって、給料をもらって、ボーナスが出て——となると、たしかにそう大して違和感を持つ必要はないのかもしれない。

桐野がお茶を運んできた。

「先生に仲人をお願いしたいのですが」

「仲人か……」

柾田は困った。

「結婚式はいつだね？」

「この暮には、と思っています」

「そうか、三月も先のことか……」

柾田はゆっくりお茶を啜《すす》った。

「仲人は理事長に頼むといい」

「大岩先生にですか？」

「うん、わしからそう言っておこう」

「でも……」

「これからのこともある。大岩君にやってもらうのがいちばんいい」

「僕は先生にお願いしたいのです」

泣きそうな顔をして言った。

「そう言ってくれるのはありがたいが、わしは病気持ちだから、大役は務まらんよ。いいね、大岩君ならなんといっても十五世名人だ。お客さんも満足だろう」

「はあ……」

桐野は心残りで何か言いかけたところに、電話のベルが鳴った。

電話は野々宮からであった。体調のことを気づかってから、「お願いしたいことがあるのです」と言った。

――江崎さんのお父さんのことで、先生の思い出ばなしのようなものをいただけたらと思うのですが。

「江崎三郎か……」

柾田は『丹波竜鬼』の顔を思い浮かべた。

その瞬間、柾田のぼんやりしていた頭の中に、記憶が甦った。

「そうか、あそこで聞いたのか」

――は？　何ですか？

野々宮が訝《いぶ》かって大声を送ってきた。

「いや、こっちの話だ。分かった、大した思い出もないが、いつでもどうぞ」

慌ただしく電話を切って、床の上に坐《すわ》り込んだ。記憶が消えないうちに、思考をまとめてしまわなければならない。

（九段というのは、あそこで聞いた言葉だったのか――）

丹波の家に山田庄一代議士からの使いが来て、山庄からの伝言を言ったのだ。

――九段の件は先生がおっしゃったとおりでした。

そんなようなことを言っていた。

(待てよ？　しかしあの『九段』と江崎秀夫が持ってきた話の『九段』とではニュアンスが違うな――)

江崎は将棋の九段のことではないかと思ったのだそうだ。それだと、「ク、ダ、ン」のイントネーションは「ダ」にアクセントが強くなる。ところが、丹波の家で聞いた使いの者の発音は「ク」にアクセントがあった。つまり、靖国《やすくに》神社のある『九段』を意味しているのだ。

(そうか、それでさっきはピンとこなかったのだな――)

決してぼけたわけではないことを知って、柾田は思わずニヤリと笑った。

「どうなさったのですか？」

桐野が心配そうにこっちを見ている。

「いや、何でもない。それよりおまえさん、子供も将棋指しにするつもりか？」

「えっ、子供、ですかあ？……」

桐野は意表を衝《つ》く質問に、フィアンセと一緒に真っ赤になった。

「それはその時にならないと分かりませんが、将棋指しはどうですかねえ」

「なんだ、自分だけで懲《こ》りたのか」

「ははは、まあそうですねえ」

それから真顔になって、

「子供が出来たら、先生のお名前をいただいてもいいでしょうか？」

「ほほ、嬉《うれ》しいことを言ってくれるな。そりゃいいに決まってるが」

「男なら圭一、女なら圭子とつけます」

「なんだか、ひねくれた子になりはせんか」

「それだけが心配です」

「ばか、ひでえことを言いやがる」

弾けるような笑いが起こった。

第七章　真　相

1

タクシーを降りて長屋の路地をわずか五十メートルばかりゆくのに、柾田は死ぬ思いがした。

「どうしたのです？」

例によって寝そべっていた丹波が、柾田の顔を見るなりガバッと起きて、家鳴《やな》り震動をさせて駆け寄った。

「よほどひどい顔をしているようですな」

柾田は無理に笑ってみせた。

「ちょっと胃の具合が悪くて、何も食っていないものだから」

腹を抱えるようにして、上がり框《がまち》に腰を下ろした。

「驚いたなあ。柾田さんはどうしてそのことを知っているんです？」

「何たることを……」

柾田は胃の奥からこみ上げる、苦しいものを吐き出すように言った。

「あんた、自分の息子を殺す気か？」

「息子を？」

「ああそうだ。江崎秀夫君を狙《ねら》って、いったいどうしようというのだ？」

「何のことか分からんが、何がどうしたというんです？」

「じゃあ、あんたは知らんのか。山庄が勝手にやったことなのですな。それなら救われるが、一昨夜、江崎秀夫君が何者かに襲われようとした。大事には至らなかったが、明らかに消そうとしたと考えられる」

「消す？　息子……江崎をですか？　ばかな、そんなことが……。まさか冗談で言っとるんじゃないのでしょうな？」

「そんな冗談を言うために、わざわざこんなところまで出てくる酔狂は、わしにはありませんよ」

「ちょっとすまんが、何がどうしたのか、おれにはさっぱりわけが分からん。柾田さん、落ち着いて最初から詳しく聞かせてもらえませんか」

「落ち着いて」と言われて、柾田はわれに返って苦笑した。

「ふん、どうも先を急ぐ癖が出る。これでよくポカをやるのです」

柾田は気持ちを落ち着けて、昨日、江崎秀夫から聞いた話の一部始終を語った。

「家に戻って、念のためにあちこち調べてみると、どうやら江崎君の言ってることは事実らしい。何者かが留守中に侵入した形跡がある。なんぼズボラなわしでも、それくらいは分かりますよ。吉永君の時には警察が出てドタバタ騒いじまったから、気がつかなかったのだが、あの時も同じだったにちがいないですな。江崎君はそれに気付いて逃げたからいいようなもの、でなければ、吉永君の二の舞になっていたでしょうや」

「うーん……」

丹波は唸《うな》って、呟《つぶや》いた。

「事態はそこまできていたのか……」

「江崎さん、どういうことなのです？　九段がどうしたっていうのです？　山庄代議士は何をやらかそうというのです？」

柾田は矢つぎばやに訊《き》いた。丹波は黙って立つと、押入れに首を突っ込んで、大きな角封筒を取り出してきた。

「諸悪の根源はこれです」

封筒の中から薄っぺらなレポートのようなものを出した。タイプ印書かワープロの文字で『国鉄用地の現状に関する報告書』と表題がつけられ、右肩のところに『極秘』の印がベタリと捺《お》してある。これは原本ではなく、コピーしたものだ。

「九段に時価一千億の国鉄用地があって、民営化に伴って払い下げが行われようとしている。その帰趨《きすう》を巡って、保守党内部でも暗闘が起きているのです。むろん民間の争奪戦もはげしいが、いずれも水面下のことでしてね、国民はほとんど無関心ですよ。九段の土地など、国鉄の全所有地からすれば何万分の一でしかないが、それでも妙味という点では最高クラスだ。評価額と実勢価格との差がべらぼうですからな。新橋汐留《しんばししおどめ》の土地とならんで、商売人にとっては垂涎《すいぜん》の的になっているわけです。中でも一歩リードしているのが北村が率いる旭日商事グループ。政界工作が徹底していて、他社の入り込む余地はないだろうといわれておるのです」

「そうすると江崎さん、あんた不動産屋の利権漁《あさ》りに手を貸しているわけか」

「ははは、そう早合点しないで聞いてもらいたいですな。たしかに不動産の分捕り合戦にはちがいないが、中身はもっと複雑怪奇でしてね。単なる国鉄用地の取りっこというだけじゃない。次期政権の行方にかかわる大きな問題なのです。つまり、九段の土地に関してだけでも生じる、何十億という裏金が、総裁選の軍資金として流用されようというわけです。その流れる先がどこになるかで、おそらく総裁が誰になるか、ひいては日本の今後がどっちへ向かうかが決まることになる。それだけのエネルギーが、九段の土地には秘められておると言っていいでしょうな」

「すると、山田庄一議員は総裁の椅子を狙《ねら》っているのですか？」

「まさか、山庄はまだ小物ですよ。やっこさんはせいぜい、保守党の総務会長をやっとる宮部憲太郎を担いで、なんとか総裁にしたいといったところです。ところが、現総裁の仲田智康がもう一期、総裁を務めたいと考えておる。仲田は理想としている国家体制の仕上げをやり遂げたいのですな。そのためには保守党内部で、派閥を超えた圧倒的な支持を得て総裁に再選されなければならない。そこで彼は一期目に財政改革の目玉として国鉄民営化を打ち出し、二期目でそれを実現することによって、膨大な資金を確保、それをテコに三期目も政権を担当し、一気に理想の具現化に向けて突っ走ろうとしておるのです」

「なるほど。それは分かるが、それとあんたや山庄とがどう関係するのか、分からんですな」

「まあ、もう少し聞いてくださいや」

丹波は茶碗《ちゃわん》酒で唇を湿らせた。

「仲田智康の独走を許して、総裁は二期までという党の内規が犯されるのを、ほかの連中が黙って見過ごしているわけではない。宮部総務会長をはじめ、上木大蔵大臣の派閥も活発な巻き返しを行っている。具体的にどういうことをやったかというと、旭日商事の尻尾《しっぽ》を摑《つか》むことだった。国鉄用地の払い下げに関して、旭日があそこまで有利に政官界工作を進めているのは、どこかにカラクリがあるはずで、おそらく北村会長と政治家の誰かとの密約があることはまちがいない。そう考えて北村と北村が接触を保っておる政治家の身辺をスパイしておったことは想像できます。そうして、そのスパイ工作はどうやら成功したらしい。最近になって北村の動きがおかしいのです。同時に、仲田智康の三選出馬問題も微妙になってきた。仲田自身にひと頃のような威勢のよさがなくなった。演説なんか聞いても論調がトーンダウンしているし。これはおそらく九段の土地問題で、何か状況に変化があったのではないかと、山庄に教えてやったところだったのですよ。しかし、その真相が柾田さんの口から聞けるとは考えていなかったなあ……。しかも、江崎や今井のところに、そんな念書みたいなものがあったとはねえ」

丹波は大きな嘆息を洩《も》らした。

「そういうことだったのか……」

柾田は聞き疲れたように、壁に頭を押しつけて、眼を閉じた。

「あの念書がそういう性質のものだとすると、きわめて危険なのではありませんか？」

「むろん大いに危険ですよ。ことと次第によっては天下がひっくり返るほどの切札になりかねませんからな。北村の側か、あるいは念書の相手側かは知らんが、とにかく必死になって念書の行方を追っている。……そうだ、その念書の相手の名前だが、柾田さんは聞いていませんか？」

「いや、それはありませんよ」

「ない、というと？」

「ないのです。つまり宛名《あてな》は書いてないのですよ」

「ほう……」

丹波は信じられないという顔をした。

「それはおかしいですな」

「何がですか？」

「いや、念書に宛名が書いてないというのがですね……。それじゃ効力はほとんどないに等しいから、なぜ殺しまでやって行方を追っているのか、説明がつかないのではないかな？　ん？　そうでもないか……」

丹波は柾田をそっちのけで考え込んでしまった。柾田は丹波が江崎秀夫の襲撃事件に直接関与していないことが分かってほっとしたと同時に、張りつめていたものが緩《ゆる》んで、猛烈な

「何かご用だそうで」

「ああ、重要な話がある」

丹波は相変わらずのポーカーフェイスを江崎に向けた。

「あの、なんなら、わたしはご遠慮しましょうか？」

清司が腰を浮かせた。

「いや、おまえさんも一緒にいてもらわねばならない。できれば娘さんもいればいいのだが……」

「え？　香子もですか？」

「ああ、三人とも関係者だそうだからな」

何のことか？——と、江崎と清司は顔を見合わせた。

「さっき、柾田がやってきた」

「えっ？　柾田九段が、ですか？」

「そうだ。いま、おれの家で眠っているよ。彼はだいぶ病状がよくないのじゃないかな……。ところで、その九段なんだが、そういう念書があるそうだな？」

「はあ……」

「その念書のために、危険なことになっているのだそうじゃないか」

「………」

「そうなのだろう？」

江崎にまともに訊《き》いた。

「はあ、一昨夜、襲われそうになりました。それにその前も、こちらの香子さんが……」

「聞いておるよ。柾田にいろいろとな。そこでだ。その念書というのは、ここにあるのかい？　あるなら見せてもらいたい」

清司が仏壇の位牌《いはい》の後ろから、例の封書を持ってきた。丹波は念書の宛名《あてな》が書いてないのを確認すると、また清司の手に戻した。

「なるほど、たしかに宛名がないな」

「いったい、これは何なのです？　やっぱし柾田九段が関係しているのですかい？」

「ははは、それは九段ちがいだよ。九段は九段でも靖国《やすくに》神社の九段のことだ」

「えっ？　なんてこったい。それじゃあ地名だったわけですかい？」

「そういうわけだ。詳しいことは、いずれ柾田に聞けばいいだろう。とにかくこれは北村と政治家とのあいだで手交《しゅこう》された念書であるとだけ言っておこう」

「政治家？……」

江崎は、あっとひらめくものを感じた。

（そうか、あの時に見たのだ――）

「思い出しましたよ、今井さん」

いきなり叫んだ。

「ほら、僕を拉致《らち》した車のナンバーです。あれをどこかで見たことがあると言ったでしょう。それを思い出したのです。あれは広島代議士の車ですよ」

「広島？……」

今度は丹波が反応した。しかし、それを打ち消す勢いで、江崎はもういちど「あっ」と叫んだ。

「そうか、あの秘書――広島代議士の秘書をどこかで見たと思ったのだが、やつが香子さんを襲った贋《にせ》刑事の一人だ！」

「ちょっと待て」

丹波が江崎の興奮を制した。

「その男だが、その時、きみを見たのか？」

「はあ、見ました。やつも僕同様、どこかで会ったことがある――という顔をして、じっと見つめていました」

「それじゃ、そいつのほうが記憶力がよかったということだな。その時点で思い出して、すぐにきみの素性を洗ったのだ。まずいことに、きみは広島と敵対関係にある山庄と接近していた。これは一刻も猶予がならないと考えたに決まっとる。それが一昨夜の襲撃未遂事件の真相だな」

「すると、この念書の受取人は広島代議士だったのですか？」

「まあそういうことだろうな。しかし、広島はあくまでもダミーでしかない。やつは仲田智康の派閥の集金係と言われている男だ。それにしても、なぜ宛名が書いてないのか、ちょっとふしぎだが……」

丹波は眉《まゆ》をひそめ、首を傾《かし》げて、じっと考え込んだ。

2

秋晴れといっていいような清々《すがすが》しい朝であった。柾田はタクシーを降りて、少し反り身になって天を仰いだ。大して大きくもない将棋会館の建物がやけに巨大なものに見えた。自分の肉体がいよいよ矮少《わいしよう》化してゆくのを感じないわけにいかない。

（しかし、気宇は壮大だ――）

柾田はことさらに傲岸《ごうがん》なポーズを装って、薄暗いロビーに入って行った。柾田の姿を見つけて、順位戦・名人戦の観戦記者である井谷三水が近寄ってきた。

「お早うございます」

「やあ」

「ご病気と聞いて心配していたのですが、お元気そうでなによりです」

嬉《うれ》しそうな顔をして言った。

「今日の一戦、期待しています」

井谷はこの世界では古参である。柾田圭三が名人位に就いている頃、すでに「三」の署名を使って観戦記を書いていた。百八十センチ近い巨軀《きよく》で、若いうちから髪が薄く、そのくせ童顔で、いつまで経っても歳を取らない男だ。

「ギャラリーが多いですよ」

井谷が指差すほうを見ると、ロビーのテレビの前にかなりの人だかりがしている。柾田が視線を向けたので、お辞儀を送ってくる者がかなりいた。素人《しろうと》の見物客だけではなく、プロの若手もいればアマの強豪の顔もある。大きなタイトル戦ならともかく、挑戦者決定リーグの一戦を見ようという人間が、こんなに大勢集まったのは珍しい。「柾田圭三対大岩泰明」の宿命の対決は、なまじのタイトル戦より、はるかに大きなイベントであり、いかにファン待望の顔合わせであるかを物語っているのだ。

「だいぶん集まっているな。口の悪そうなのもいるし、こりゃ、負けられん」

「ぜひ勝ってください」

うっかり言って、井谷は慌てて口を抑えた。観戦記者が公平を欠いた発言をしては具合が悪い。

対局室には、すでに全員が顔を揃《そろ》えて柾田の到着を待っていた。

「時間にはまだ間があると思ってきましたが、皆さん、お早いことですなあ」

柾田の挨拶《あいさつ》を聞いて、どの顔も一様に「おやっ？」という目になった。柾田がそんな世辞を言うのをはじめて聞いたのだ。

大岩は上座を明けて坐《すわ》っていた。

「あれ？　理事長、そりゃまずいですよ。順位はあんたが上なんだから」

「いや、この際は兄弟子に敬意を表することにしました」

大岩も、この謹厳居士《きんげんこじ》には珍しく軽い口調で言い、蛍光灯に光る丸い頭を下げた。

「そうですかい、それは嬉《うれ》しいねえ」

柾田は上機嫌で掛軸を背に坐った。髭面《ひげづら》をほころばして、まるで好々爺《こうこうや》のようだ。

部屋の中でもテレビの前でも、観戦者たちは気が抜けた。

この対局が注目されていることの一つは、全勝同士による挑戦者決定の一戦であるということにはちがいないが、それ以上に、両者に「遺恨試合」の迫力を期待するからだ。

体制派・本流の総帥《そうすい》である大岩泰明と、野人・柾田圭三。この取り合わせで波瀾《はらん》が起きないはずがない——と誰もが思っている。それなのに、肝心の柾田圭三が勝負の鬼どころか、仏さまみたいにニコニコしているのでは興味半減である。

振《ふ》り駒《ごま》で大岩が先手に決まった。駒を並べながら、柾田は言った。

「大岩さんがわしとはじめて指した時は、なんと六枚落ちでしたっけなあ。あれはもう五十何年も昔になりますか」

「五十五年前です」

大岩が間を置かずに言った。

「よく憶《おぼ》えていますよ。たて続けに三番負けて、四番目に勝ちました。そうしたら、いきなり駒をぶつけられました」

「ははは、そうそう、ひどい兄弟子でしたなあ。いじめていじめて……。それをまたあんたも黙っていじめられているのだから」

「その分、いまいじめております」

「ん？……」

柾田が眼を剝《む》いた。周囲の者たちもヒヤリとした。

「ははは、こりゃ参った……」

柾田は肩を揺すって笑い、大岩も珍しく声を出して、「えへ、えへ」と笑った。対局の幕開けがこんなに和気あいあいとしていていいものだろうか――と気になるほどの雰囲気であった。

「では時間ですので、お始めください」

記録係の片山三段が、空気を引き締めるように、硬い口調で宣言した。

持ち時間は六時間。一日指し切りの勝負としては、最も長い対局になる。

両対局者はあらためて挨拶《あいさつ》を交わした。禿頭の大岩と、蓬髪《ほうはつ》・不精髭《ぶしょうひげ》の柾田はまったくの好対照で、そのまま絵になる。

柾田は手提《てさ》げの小物入れから薬の袋をいくつか出して膝元《ひざもと》に並べた。どの袋にも小さく数字が書いてある。そこに指定された時刻と順序に従って服用しなければならない。もっとも、こうして並べておいても、どうせ忘れてしまうにちがいないのだが。

その間に大岩はすでに「7六歩」と角道を開けていた。柾田は薬を並べ終えると、今度は脇息《きょうそく》の位置を直したり、尻《しり》の下にもう一枚座蒲団《ざぶとん》をもらったりと、いろいろ居住《いずま》いをただすのに時間がかかり、最初の「3四歩」に十二分の考慮時間が記録された。

しかし、その「3四歩」を指した瞬間から、柾田は鬼の目になった。

つい先刻まで見せていた春風駘蕩《しゅんぷうたいとう》としたムードは消え失《う》せた。その豹変《ひょうへん》ぶりに大岩は気圧《けお》されるものを感じた。

(甘くなるなよ――)

自分に言いきかせ、緩《ゆる》んだ闘志を駆り立てる。いちど崩した膝を正座に坐り直し、ぐっと身を乗り出して、「6六歩」と突いた。

柾田は脇息に凭《もた》れたまま、ゆったりした仕種《しぐさ》で腕を伸ばし、「8四歩」を指した。

その姿を見て、大岩は(誰かに似てる――)と思った。

(そうか、木村名人だ――)

円熟期の第十四世名人・木村義雄の得意のポーズにそっくりだ――と思った。だが、そこにいるのは、柔和な微笑を湛《たた》える木村ではなく、『鬼』であった。鬼の柾田圭三が、いつも見慣れた、盤上に身を乗り出す嚙《か》みつくような姿勢とはちがい、ゆったりと寛《くつろ》いだ自然体で盤に向かっていた。

柾田にしてみれば、両方の持ち時間を合わせて十二時間という長丁場を乗り切るために、エネルギーを温存する姿勢を保っているのだが、それが大岩の眼には、柾田がついに達人の境地に在るかのように見える。それでいて、柾田の鳶色《とびいろ》の眼底深くには、年経《としふ》る悪鬼が潜んでいる。

（柾田はまた私を抜いたのか？）

大岩は不安になった。百戦錬磨《れんま》の彼にしては、いつになく気持ちが動揺した。逆に柾田のほうは、努めて体調を安定させようと心掛けていることで、精神のほうまでが安定していた。もともと柾田将棋の欠陥は「強すぎる」ことにあったのだ。自分の闘志に自ら躓《つまず》いて墓穴を掘るようなケースが多かった。ひどい例では、勝っている将棋で、相手があまりにもしつこく、いつまでも投げようとしないのに腹を立てて、柾田のほうが投げてしまったことさえある。

気が勝ちすぎているとそんなばかなこともする。しかし、いまのように、まるで他人の将棋を眺めているようなポーズからは、そういう気負いは生じようがない。大岩が得意とする盤外心理作戦も通じる余地がなかった。

大岩は「美濃囲《みのがこ》い」、柾田は「舟囲い」という戦法で布陣を完了した。柾田陣の一糸乱れぬ重圧の前に、大岩は飛車を封じられ、苦戦を強《し》いられた。

昼食休憩のあいだ中、大岩の脳裏には苦しい局面が去来して、気持ちを休めるどころではなかった。

その間、柾田の双眸《そうぼう》から鬼の影は消えていた。応接室のソファーに身を委《ゆだ》ね、極力エネルギーの消耗を少なくすることに専念している。

「そうですね、強《し》いて敗因を挙げるなら、柾田さんと将棋を指したことにあるのかな。そんなふうに書いておいてください」

「はあ……」

井谷は呆《あき》れ、対局室は笑いに包まれた。その中で、柾田はひとり目を閉じている。微笑の名残はあるが、眠っていると見えないこともない。

(ひどく痩《や》せたな——)

大岩は老いた兄弟子を見て、感慨を禁じ得なかった。

(私の将棋の本当の師は、この不遜傲岸《ふそんごうがん》な兄弟子だったのかもしれない——)

「新手一生」を標榜《ひょうぼう》する柾田将棋は、絶えず大岩を脅かす存在であった。怯《おび》えることによって大岩は研鑽《けんさん》を怠らず、大岩独自の将棋に磨《みが》きがかかり、しぜん、高い境地に達することになる。

三年前からの柾田の休場は、そのまま大岩の停滞にも繋《つな》がった。まるで張りを無くしたように、大岩は種々のタイトル戦から遠ざかってしまった。ひさびさ柾田に負けたことが、大岩にはむしろ嬉しくさえあった。

(あといくたび、この鬼と相見《あいまみ》えることがあるのだろう——)

痩せて皺《しわ》が深くなった柾田の顔から、大岩はふっと視線を逸《そ》らせた。

3

朝から桐野と婚約者の淑子が来て、パーティーの準備にとりかかっていた。

「ガキじゃあるまいし、この歳で誕生パーティーなんかやってくれるな」

柾田はさんざん駄々をこねたのだが、桐野はどうしてもと強行した。

「僕だけじゃないのです。野々宮さんや江崎さんも賛成なんですから。それに、今回のは先生の名人位挑戦を励ます会でもあるわけでして」

「冗談じゃないぞ。名人になったっていうのならともかく、たかが挑戦者になったからって、おおげさな……」

しかし、柾田がおよそタイトル戦と名のつくものに挑戦するのは、絶えて久しいことではあった。各紙が書きたてたように、まさに「奇蹟《きせき》のカムバック」なのである。

（それに、これがたぶん最後か――）

台所で睦《むつ》まじく料理の下拵《したごしら》えに励んでいる若やいだ声を聞きながら、柾田はぼんやりと荒れた庭を眺めた。

玄関に客が来た気配があって、桐野が「あれ？　早いな、もう誰か来たのかな？……」と出ていった。

客は丹波竜鬼であった。

「やあ、元気そうで何よりですな」

桐野に案内されて居間に入ってくるなり、柾田の顔を見て、ほっとしたように言った。

「なんだ、あんたまで来てくれるとは思っていなかったが」

「ん？　何のことかな？」

「ああ、違うのか。それならいいのです」

柾田はニヤニヤ笑った。

「で、今日は何か？」

「うん、このあいだの件でな、あんたに報告しておこうと思って来ました」

「例の九段の件ですか。どうなりました？」

「どうやら全《すべ》て真相が分かりましたよ。といっても想像だけで、警察と違って証拠があるわけじゃないですがね」

「真相というと、吉永を殺した犯人も分かったということですか？」

「ああ、だいたいは、ですな。その前に、最初に殺された男——つまり、今井香子さんに念書を預けた新幹線の男——の素性を言っときますか。あれは仲田智康の息のかかった某不動産会社の社員として、北村の旭日商事に自由に出入りしていた男だが、元をただせば、どうやら宮部総務会長派に属する人間らしい。いわば宮部のスパイですな。その男が北村の書いた念書を手に入れた。どういう手段で入手したかは憶測《おくそく》するしかないが、あの念書には宛名《あてな》が書かれていないところから察すると、北村は管理にそれほど気を使っていなかったのではないかと思われる。宛名を書かなかった理由はいろいろ考えられるので、たとえば、誰を相手先にするか、政治家側と調整中だったか、あるいは、用心のために宛名は空白のまま手交《しゅこう》することにしていたのかもしれない。いずれにしても宛名がなければ、常識的には効力がないものと考えるのがふつうで、管理が杜撰《ずさん》であったという可能性は充分、あり得る。ところがいざ盗み出されてみると、決してそうでないことが分かった。宛名の空欄に誰の名前を書いたにしろ、署名が北村の自筆である以上、立派に効力を発揮するわけで、もし捜査当局の手に渡れば証拠品になることは明らかです。あの念書が巷《ちまた》にあるかぎり、北村にしろ政治家にしろ、九段の土地に関しては足枷《あしかせ》をはめられたも同然というわけですな」

「なるほど、それで連中は必死になって、念書を奪還しようと動き回っているわけか」

「そういうことです。ことに念書を盗まれた際の責任者は命懸けでしょうや。盗み出した犯人は、その直後、追跡して殺したものの、念書はすでに無くなっていた。どうやら、列車の中で今井香子さんに渡した可能性がある。そうアタリをつけて追及している矢先、今井さんの師匠である吉永が北村のところに念書のコピーを持って現れた。吉永がその時、何を要求したかは分からないが、結果的には消されることになった。まさか北村が殺しを指示したとは思えないので、たぶんにやりすぎの感があるが、さっき言ったように、相手は自分の生死に関わる話だから、死に物狂いですよ。あのまま放置していたら、今井香子さんも危なかったにちがいない。江崎が身代わりになって北村に恐喝めいた接触をしかけたのは、たしかに賢明でしたよ」

「その代わり、今度は江崎君が狙《ねら》われる」

「そう、そうなるのはやむをえませんな」

「やむをえないって……、あんた、そんな他人事みたいなことを言ってる場合じゃないでしょう。テキは死に物狂いなんですぞ。念書を奪い返すまで、何人でも殺すかもしれない。早く警察に知らせるとか、なんとかせにゃならんでしょうが」

「警察に知らせても無駄でしょうな」

「無駄？　どうして？　あの念書を持ち込めばいいじゃないですか」

「念書を持ち込んでどうなりますか？」

「どうなるって……」

「あの念書にはただ『九段の件』としか書いてない。あれは九段の土地の払い下げが現実に行われてはじめて、北村と政治家との間に密約——法的にいえば請託および受託行為——のあったことが立証されるのであって、いまのところはただの紙っ切れです。警察に届けたところで、事件捜査とはまったく関係がないとしか受け取られないでしょうな」

「しかし、念書を見せて、そういう事情背景を警察に説明すれば、新幹線の男や吉永が殺された事件の捜査には役に立つのでしょうが。つまりその、動機という点でです」

「それもだめでしょうよ。かりに百歩譲って、念書のことを警察が丸々信じたとしてもですね。最初の事件も吉永氏の事件も、犯人を特定することなど、到底できっこない。まかり間違って……という言い方はおかしいが、もし犯罪の実行者を割り出すことができたとしても、アリバイの壁を崩すことはできませんな。なにしろテキはアリバイを証明する人間には事欠かないのですからな。しかも、その気になれば国会議員が証人にだってなるでしょう。しかも、最悪の場合には、自殺という手段もあるのです」

「自殺？……」

「そう、容疑者の自殺で疑獄事件がウヤムヤになるパターンは、十年一日のごとく繰り返されておる」

丹波は吐き出すように言い、柾田は沈黙した。

台所の話し声と食器類の触れ合う音が、にわかに耳に入ってきた。緊迫した会話だっただけに、その間の抜けた平和な音が懐かしくさえあった。

「何か、お客でもあるのかな？」

丹波は桐野に玄関で迎えられた際からの疑問を言った。

「ああ、ちょっとしたことです……」

柾田は照れた顔で言葉を濁したが、ふと思い返して、

「そうだ、あんた、もしひまだったら一緒に付き合ってやってくれませんか」

「そりゃ、ひまはひまだが……。付き合うって、いったい何なのです？」

「ははは、誕生パーティーだそうですよ」

「誰の？」

「誰って……、わしのに決まっとるじゃないですか」

「あ、そうか、なるほど……」

丹波は柾田の憮然《ぶぜん》として唇を尖《とが》らせた顔を面白そうに眺めた。

「それで、柾田さん、何歳になる？」

「三十九」

「三十九？……」

「そう、まだとても不惑《ふわく》まで行かん」

二人は顔を見合わせて、「ふふふ」と低く笑った。

「あんたの息子さんも来てくれるそうだ」

「江崎か？　あれは息子ではないと言っておるのに」

「あんたも強情な男だな」

「しかしおれは失敬しますよ。そんな華《はな》やかなところは場違いだし、それに、世を拗《す》ねた鬼が、人里をノコノコうろついておってはいかんのです。誕生日おめでとうはいま言っておきます」

「そうですか……」

柾田はあえて引き止める気はなかった。

「ところで、さっきの話だが。江崎さん、あんたどう処置するつもりです？」

「まだ決めてはおらんが、まあ、なんとかなるでしょう」

「問題の念書は、いまどこにあるのです？」

「おれが預かりました」

「すると、今度はあんたが息子さんの身代わりか」

「まあ、そういうところですな。わたしに手を出すようなら、テキも本物だ」

「それで、あんた、どうする？」

「どうするって……、悪用する気はないから、心配しないでもよろしい」

「そんなことは言っとらんですよ。ほんとうに狙《ねら》われる前に、どうにかせにゃならんでしょうが」

「うむ、いまテキと接触しようとしておるところです。こちらの関係者の安全も図らねばならんが、おれも山庄に飼われておる人間ですからな、ただで念書を手放すわけにはいかない。それが難しいと言えば難しい」

「どう話をつければいいのかな？」

「とにかく、北村に九段の土地の件から手を引かせること。そうすれば、自動的に仲田智康の三選を諦《あきら》めさせることができる」

「それ、わしにやらせてもらえませんか？」

「ん？……」

「わしなら北村会長とも付き合いがあるし、むこうの腹の内も読める。誰も傷つかないように、なんとか丸く収めてみようと思うのだが、どうです？」

「ふーむ……」

丹波は柾田の窶《やつ》れた顔を見つめた。

「しかし、こういう仕事はあんたには向かないですよ。第一、危険が伴う。テキは命懸けだと言ったでしょう」

「なら、こっちも命懸けになればよろしい。あんただって、そのつもりじゃなかったのですかな？　息子さんたちのために」

「くだらん。それほど甘くはないですぞ」

「まあよろしい。とにかく、あんたにしろわしにしろ、どっちがやるにしても、若い者のためになることなら、それほど惜しい命でもないでしょうや。ならこのわしのほうが適任ですよ。あんたより歳上だし、それに……」

柾田はちょっと言葉を途切らせ、思ったこととはべつのことを言った。

「……北村会長を説得する自信がある」

丹波はそういう柾田の横顔を眺めた。

「柾田さん、あんた……。命懸けと言ったのは譬喩《たとえ》のつもりですぞ」

「分かっております。わしもそれほどアホではありませんよ」

柾田は時計を見て、催促するように言った。

「もうそろそろ煩《うるさ》い連中が来る頃だな」

丹波は立ち上がった。まだ気持ちを決めかねている。

「往生際の悪い人だな」

柾田は笑った。

「いいからわしに任せなさい」

「分かりましたよ。日にちを改めて、念書を届けに来よう。それでは失礼します」

丹波が帰るのを、柾田は玄関まで送った。

「あんた、その体で名人戦を戦えるのか？」

帰りがけに振り返って、丹波は言った。ぶっきらぼうな口調だが、柾田を気づかう心情が滲《にじ》んでいる。

「だめだと言っても、あんたが代わりを務めてくれるわけでもあるまい」

柾田は笑って、旧《ふる》い盟友を見送った。

柾田が居間に戻るとまもなく、野々宮と将星会の秋山が連れだって来た。それにやや遅れて、江崎が香子を伴ってやってきた。邸《やしき》の中が急に賑《にぎ》やかになった。

柾田は極上のナポレオンの封を切った。酒を止めたが、到来物は多い。飾り棚にはまだ何本かの洋酒が手つかずで残っている。

「今日はありったけ飲んでもいいぞ」

テーブルにグラスが並んだ頃になって、桐野と淑子が料理を満載した盆を捧《ささ》げて現れた。料理を運ぶ恰好《かっこう》を装わないと、照れくさくて、みんなの前に出にくかったらしい。柾田が二人の婚約を紹介すると拍手と冷やかしの声が起こった。

「そうすると、今日は先生の誕生祝いと、名人位挑戦祝いに加えて、桐野さんの婚約祝いというわけか。こりゃ相当飲めるな」

野々宮が大いにはしゃいで、何度も乾杯の音頭を取った。

テーブルいっぱいに料理が並ぶ。鍋《なべ》が出て旨《うま》そうな匂《にお》いが部屋に広がった。

「江崎さんも東京での生活が落ち着いたら、そろそろ所帯を持つことを考えていいんじゃないですか？」

秋山が言った。

「まだまだ、僕なんか……」

「そんなことありませんよ。決して若くはないんだから」

「歳のことを言われると弱いな」

「いっそ、今井さんに嫁さんになってもらったらどうです」

「冗談を言わないでくださいよ」

江崎は顔を真っ赤にして、真剣に怒ってみせた。

「そんな、怒ることないじゃないですか。相手が女流王将なら口説《くど》き甲斐《がい》がありますよ。ねえ今井さん」

「ええ、私は構いませんけど」

香子は海老《えび》の殻を取るのに専念しながら、ケロッと言ってのけた。

「ばかなことを言って……」

江崎は香子を叱《しか》った。

「あら、どうしてですか？　私だってもう二十歳。一人前にお酒だって飲めちゃうんですから」

「そんな問題とは違うでしょう」

「まあまあ……」

火をつけた当の秋山が、ニヤニヤ嬉《うれ》しそうに笑いながら二人を制した。

「それにしたって江崎さん、独身主義というわけじゃないのでしょう？」

「そういうわけではありません。ただ、自分が亭主になったり親父になったりするということが、なんか自信がなくて……」

「それは親父さんの問題があるせいかな？」

と柾田が訊《き》いた。

「はあ……、潜在的にはそういうものがあるのかもしれません」

「だったら、早くそういうこだわりから卒業することだな。人間、いつまでも過去を引きずっているのは怠惰の極みですぞ」

「はあ……、よく分かります」

江崎は素直に頭を下げた。

アルコールが回るにつれて、話題があちこちに飛んだ。客たちは思い思いに料理をつまみ、勝手にボトルを開けて、声高に喋《しゃべ》る。初対面の娘同士もすぐに打ち解けて、結婚のことや将来のことなどで、時には深刻そうに、時には笑い転げながら語りあっている。秋山は野々宮と江崎を相手に、例によって熱っぽい口調でアマ将棋界の将来について一席ぶっていた。

そういうざわめきの中で、自分一人だけがまもなく燃え尽きようとしていることを、柾田は安らいだ気持ちで眺めていた。

何か月か先、彼等の集いの中に自分の姿はもう無いのだ。その場所で自分がどう語られるのか。どのような面影を、言葉を、思い出を、彼等の心に残しておくことができるのだろう——。

勝負師一代——。さまざまな愛憎の遍歴を想った。思えば敵の多い一生だった。傲慢《ごうまん》、狷《けん》介《かい》……、ろくな人物評を与えられなかったような憾《うら》みが残る。これでよかったのか悪かったのか——。いずれにしても、あと僅《わず》かのことだ。

「先生、何を考えておいでですか？」

秋山の声に、柾田はわれに返った。

「いや、べつに何も……。きみらの顔を眺めて、いい心持ちだよ」

「いよいよ迫りましたね、名人戦。ぜひとも勝ってくださいよ。桐野さんの結婚式には名人の仲人でいきましょう」

「いや、仲人は大岩夫妻に頼んだよ」

「えっ？　あ、そうか、奥様が……」

秋山は自分の失言にしおれた。夫妻が健在でなければ仲人は務まらないことをうっかりしたのだが、柾田が辞退したほんとうの理由を、秋山は知らない。

「桐野」と柾田は改まった口調で言った。桐野もグラスをテーブルに置いて、きちんと正座になった。

「それに淑子さん、幸せになりなさい」

「はい」

桐野は少年のように頷《うなず》き、淑子はふっと涙ぐんだ。

「それから江崎君。あんた、親父さんの気持ちを継いで、将棋指しになりなさい」

「はあ……」

江崎は秋山を顧みた。秋山は慌てた。

「先生、ちょっと待って下さい。アマチュアの星を取り上げちゃうんですか？」

「アマだのプロだのと、もはや小さいことは言わんことだ。それともきみ、あたら将来の名人候補を野に朽《く》ちさせておけと言うのかね？」

「名人、ですか……」

秋山はたちまち笑顔になった。

「ならば喜んでプレゼントします。なんて、自分たちの物みたいなこと言っちゃって」

野々宮は黙って柾田の横顔を見つめ、語る言葉を聞いていた。福田屋で盆栽の話をしていたことを思い出した。柾田はいま、それとなく遺言を残しているのかもしれない——と思った。

玄関に人の訪《おとな》う声がするのに、桐野が気付いて出ていった。まもなく足音が近づいて、桐野がドアから顔を覗《のぞ》かせ、「羽生《はぶ》君が来ました」と言った。

「へえーっ、天才羽生が来たの？」

野々宮が腰を浮かせた。羽生は大岩門下で、「天才」の異名を取る、十五歳の少年である。

羽生は桐野に押し出されるようにみんなの前に姿を現した。痩《や》せっぽちで、眼鏡を光らせ、オズオズとお辞儀をしたところは、どう見てもただの中学生だ。これがこの春に奨励会を勝ち上ったとたん、各棋戦で連勝街道を驀進《ばくしん》し、高段者を恐怖に落としいれている四段とは、とても思えない。

「どうした、中に入りなさい」

柾田に促されて、羽生少年は柾田の正面に坐《すわ》った。

「あの、柾田先生と大岩先生のこのあいだの将棋のことで、言いたいことがあって、来ました。大岩先生にも行ってこいって言われました」

六人の視線に囲まれて、羽生はカチンカチンになりながら言った。怒ったような口調なので、居並ぶ連中は師匠・大岩の負け将棋にイチャモンをつけに来たのかと、白けた雰囲気が漂った。

柾田はかすかに眉《まゆ》をひそめて、訊いた。

「ほう、なんだい、言いたいことって？」

「あの、先生の将棋、あまりすごいので、僕はとても……。その、すばらしいと思って、そのことを言いたくて……」

どの顔もポカーンとして、それからいっせいに笑いだした。笑いながら、柾田は熱いものが込み上げてくるのを感じていた。

第八章　投　了

1

東京の広尾《ひろお》にある「羽沢ガーデン」の玄関に幽鬼のごときものが立った。柾田圭三である。

受付係をしている奨励会の少年が、目の前に柾田を見ながら、一瞬、挨拶《あいさつ》を忘れるほど凄《せい》絶《ぜつ》な姿であった。

眼窩《がんか》は落ち窪《くぼ》み、頬《ほお》の肉は削《そ》げ落ち、伸び放題の蓬髪《ほうはつ》が額や襟《えり》の辺りにほつれかかるままに任せている。顔の色は蒼白《そうはく》というより、ダークグレイに近い。羽織袴《はおりはかま》の下で痩《や》せ細った手足が動いていなければ、まるで死人そのものだ。

「先生、大丈夫ですか？」

待機していた桐野が飛び出してきて、オロオロ声で寄り添い、式台を上がるのに手を貸した。

「ありがとうよ」

柾田は素直に礼を言って、桐野の肩に手をかけた。柾田を抱きかかえるようにした桐野は、着物の上から肋骨《ろっこつ》を感じて、胸が塞《ふさ》がる思いがした。

名人戦第一局は恒例により、ファン招待サービスが行われる。大広間に解説用の大盤を設《しつら》え、A級棋士が入れ換わり解説する。さらに、何回かに分けて対局室に案内して、対局の現場を見学してもらう。もっとも、招待サービスといっても、昼食付で八千円。しかも入場券はほとんどがコネを通じて配布されるから、一般のファンにはなかなか見学のチャンスがめぐってこない。

まだファンの姿はなく、広大な料亭は異様な緊張を湛《たた》えて静まり返っていた。

柾田は桐野の肩を頼りに、茄子紺《なすこん》の着物に赤い帯というお仕着せの女性の先導で、大広間の脇《わき》の赤い絨毯《じゅうたん》を敷き詰めた廊下を通って控え室へ向かった。

控え室に入るところで、柾田は立ち止まった。

「北村会長は来ているのか？」

桐野に訊《き》いた。

「はい、先程《さきほど》おみえになりました」

「いまはどこだ？」

「たぶん、ご自分の控え室におられると思いますが」

廊下を少し行った先の部屋を指差した。

「そうか、ちょっと挨拶《あいさつ》してこよう」

桐野に縋《すが》っていた手を離して、先に立って歩きだした。桐野が慌てて追随しようとするのを、「きみはここにいなさい」と制止して、よろけるような足取りで歩いた。

北村英助の控え室は次の間つきの広い部屋であった。手前の小部屋に秘書がいて、柾田の来訪を伝えると、北村は「これはこれは」と立って迎えた。北村がこういう如才なさを示す棋士は柾田と大岩の二人だけに限られている。

「お邪魔します」

挨拶する柾田の顔を、北村は身を屈《かが》めて、まじまじと見つめた。

「先生、だいぶんお疲れとちがいますか？」

「はあ、このところ、いささか寝不足ぎみでありまして……。久し振りの名人戦で興奮しとるのでありましょう」

「そんならよろしいが……」

笑顔をとり戻して、まあどうぞと座蒲団《ざぶとん》を勧めた。

「対局の前に気ィ使こうてもろうて、えろうすんまへんなあ。わざわざお越しにならんでも、お呼びいただけばこちらから伺いますがな」

「いやとんでもありません。それに、お邪魔したのは、じつは会長さんに折り入ってお話ししたいことがあるのです」

「ほう、何ですの？」

「恐縮ですが、二人だけで……」

柾田は囁《ささや》くように言った。北村は怪訝《けげん》な顔をしたが、すぐに秘書に向けて顎《あご》をしゃくって、部屋の外へ出るよう合図した。

「何ごとですか？　えろうあらたまって」

「これをお目に掛けようと思いましてね」

柾田は手提《てさ》げ袋の中から封書を取り出した。北村の眼が一瞬光った。

「どうぞご覧ください」

「何ですの？　これ……」

北村はとぼけた表情で封書を受け取った。

「中、見てもよろしゅうおますか？」

柾田は黙って、ニコニコ笑っていた。北村は封書の中身を覗《のぞ》き込んで、しかしそのままテーブルの上に置いた。もはや芝居は無用と思い直している。

「それで、柾田先生はこれをどうなさろう、言わはるのですか?」

柾田に笑顔を向けた。

「会長さんと賭《か》けをしようと思いまして」

「賭け?　何を賭けようというのですか?」

「これの中身をです」

「…………」

「わしが負けたらこれを会長さんに差し上げます」

「なるほど、それで、私が負けたらどないなりますのか?」

「仲田智康氏の三選に手を貸すのと、名王戦の移行を止めていただきます」

「ほほう、えろう大きな話ですなあ。私にはそげな大それた力はありませんがな」

「いかがでしょうか、この賭けは」

柾田は構わずに、言った。

「そやけど、賭けるいうて、勝負は何でしやはるおつもりでっか?」

「将棋です。今日の第一局、わしが勝つか負けるか」

「ふーむ……」

北村は柾田の眼を睨《にら》んだ。柾田も睨み返す。空間で視線が交錯したまま、しばらくは動かない。

北村のほうから視線を外した。

「柾田はん、あんたその体で、名人に勝てるおつもりかな？」

「無理でしょう」

柾田は言下に答えた。声音《こわね》に悲壮なひびきがあった。北村は顔を背けて、かすかに眉根《まゆね》を曇らせた。

「無理だが、指す以上、勝つ気で指します」

柾田はゆっくりと言った。北村は何度か頷《うなず》いた。

「さようか。よろしゅおます。この賭け、受けましょう」

「ありがとうございます」

柾田は深く頭を垂れ、「では」とテーブルに手をついて立ち上がった。

「これはどうなさる？」

北村がテーブルの上の封書を指差した。

「お預けしておきましょう」

「そんな……、それでよろしいのか？」

それには答えず、柾田は微笑して、北村に背を向けた。今を措《お》いては、念書を渡す機会はないのだ。

定刻五分前――。関係者は対局室に詰め掛けている。

対局室は「離れ」と称《よ》ばれる別館にある。離れといっても本館とは渡り廊下で繋《つな》がっていて、離れの感じを与えない。

対局室からは羽沢ガーデン自慢の庭園が一望できる。その庭を背にする下座の座蒲団《ざぶとん》に、柾田は崩れるように坐《すわ》った。

立会人の遠藤八段、記録係の川辺三段、観戦記者の井谷三水というレギュラーのほかに、第一局の第一日ということで、室内には東京将棋連盟会長の北村英助、理事長の永世名人・大岩泰明も座を連ねる。

居並ぶ者たちが柾田を見て、いっせいに驚きの色を浮かべた。

「柾田さん、大丈夫ですか？」

すでに現役を退いている、老齢の遠藤が声をかけた。

「いや、大したことはありません」

掠《かす》れた声で言い、柾田は笑顔をつくってみせた。

柾田よりやや遅れて、名人・中宮真人が静かに登場した。

「おはようございます、遅くなりました」

きちんと挨拶《あいさつ》をした中宮の眼が、柾田を見て痛ましそうにひそめられた。

規定どおりに上座に坐ってから、遠藤に視線を送って、（大丈夫なのですか――）と目顔で尋ねた。遠藤は小さく頷《うなず》いた。

「ただいまより、第三十×期名人戦を開幕いたします。お二人とも存分に戦われますように」

遠藤が開戦を宣した。

振《ふ》り駒《ごま》の結果、柾田が先手を引き当てた。

「ではお始めください」

川辺三段がストップウォッチのボタンを押した。「お願いします」と両者礼を交わして、柾田はすぐに7六歩と突いた。廊下でカメラのフラッシュが光った。

身長百七十五センチの中宮は、比較的に小柄な人間の多い棋界では偉丈夫《いじょうふ》に属する。くっきりとした二重瞼《ふたえまぶた》、形のよい鼻、分厚い唇――とすべて大柄な作りで、のびやかな印象を与える。昔から中程度の近視で、長いこと黒縁の眼鏡をかけていたが、眼鏡の広告に出演するようになってから、洒落《しゃれ》た細縁のものに替えた。『名人・五冠王』という重みを上回る大きさが中宮真人にはあった。決して偉ぶることなく、余計な謙遜《けんそん》もせず、悠然、駘蕩《たいとう》とした風格はおそらく天性備わったものなのだろう。

史上最年少の二十二歳で名人位を獲得、以後六期連続してその座を守り、すでに十五世の大岩に次ぐ十六世永世名人の称号を約束されている。

ひと頃、中宮には「弱い名人」という奇妙な呼び名が囁《ささや》かれた。六回の挑戦手合いの内五度まで、「4対3」という接戦を演じているあたりに、むしろ中宮の特徴が表れていると言っていいかもしれない。あわや――という寸前まで追い込まれながら、終わってみるとちゃんとチャンピオンの座を防衛している。剛刀一閃《いっせん》相手を両断する柾田将棋とは対照的。かといって、大岩の受け将棋とも趣を異にした。

人は中宮の将棋を「自然流」と言う。押さば引け、引かば押せ、局面の流れに順応した動きの中で、蟻《あり》の一穴のような相手の破綻《はたん》を捉《とら》え、そこから終局まで、一手勝ちのきわどい勝負を読みきってしまう。

そういう棋風だから、時には相手の作戦にチャンスを摑《つか》めないまま、ズルズルと敗局に追い込まれることもある。

そこが「弱い名人」と評されるゆえんだ。

だが、中宮はそういう敗戦には屈託しない。その将棋では（相手が強かったのだ――）と割り切るのみである。将棋はどちらかが勝ちどちらかが負ける。実力伯仲同士で、双方にこれといった誤りがなければ、作戦を成功させた側が勝つのは当然のことだ。自分にはそれに備えるべき研究が足りなかったのである。次回、ふたたび同じ作戦で臨《のぞ》まれた時にはそのテツを踏まずに勝てばよい――。そう割り切って、そのとおり、次の将棋では必ず勝った。

柾田は秘策をもって第一局に臨んだ。

すばやく「早石田」という備えに組み上げると、右翼に攻撃の狙《ねら》いを定めた。

変幻自在の古定跡「石田流」に柾田が独自に改良を加えた「早石田」は、スピードを重視する近代将棋の花形といわれた。しかし、この定跡が発明されてから三十年。すでに幾多の研究がなされ、これに対応する新たな定跡が開発されるにつれ、さしもの大流行も下火になり、やがて廃《すた》れた。

その「早石田」が久し振りに登場の「作者」自身によって指し出された。

大広間のファンは喜んだ。石田流はもともと素人《しろうと》好みの「ハメ手定跡」とも言われ、街のクラブなどでは現代でもけっこう用いられているのだ。

「いやあ、柾田先生、やってくれますねえ」

解説の芹川八段はすっ頓狂《とんきょう》な声を上げた。芹川は棋界随一、弁舌の立つ男で、将棋連盟の広報活動になくてはならない存在といわれる。自ら「天才」を豪語して憚《はばか》らなかったのだが、ある時、悟るところがあったのか、おでん屋で酒を飲みながら、「ああ、おれはついに名人になれずに終わるか……」と男泣きに泣いたエピソードは有名だ。

「指し手の進行も早いし、この将棋はどうやら、ギャラリーの皆さんに喜ばれそうですねえ」

芹川が賑《にぎ》やかに予言したとおり、対局は二日制の名人戦としては異例のスピードで進行していた。その原因はいうまでもなく柾田の側にある。

肉体の限界がすでにきていることを、むろん柾田は悟っている。ただ、思考は自分でも驚くほど冴《さ》え渡っていた。体中の血がすべて脳を活《い》かすためにのみ循環しているような気さえした。この状態が保たれている内に、なんとか将棋を指し終えてしまわなければならない——。その思いが柾田の指し手を速めた。そのことは観戦している誰の目にも明らかだ。だが、それにしても、中宮までがそれにお付き合いするかのようなスピードで駒《こま》を進めていることが、彼等には理解できない。じっくり時間をかけて、柾田の消耗を待てばよさそうなものではないか——。

しかし中宮はそれをしなかった。そういう姑息《こそく》な手段に頼らなくても、この将棋には勝てる自信が、すでにあった。

第一局、柾田が得意の早石田でくることは中宮の読みにある。それに対する研究を二日がかりで完了してきた。そのことを含めて、局面はすべて中宮の読み筋どおり、研究どおりに進行している。いまさら「スタミナ作戦」で勝ったなどと評されるような将棋を指しては、折角の努力が無駄になる。

昼食休憩に、柾田はスープを少しばかり飲んだきり、対局室の縁側に独り横臥《おうが》して、庭を眺めていた。薄曇りでやや肌寒い日だったが、草木の緑はまだ目に優しい。目の前の沓脱《くつぬ》ぎからむこうの木立へ、広い芝生の中を、飛石がポツンポツンと気儘《きまま》みたいな配置で連なっていた。

(桂が跳《は》ねてゆく――)

柾田はふと思った。その連想に気をよくして、思わず頬《ほお》の肉が緩《ゆる》んだ。この将棋に柾田が用意した秘策は桂馬の使い方にある。その秘手を放つチャンスがゆっくりと近づいていた。

再開後も手数はぐんぐん進んだ。柾田の作戦を受けて、中宮の駒運びもまた間然《かんぜん》するところがない。中宮の堅陣は柾田の飛車と角を抑え込み、まだ第一日目だというのに、三時を過ぎる頃には大広間ですでに中宮の勝勢が囁《ささや》かれはじめた。

広間のファンは何組かに分かれて対局風景を見学した。対局室の柾田を見て、誰もが柾田のおそろしい変貌《へんぼう》に驚いた。あの傲岸《ごうがん》無比の「鬼」が小さく縮こまってしまった。精気も覇《は》気《き》もなく、ただひたすら、目の前の将棋盤にしがみついているとしか見えなかった。

将棋の勢いからいっても、肉体条件からいっても、これはもう勝負にならない――という印象であった。

2

指し急いできた柾田の手がピタリと止まった。五時少し前から長考に入り、第一日目指し掛けの定刻である五時半を過ぎても、身動《みじろ》ぎひとつしないで読みふけっている。

「柾田先生、次の手を封じてください」

記録係の川辺が型どおりに告げると、柾田はこっくりと頷《うなず》いてみせた。それから上目遣《づか》いに中宮を見て、

「どうぞお先に」

と言った。

封じ手を考慮する相手には、付き合わなくともいいことになっている。長考の気配があればなおのこと、さっさと自室に引き揚げ、夕食を摂《と》ってのんびりしたいのが人情だ。

しかし中宮は、「はい」と答えただけで、立とうとしなかった。

対局者がそんな具合だから、盤側の者も席をはずしにくい。六時を回った頃、将星会の少

年が夕食の意向を確かめに顔を出した。立会人の遠藤が対局者の様子を窺《うかが》って、

「食事はもう少しあとにしよう」

と言った。

二日制の対局で、封じ手が六時を過ぎることは珍しい。ここはそれほど難しい局面とも思えないし、柾田の長考もまもなく終わるだろう。どうせ待ちついでに、切りをよくして食事前には一杯やりたい心境だった。

（それに、ひょっとすると、柾田はこのまま投了してしまうかもしれない――）

ひそかにそう思ったのは遠藤ばかりではなかった。専門棋士の多くがそういう予感を抱いている。

柾田の投げっぷりのよさは有名だ。圧倒的に優勢な将棋で、つまらない手を指してしまい、それにくさって投げたことがある。そのポカにもかかわらず、いぜん優勢に変わりはなかったのに、である。だから、そういう柾田が中宮の思うツボのような局面になって、いつまでも未練たらしく指し続けるとは考えられないのだ。

遠藤はふと思いついて、隣にいる井谷観戦記者に目配《めくば》せして席を立った。部屋の中には両対局者のほかは川辺だけになってしまう。それを気にしながら、井谷も遠藤のあとに続いた。

渡り廊下が本館に突き当たるところで、井谷は遠藤に追いついた。

「何でしょう？」

遠藤は井谷の巨軀《きょく》を見上げるように振り返ったが、すぐには答えず、辺りの様子を窺って
から言った。

「きみの社、カメラマンは待機しているのかね？」

「カメラ、ですか？　ええ、一応待機させてあるはずですが、それが何か？」

「いや、いればいいのさ」

「あっ……」

井谷は勘よく察知した。

「すると、投了、ですか？」

遠藤は鼻先にずり落ちた眼鏡の上から、ジロリと井谷を睨《にら》んで、プイと離れの方へ戻って
いった。

（そうか、そんな質問に立会人が答えられるはずがないものな――）

井谷は苦笑した。それでも、遠藤の好意を無にしない手配だけはしておこうと思った。

広間の手前に新聞記者の控え室と解説者控え室が並んでいる。一般ファンは五時半の定刻
までに引き揚げ、広間は棋士や報道関係者、それに後援会筋のファンなどが思い思いに将棋
盤に駒を並べたり、談笑をしたりという、のんびりした風景になっている。

カメラマンはどの部屋にもいなかった。

「井谷さん、終わりましたか？」

解説者控え室を覗《のぞ》いた時、芹川八段が声をかけて寄越した。

「いえ、まだですが、うちのカメラは見掛けませんでしたか？」

「ああ、彼は帰ったんじゃないかな。さっき出ていったようだが。それとも食事かな？」

「あん畜生――」

(間に合うかな――)と心配になった。

「先生、まさか柾田先生が投げるようなことはないでしょうねえ」

芹川の耳に口を寄せて、訊《き》いた。

「えっ」と芹川は驚いた。

「おいおい、穏やかでないことを言うね」

「しかし、形勢ははっきりメドがついているのでしょう？」

「それを僕に言わせるの？ヤバイですよ、それは」

芹川は笑った。

「かりにそうだとしても、柾田先生は投げないんじゃないかな。ようやく獲《か》ち取った挑戦権だもの。石にかじりついてでも粘るんじゃないの」

その口調には、わずかに軽侮《けいぶ》のニュアンスが感じられて、井谷は少しいやな気分になった。

「では先生にお訊きしますが、いったいこの、柾田先生の長考は何を考えておられるのですかねえ？　何か妙手がありそうなのですか？」

「そんなもの、あるはずがないですよ。この局面では5六銀の一手でしょう。もっとも、そう指したからって勝ち目があるってわけじゃないですがね」

「でも長考しているのはなぜでしょう？」

「分かりませんねえ。まさかそんな手も読めなくなっているとは思えないが」

さすがに、井谷はそれ以上、芹川の毒舌《どくぜつ》を聞く気にはなれなかった。

渡り廊下を戻りかけると、むこうから遠藤がドタドタと無粋《ぶすい》な音を立てて走って来るのとぶつかった。

（やはり投了か――）

そう思った時、遠藤がうろたえた声で叫んだ。

「井谷さん、医者を呼んでくれ。大至急だ」

「えっ、医者ですか？」

「そうだ、医者だ。柾田さんが倒れた」

「倒れた……すると、封じ手は？」

とっさに職業意識が働いて、訊いた。

「指したよ」

遠藤はおうむ返しに答えた。

「えっ？　指した？　封じ手を指してしまったのですか？」

「そうだよ、盤の上に指してしまったのだ」

遠藤はじれったそうに頭を振って、それからふと思い直したように呟いた。

「いや、あれは指したというより、落としたというべきかな？」

その頃、北村と大岩は赤坂の料亭で食事を摂《と》りながら談笑していた。遠藤からの電話で「柾田倒る」と聞いて、大岩は顔色を失った。大岩の報告に、北村はなんともいえぬ複雑な表情を浮かべたが、その表情の意味を、大岩は知るすべもない。

食事を中断して、大岩は直ちに羽沢ガーデンにとって返した。玄関には遠藤が出迎え、離れへ向かいながら問題の「封じ手」のことを告げた。

「指した？」

大岩も井谷と同じ反応を示した。

「封じ手を指したとは、どういうことですか？」

「つまり、封じるべき手を盤上に指してしまったのです」

「名人はそれを見たのですか？」

「もちろん見ました。対座していたのですからね」

「ふーむ……」

「それで、どうしたものですかね？　この手は無効とすべきでしょうかな？」

「無効？」

「そうです。規則によると、封じ手は棋譜《きふ》またはそれに類する用紙に記入し、封緘《ふうかん》の上、立会人がこれを保管する――となっているのですが」

「なるほど……」

対局室にはすでに柾田の姿はなかった。蒲団《ふとん》を担架がわりにして、別室へ運んだ。

「いま、お医者さんが来て診察を終えたところです」

井谷が硬い表情で言った。

「で、容体はどうなんです？　意識はあるのですか？　病気は何なのですか？」

大岩は早口で畳みかけるように訊いた。

「意識は戻りました。医者の話だと、癌《がん》がかなり進行していて、それが原因の心臓衰弱ではないかと……」

「はあ、医者はしばらく安静にしておいてから、すぐに入院させたほうがいいと言っています」

「そりゃ、そのほうがいいでしょう」

「ところが、ご本人が頑として言うことを聞こうとしないのです。どうしてもここにいたいと言って」

「つまり、不戦敗になるのはいやだということですか」

「そうです。入院すれば、もう二度とここへは戻って来られないだろうと……」

井谷は顔をこわばらせて言った。柾田とはべつの意味で、井谷は不戦敗などという結果を望みたくない。「世紀の一戦」の棋譜が掲載されるのを、多くのファンが待っているのだ。

「分かりました。それは柾田さんの容体しだいということにして……」

「もう一つ、難しい問題があるのです」

「ああ、それは遠藤先生から聞きました。封じ手を指してしまったということですね」

「はあ、そうなのですが、それも指したというよりは、落としたというほうが当たっているのだそうです」

「落とした？」

大岩は遠藤を見た。遠藤は憂鬱《ゆううつ》そうに顔をしかめて、記録の川辺に言った。

「きみ、さっきのように、その時の様子をもう一度やって見せてくれ」

川辺は柾田のいた座蒲団《ざぶとん》に坐り、指しかけの局面のままにしてある盤の上から、3七の位置にある桂馬をつまみ上げ、元の2九の位置に戻した。それからあらためて柾田そっくりの前屈《まえかが》みの姿勢をつくり、桂馬をつまみ指先を前方に移動させ、ちょっと間を置いてから、盤上二、三センチのところで駒を放した。駒はいったん2七の位置に落ち、弾んで1七との境界線の上に斜めに横たわった。

「いまは失敗して転んでしまいましたが、実際にはちゃんと3七の位置に、こんなふうに停止したのです」

川辺は説明を加えながら、桂馬を3七の位置に置いた。やや右上がりに傾いてはいるけれど、それ自体は問題になるほどのものではない。

「そのあと、柾田先生は十秒ほどこの姿勢を保たれてから、ゆっくりとこんなふうに倒れられて……」

川辺は緩慢《かんまん》に横転した。

「そのまま、意識を無くされたのです」

「うまい、たいへんよく分かるよ」

大岩に褒《ほ》められて、若い記録係は頬を赤らめながら、部屋の隅に戻った。

「なるほど、いまの様子だと、落としたようにも見えますね」

「いや、これじゃあきらかに落としているとしか思えませんよ」

芹川八段が言った。

「柾田先生は坐っている時点で、すでに意識を失っていたのじゃないかな。そうでもなければ、こんなおかしな手は指しませんよ」

「ほう、そうなのですか。この3七桂が？」

大岩は盤面を眺めた。

「そうでしょう、とても正気とは思えませんね。ここは誰が指したって5六銀の一手に決まったようなものでしょう」

「ほんとうにそうかな……」

大岩は冷たい眸《め》を芹川に向けた。

「3七桂は正気では指せないとすると、柾田さんは狂気の天才ということですかな」

語調にいいしれぬ感慨が込められていた。芹川は虚を衝《つ》かれ、目をパチクリさせた。

「と、言いますと？……」

それには答えず、大岩は集まった幹部クラスの人々を見渡した。

「さて、この手を無効とするか否かについて、私なりの考えを言います。まず、封じ手を盤上に指してしまったこと自体はルール違反とするには当たらないと思います。なんとなれば、これは相手方にとって有利であって、封じ手とは元来、それを防ぐ目的で作られたものであるからです。言ってみれば、柾田九段得意の大ポカが出たと思えばいいでしょう。第二に、駒を落としたかどうかという点についてです。2九の桂が3七に跳《は》ねた動きそのものには問題がありません。あるとすればこの手がいい手かひどい悪手かという点で、これはこのあとの変化を楽しみにするしかないでしょう。その意味から言っても、この手を無効として、柾田九段の反則負けとするのは惜しい。したがって、私の結論は封じ手は有効であり、この状態で明日、指し継がれることを希望したいのです」

幹部たちは顔を見合わせた。アンチ柾田の総本山ともいうべき大岩がそう言っているのだから、反対する理由はない。文句をつけるとすれば芹川かと思ったのだが、彼は彼で、妙に深刻な顔で盤面を見つめたきり、沈黙してしまった。

潮の引くように、対局室から人が去り、大岩と川辺三段だけが最後まで残った。

「あの、大岩先生」

と川辺は訊いた。

「この3七桂はいい手なのでしょうか？」

「さあ、どうかな」

大岩は微笑で、少年に答えた。

「今晩、寝ずに考えてみなさい」

「宿題ですか？」

「なるほど、そうか、宿題ねえ……」

大岩は怖《こわ》い顔になった。この3七桂は柾田が棋士たちに残した宿題なのかもしれない——と思った。

3

腕時計をスタンドのスモールライトにかざして、午前三時を過ぎたことを知った。

だが、中宮真人はまだ眠れずにいた。

夜半まで、対局室の方角からきこえてくる遠いざわめき、電話のベルの音、廊下を行き交うひそやかな足音などが気になっていた。そのせいで眠れないのだと思い込もうとした。しかし実際はそうでないことを、中宮は知っている。

眼を閉じると、昏《くら》い空間に絶えず膨張と収縮をくり返す紫色の幻覚が見えて、息苦しさに耐えかねて、じきに眼を見開いてしまう。歯で秒を刻み、ひたすら眠ることに専念しようと、空《むな》しい努力が続いた。

(見るべきではなかった――)

中宮はしきりに悔やんだ。柾田の「封じ手」を窃《ぬす》み見さえしていなければ、いま頃は必勝の夢を見ながら、幸せに眠っていたことだろう。

(そうだ、おれは窃み見たのだ――)

自虐的に決めつけ、その卑《いや》しさを身震いするほど嫌悪した。

柾田が桂馬を手にした時、なぜ「封じ手ですよ」と教えてやろうとしなかったのか。少なくとも、盤上から視線を逸《そ》らそうとしなかったのか。それは無意識に相手の着手を見届けてやろうという、いじましい気持ちがあったからにちがいない。その結果、得た報酬が、この救いようのない敗北感だとは――。

柾田の「3七桂」は、中宮が夢想だにしなかった鬼手であった。

その寸前まで、中宮ははっきり勝っていた。いや、勝ちを信じていた。あの局面では誰だってそう思ったにちがいない。

柾田が長考に沈んだ時、中宮はこの病み衰えた老人が気の毒でならなかった。かつて「鬼」と恐れられたほどの勝負師が、気息えんえんとして、必敗の将棋に未練たらしくしがみついている様子は、見るに耐えないと思った。

挑戦者に柾田圭三が名乗りを上げた時、中宮は正直、警戒した。柾田との公式対局はかなり昔、数度あったきりだ。長いブランクのあとカムバックしたとたん、挑戦権を獲得したというのはさすがだと思った。往年の凄腕《すごうで》は健在と見て、それだけに事前の研究には熱を入れ、万全を期したつもりだ。

だが、いざ蓋《ふた》を開けてみると、柾田はすでに中宮の掌中にあるようなものであった。「新手一生」を標榜《ひょうぼう》したのと同じ人間が、古風な早石田を後生大事に繰り出してきた。中宮は失望し、憐《あわ》れみさえ抱いた。そして夕刻近くになってからの常識はずれの長考は、ことによると投了を考えているのではないか――と推量した。

柾田が駒《こま》をつまんだ時、何をする気か――と疑った。まさか盤上に指すとは思わなかったのが半分。あとの半分は、もしかすると――という気がした。制止する余裕があったのか無かったのか――。

3七桂――。

(そんな手があるのか?――)

あるはずがない、と中宮は呆《あき》れた。封じ手を指してしまったことといい、ついに柾田は精神までがおかしくなったか――。そう思った時、柾田が倒れた。

すぐに駆け寄り、ミイラのように軽い柾田を抱え起こしながら、中宮の眼は盤上の3七桂を凝視《ぎょうし》していた。

(何だ、これは?――)

慌ただしく人々が動いた。柾田は蒲団《ふとん》に載せられ、運ばれた。その一部始終をつぶさに眺めていながら、結局、中宮は何も見ていないに等しい。

控え室に引き揚げる時、芹川八段が寄ってきた。

「名人、おめでとう」

「えっ?……」

「柾田先生はどうやら対局は無理らしい」

中宮は黙って背を向け、自室に入った。芹川はつまらなそうに去っていった。

中宮にとって芹川は肌合の異なる人種であった。芹川にかぎらず、将棋以外のことに才能を揮《ふる》うような人間とは、付き合いの上で一線を画した。ゴルフなんかにしても、純粋に健康や気分転換のためにやるのならともかく、上達を目的にうつつを抜かすようなのは、他人事といえども我慢がならなかった。将棋一筋、それで何の不満があるだろう。

中宮は自らをピューリタンのごとくに律した。そういう生きざまは、しばしば、過激な自負心と自己中心主義的な偏狭《へんきょう》さに結びつきかねない。中宮がまさにその過程にあった。

柾田の「3七桂」はその危険性から、中宮を救い出すことになった。

3七桂は中宮にとって、鉄槌《てっつい》のような衝撃であった。二日間の研究で読み尽くした何千手の中に、この手は無かったのだ。柾田が盤上に指した手を見てからも、しばらくはこの手の持つ深遠な意図が理解できなかった。

（何かある——）という漠然とした不安が、やがて絶望的な敗北感に形を変えた時、中宮は芹川の祝福を思い出して、自分の幸運な勝利を噛《か》みしめた。

それは、いかにも苦い味がした。

柾田は深い淵《ふち》の底から浮かび上がるように、唐突に目覚めた。焦点の定まらない視界の中に、桐野の不安そうな顔がある。

柾田はけだるく眼を閉じて、

「どうしたのだ？」

と言った。

「はあ……」

桐野は吐息のような声を出し、柾田がふたたび眼を開いた時には、顔の位置がずっと遠のいていた。それを追い掛ける柾田の視線が、つぎつぎに人間の顔を捉《とら》えた。大岩がいる、遠藤がいる、芹川がいる、井谷も……。

そのほかにも何人かの顔が見えた。

（なぜそんなに、わしの顔を見るのだ――）

柾田はじきに疲れて、また眼を閉じた。

「お加減はいかがですか？」

桐野の声がした。

「痛い」

「どこが痛みますか？」

「どこもかしこも、だ」

桐野は黙った。

「おい、そろそろ時刻じゃないのか」

「は？……」

「対局時刻だろ？」

「しかし、そのお体では対局のほうは無理かと……」

「分かっとるよ」

柾田はいたずらっぽく笑ってみせた。

「心配性なやつだな、もっと強くなれ」

「はあ……」

潤んだ声で答え、洟《はな》をすすった。

「柾田さん、大岩です」

顔を突き出した大岩を、柾田は見上げた。

「やあ、どうも、心配かけてしまって」

「いや、そんなことはありませんよ。それより柾田さん、すごい手を指しましたね。３七桂……。驚きました」

「ああ……」

柾田はクックッと肩を揺すった。

「最後《さいご》っ屁《ぺ》のようなものですな」

大岩は搏《う》たれたように身を反らせ、沈黙した。やはり柾田の鬼手は「落とした」ものでなんかなかったのだ。

襖《ふすま》がそっと開いて、新しい客が入ってきた。中宮真人である。まばらに伸びた不精髭《ぶしょうひげ》に、疲労感が滲《にじ》み出ている。

「やあ」

柾田が先に声を掛けた。

「お早うございます」

中宮は立ったままで挨拶《あいさつ》し、先客の背後に遠慮ぶかい様子で坐《すわ》りかけた。

「名人、どうぞこちらに」

大岩が柾田の枕許《まくらもと》の場所を譲った。「どうも」と会釈して、中宮は膝《ひざ》を進めた。

「中宮さん」

柾田は名人とは言わず、名を呼んだ。

「いい将棋を指してもらった」

「いや、こちらこそ……」

中宮は柾田が過去形で話したことに気付いて、愕然《がくぜん》とした。桐野は中宮の背後に隠れて涙を拭《ぬぐ》った。

柾田は自分を囲んだ棋士の一人ひとりをゆっくり見渡しながら、彼等との戦いの日々を思い出していた。若くて独りよがりで、怖《こわ》いもの知らずだった自分が、いまこうして横たわっていることがふしぎでならなかった。

（祭は終わった——）

柾田はふと、そんなふうに思った。七十年になんなんとする長い祭の日々の中で巡り会ったさまざまな人々の面影が、眼を見開いたままの空間に去来した。果てしなく続く祭の輪から抜けて、独り去ってゆく自分が、たとえようもなくいとおしく思えて、柾田はふっと涙ぐんだ。

桐野のほかは、誰もいなくなった部屋の中に、柾田の嫌いな薬品の臭いが立ちこめていた。

「大学病院のベッドが取れましたから、そちらへ移りましょう」

医者が注射を打ちながら、諭《さと》すように言った。

「いや」

柾田は首を振った。

「もう少しここにいさせてください」

「困りましたなあ。もう少しって、いつまでいれば気がすむのですか？」

「名人の次の手を見届けたら、もう……」

柾田はそのあとに「死んでもいい」と続けようかと思い、ニヤリと笑った。

定刻——。

「では時間になりましたので、始めてください。柾田九段の封じ手は3七桂です」

遠藤が型どおりに宣告。川辺がストップウォッチのボタンを押した。止まっていた針が動きだした。

いつもなら、封じ手を収めた封筒を立会人が開き、両対局者に確認を求めるのだが、肝心の「封じ手」が盤上に指されているのだから、少なからず異様な感じだ。しかも挑戦者の姿はない。中宮名人は主のいない座蒲団《ざぶとん》に向かって一礼した。

奇妙なセレモニーであった。

柾田圭三がこの席に現れないことは誰もが知っている。３七桂を有効な着手と認めたために、第二日目の対局が成立することになった。ただそれだけのことであった。名人が盤のどこにどのような手を指そうが、あとは柾田の残り時間、約五時間ばかりが経過するのを待てば、とたんに「柾田九段の時間切れにより、中宮名人の勝ち」と宣告され、セレモニーは終了する。なんとも間の抜けた茶番劇といえなくもない。

対局室には柾田の不運を悲しむ気分と、茶番劇に付き合わされる弛緩《しかん》した空気とがないまざって漂っていた。タイトル戦二日目といえば、いやが上にも緊張感が張りつめるのだが、そんなものはまったくない。

立会人の遠藤のほか大岩をはじめとする連盟理事の主だった者は、この部屋に集まっていた。勝敗の決まっている将棋になぜ付き合わなければならないのか分からないまま、彼等はなんとなくそこにいた。

大勢の視線の中で、中宮はじっと動かない。十分、二十分と時間は経過する。

観戦記者の井谷が、ふしぎそうに、落ち着かない目をキョロキョロさせるほかは、棋士たちはみな、塑像《そぞう》のごとくに身動きひとつしない。

どこかの柱時計が十時を告げはじめた。沈んだ音色が長い廊下をしのび寄るように聞こえてくる。

中宮の右手がゆっくりと動いた。全員の眼が中宮の指先に集中する。

中宮のふっくらとした手が駒台の上にある三個の歩兵を重たげにつまみ上げて、盤上にポトリと落とした。

「負けました……」

名人は爽《さわ》やかに言って、小さく頭を下げた。

エピローグ

議員会館の自室で、広島代議士は北村英助からの電話を受けた。「残念ながら……」と北村は言っている。

――九段の土地の件に関しては、諦《あきら》めざるをえんようなことになりました。

「諦める？」

広島は怒気を含んだ声で言った。部屋には秘書が一人いるだけだが、無意識に声を抑えた。

――はあ、きわめて危険な状況になりました。これ以上無理押しするというのは、やめたほうがよろしゅうおます。

「やめると言ったってあんた、総理はその方向ですべての計画を……」

――よう分かっとります。分かっとりますが、そうかて危険すぎます。最悪、指揮権発動でもする覚悟がおありになる言わはるんやったらべつですがな。

「理由は何ですか？　やはり念書の問題ですか？」

――はい、あれがどうやら、地検の特捜部の手に渡ったらしい。九段の土地でわてが動くいうわけにはいかんことになりましてん。

「それじゃ、あんたのところでなく、他社の線で動くが、それでもいいんですな？」

——そんな、殺生ですがな。そげなことしやはるんやったら、わしかて黙っておるわけにはいかしまへん。これでも、わしも男ですさかいな。

電話のむこうに、北村の含み笑いを聞いて、広島は荒々しく受話器を置いた。

「あの……」と、部屋の隅に立つ秘書が、怯《おび》えた顔で訊いた。

「どういうことになりましたのでしょう？」

「ばか、どういうこともこういうこともあるかよ」

広島は怒鳴った。顔が青ざめ、手が細かく震えている。

「封書は地検の特捜に渡ったそうだ。特捜の手が伸びてきたら、どうなるか知れたもんじゃない。第一、九段の土地が流れれば、仲田総裁は……」

（そして、このおれは……）

仲田智康の激怒が目に見えるようだ。

「私はどうすればよろしいのでしょうか？」

秘書は神経質に両手を擦《こす》り合わせながら、いよいよ不安そうに広島を見つめた。

「おまえか……」

広島はじっと秘書を見据《みす》えた。それからふいに表情を和らげて言った。

「家族のことは心配しないでもいい」

秘書は体をこわばらせ、前後にゆらゆらと揺れた。哀願の視線を懸命に送り続けたが、広島は冷酷に拒絶した。

秘書が出ていってしまうと、広島は受話器を重そうに取り上げた。とても死刑の宣告をした男とは思えない。憂鬱《ゆううつ》な顔で、仲田智康の直通番号をプッシュした。

自作解説

『王将たちの謝肉祭』は一九八六年八月に書き下し、廣済堂出版からノベルス版で出版されたものである。僕の長編の中では二十三番目にあたる作品だ。直前に『高千穂伝説殺人事件』を、直後に『「首の女」殺人事件』（徳間書店）を出している。

初版本のカバーに「著者のことば」として次のようなことを書いている。

――この作品は僕の過去二十数作品の中では『明日香《あすか》の皇子』とならぶ異色作です。むしろ冒険作といったほうがいいかもしれない。面白さという点には自信はあるけれど、反面さまざまな危険な要素を内包している。（略）――

異色作であり、面白さ抜群という点では、お読みいただいてご納得いただけたと信じているが、「危険な要素」とは何を指して言ったのか、説明不足ではあった。

この作品の「危険な要素」とは、いうまでもなく、将棋連盟とそこに所属する棋士群像をモデルに登場させた点にある。ただし、モデルといっても、その当時、僕は将棋の専門家との付き合いもなかったし、正直なところプロの将棋指しやその世界の内情について、ほとんど知識がなかった。

にもかかわらず、この作品に傾けた情熱は、ほかのどの作品におけるそれよりも、ひときわ強かった記憶がある。

たしか山口瞳さんが言ったか書いたかした言葉だと記憶しているが、「将棋指しには化け物が多い」というような意味のものがあった。升田幸三・大山康晴を筆頭に、たしかに将棋の棋士連中の風貌《ふうぼう》は、そこに存在するだけで、ただならぬ雰囲気を発散させている。その世界を描いてみたいという欲求を、作家になるずっと前から、僕はひそかに抱いていた。ことに升田幸三氏の波瀾万丈の生きざまなど、震えがくるほどに魅力的であった。

もし、僕が将棋の世界をテーマにした小説（ミステリーでなく）を書いてデビューしていたら、おそらく、将棋の魅力に取りつかれ、いつまでも将棋のことを書きつづけていただろうし、それはそれで面白い生き方だったかもしれない。

幸か不幸か、僕は「ミステリー」というジャンルの中で、比較的、自由な発想のもとに小説を書く道に入った。事件が発生し、謎解《なぞと》きがある――という、ミステリーの基本パターンはしっかりおさえはするものの、それはあくまでも「味つけ」のための手段であって、作品のモチーフはそのときどきに発見した対象から抽出した。

魅力あふれる将棋界もまた、こうした僕の創作のモチーフのひとつになって、この作品が生まれた。登場人物の多くが、将棋の専門棋士であり、将棋界に関わりのある人物や団体だから、もし僕が多少なりとも将棋界と交流があれば、遠慮が先に立って、これほどまで勝手気儘《きまま》には書けなかったにちがいない。将棋界や専門棋士にとって、こんなものを書かれては、いい迷惑だったかもしれない。ひょっとすると、「化け物」のような先生方に吊《つ》るし上げを食うのではないか——そのことを、僕はほとんど真剣に恐れたのである。

五年の歳月が流れ、いまだに僕は無事でいる。吊るし上げどころか、いまでは専門棋士とのお付き合いもさせてもらえる身分になった。本心のところは分からないけれど、将棋の先生方は至極寛大に、不遜《ふそん》な僕を許してくれたらしい。

さて、『王将たちの謝肉祭』だが、前記の「著者のことば」でも言ったように、僕はこの作品を自分の作品の中で、もっとも異色なものの一つと位置づけている。言いたい放題の惹《じゃっ》句《く》を言わせていただくなら、異色であって面白い。面白くて、しかも泣ける。僕は感情移入のはげしい性格だから、自分の小説を読んでも、しばしば涙ぐむ。いや、小説を書きながら、その情景に滂沱《ぼうだ》の涙を流すことも珍しくない。デビュー作の『死者の木霊《こだま》』にはじまって、『シーラカンス殺人事件』『多摩湖畔殺人事件』『竹人形殺人事件』『恐山殺人事件』等々、泣けて泣けて仕方のない作品は数多い。ミステリーを読んで泣くなどということは、僕自身の作品を読むまで、経験したことがなかった。「三倍泣ける」母物映画でもあるまいし、たかが推理小説ごときもので読者を泣かせてどうするのか——と、反省もするのだが、読者より先に著者が泣いてしまうのだから、始末が悪い。

『王将——』の面白さは、登場する人物群のユニークさに負うところが大きい。将棋を知っている読者は、登場人物をそれぞれ実在の人物と重ねあわせて読む楽しさを味わうことだろう。しかし僕は、将棋を知らない読者であっても、充分、楽しんでもらえるように配慮して、この作品を書いたつもりだ。

一九九〇年初冬　　著　者

羽生善治七冠王のことなど——

本書『王将たちの謝肉祭』を執筆中だった昭和六十一年の早春、テレビの将棋番組で、僕は二週続けてある新人棋士が登場する将棋を観た。NHK杯戦の準決勝と決勝だったと思う。新人棋士は痩《や》せっぽちで、かなりの近眼らしく、眼鏡ばかりが強調された、まるで蚊とんぼみたいな少年であった。十五歳でプロ棋士の資格である四段位を獲得したというスピード出世だそうだ。多少は将棋のことを知っているつもりの僕だったが、「羽生」という少年の名前はそのとき初めて知った。

羽生少年の将棋は、いまの流行語で表現するなら「超・新鮮」であった。対戦相手も解説者も驚くような、もちろん僕などの想像を絶する奇手を指した。僕は感動し興奮した。この少年棋士がやがて将棋界を席捲《せっけん》する存在になるであろうことを予感した。それまでの将棋指したち——いや、将棋そのものが過去の遺物になってしまうほどのエポックが、この少年の手によって創出されるにちがいないと思った。その感動と興奮を、まさに執筆が完了しつつあった本書の掉尾《とうび》を飾るエピソードとして挿入した。実在のモデルを彷彿《ほうふつ》させる人物がたくさん登場するこの作品の中で「羽生」だけを唯一、「天才」を冠して実名で書いた。それには多少の茶目っ気がはたらいたことは否定しないが、灯し火のまさに滅せんとする老雄「柾田圭三」との新旧交代を象徴する場面に、ぜひとも羽生少年を登場させずにはいられないほど、僕の気持ちは昂《たかぶ》っていたのである。

それからちょうど十年後の今年、羽生善治七冠王が誕生した。僕が予想したとおり――と言うとおこがましいかもしれないが、羽生は「将棋の常識」を覆した。将棋というゲームの可能性を画期的に拡大したと言っていいのではないだろうか。

羽生善治は半世紀に一人かそれ以上の天才だと思う。なぜ「半世紀」かというと、およそ半世紀前には升田幸三が誕生しているからである。「新手一生」を標榜《ひょうぼう》した升田は「名人に香を引く」と広言したとおり、当時、指し込み制だった王将戦で、時の名人・木村義雄に三連勝した。升田は最盛期には「三冠」を獲得したが、その時期は短かった。やがて大山康晴が棋界の頂点に立ち、さらに中原誠が台頭してきて、升田の時代は去った。しかし升田幸三がある時期の将棋界で最強であったことは、誰もが認めることだろう。少なくとも風雲児であった。将棋を知らない一般大衆にもアピールする魅力があった。髭《ひげ》だらけのいかつい風貌は、いささかイメージが違いすぎるが、いまや女性のアイドルと化した感のある羽生善治と共通する部分がある。大山や中原がいかに強かったといっても、升田のようなカリスマ性はない。

　本書『王将たちの謝肉祭』は「推理」に名を借りたモデル小説と言えなくもない。とくに「柾田圭三」に擬した升田幸三への、著者のやみがたき想いが強く込められている。柾田(升田)も、そして彼の終生を通じてのライバルである大岩泰明(大山)も、将棋界の将来を慮《おもんぱか》る点では共通している。将棋を指せなかった苦難時代の経験者である彼らは、現代の若い棋士たちが、将棋以外のことにエネルギーを浪費しているのを苦々しく思う。そこへ登場する「江崎秀夫」こそ、「将棋を指せなかった将棋好き」の典型と言える。

　繁栄に酔いしれる将棋界に、無名のアマチュアである江崎秀夫が無心に挑戦することで警告を発する。早くから天才と言われ、自負もしていたであろう若手棋士たちの多くが、不運があるにもせよ、長くB2級やC級に安住していることに対する、これは一念発起を促すエールなのだ。この作品を書こうとした著者の発想の源もまさにそこにあった。

　ところが、そんな著者のお節介はもちろん、柾田や大岩の慮りも、あっけなく杞憂《きゆう》となりそうな事件が起きた。それが前述したような羽生善治の登場である。作品があと少しで完成するという、脱稿直前のことだ。急遽、第七章にエピソードとして「羽生」を登場させたものの、もっと早い時点で僕が羽生を知っていたなら、この作品自体が生まれずに終わったかもしれない。羽生がいる棋界には江崎がしゃしゃり出る場はなかっただろう。

ただし、その後の羽生の活躍を見れば、あのときの僕や柾田、大岩の危惧は理由のないことではなかったと思わざるをえない。ほかの先輩棋士たちは何をしていたのかと、あえて言いたい。羽生を「江崎秀夫」に置き換えてみれば、まさにこの作品の具象化した世界が発現したと言えなくはない。

モデルにさせていただいた升田、大山の両巨頭も、おでん屋で悲憤した（？）芹沢博文もいまは亡く、将棋界は羽生七冠王を中心にここしばらくは動いてゆくのだろう。低迷していた若手たちも発奮したのか、つぎつぎに昇級して名人位を脅かす存在になりつつあるような気がする。門外漢にすぎない僕でさえも、血の騒ぎを覚えるきょうこの頃である。さらに視点を換えれば、各棋戦を主催・掲載する新聞社間の葛藤も見逃せない。「七冠」と言うが、ほかに三つのタイトルがあることは事実なのだ。しかもその一つは朝日新聞社が主催する。「大」朝日新聞ともあろうものが、ビッグタイトルの埒外にあって、いつまでも指を銜《くわ》えているとは思えない。また、賞金額のランクがトップである「竜王戦」を主催する読売新聞社は、「羽生名人」という一般的な呼称を「羽生竜王」とするべきだと主張しているそうだ。こういう「場外」の生臭い話が創作意欲をくすぐる。囲碁界と違って将棋界は多士済々、ユニークな人物が多く、話題には事欠かない。いつか近い将来、『王将たちの謝肉祭』に続くものを書きたいと思っている。

一九九六年五月

著者

＊角川書店から一九九六年六月に発行されたものから転載しました。

浅見光彦倶楽部《あさみみつひこくらぶ》について

「浅見光彦倶楽部」は、1993年、名探偵・浅見光彦を愛するファンのために誕生しました。会報「浅見ジャーナル」(年4回刊)の発行をはじめ、軽井沢にあるクラブハウスでのセミナーなど、さまざまな活動を通じて、ファン同士、そして軽井沢のセンセや浅見家の人たちとの交流の場となっています。

◎浅見光彦倶楽部入会方法◎

詳細をお知りになりたい方、入会をご希望の方は、80円切手を貼り、ご自身の宛名を明記した返信用封筒を同封の上、封書で下記の住所にお送りください。「浅見光彦倶楽部」への入会方法など、詳細資料をお送りいたします。内田先生へのファンレターの取り次ぎも行っています(必ず、封書の表に「内田康夫様」と明記してください)。

※なお、浅見光彦倶楽部の年度は、4月1日より翌年3月31日までとなっています。また、年度内の最終入会受付は11月30日までです。12月以降は、翌年度に繰り越してのご入会となります。

〒389−0111
長野県北佐久郡軽井沢町長倉504
浅見光彦倶楽部事務局

※電話での資料請求はお受けできませんので、
必ず郵便にてお願いいたします。

本書は一九八六年八月廣済堂出版より刊行され、一九九〇年十二月角川文庫に収録、一九九六年六月角川書店より単行本として刊行されたものです。

王将《おうしょう》たちの謝肉祭《しゃにくさい》

内田康夫《うちだやすお》

平成18年8月5日　初版発行

発行者——見城徹

発行所——株式会社幻冬舎

〒151-0051東京都渋谷区千駄ヶ谷4-9-7

電話　03(5411)6222(営業)

　　　03(5411)6211(編集)

振替00120-8-767643

印刷・製本——中央精版印刷株式会社

装丁者——高橋雅之

幻冬舎文庫

ISBN4-344-40819-5　C0193　う-3-4